两个人的晚餐

叶眉 著
弄梨 酉杏 绘

 海豚出版社
DOLPHIN BOOKS
中国国际出版集团

图书在版编目（CIP）数据

两个人的晚餐 / 叶眉著；弄梨，酉杏绘. -- 北京：海豚出版社，2020.12（2021.11重印）

ISBN 978-7-5110-5424-1

Ⅰ.①两… Ⅱ.①叶…②弄…③酉… Ⅲ.①长篇小说 - 中国 - 当代 Ⅳ.①I247.5

中国版本图书馆CIP数据核字(2020)第221505号

两个人的晚餐

叶眉 著 弄梨 酉杏 绘

出 版 人	王 磊
责任编辑	王 水 张 镛
特约编辑	刘 可
封面设计	邹天一
责任印制	于浩杰 蔡 丽
法律顾问	中咨律师事务所 殷斌律师
出 版	海豚出版社
地 址	北京市西城区百万庄大街24号
邮 编	100037
电 话	010-68325006（销售） 010-68996147（总编室）
印 刷	北京金特印刷有限责任公司
经 销	新华书店及网络书店
开 本	880mm×1230mm 1/32
印 张	9.5
字 数	230千字
印 数	17001-22000
版 次	2020年12月第1版 2021年11月第4次印刷
标准书号	ISBN 978-7-5110-5424-1
定 价	49.80元

版权所有，侵权必究

如有缺页、倒页、脱页等印装质量问题，请拨打服务热线：010-51438155-357

目 录

第一章
清蒸鲈鱼　001

第二章
麻婆豆腐　011

第三章
练习绝技　018

第四章
用心烹制路边摊　025

第五章
世上的盐　035

第六章
先吃甜点　042

第七章
急火快炒　051

第八章
辣椒酱和燕窝　061

第九章
吃不吃剩饭　071

第十章
吃苦尝甜　086

第十一章
火　锅　091

第十二章
人　烟　098

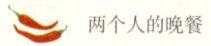 两个人的晚餐

Dinner

第十三章
路边摊和大酒店　105

第十四章
百　合　116

第十五章
饺　子　131

第十六章
油盐糖　139

第十七章
核桃壳里的人生　153

第十八章
柴米油盐　160

第十九章
五　味　170

第二十章
仪　式　174

第二十一章
劝　酒　184

第二十二章
酒与茶　192

— 目录 —

第二十三章
食　欲　201

第二十四章
自助餐和自由恋爱　211

第二十五章
烧烤和诱惑　220

第二十六章
青团彩蛋　225

第二十七章
论食材的天赋　239

第二十八章
餐桌闲聊　246

第二十九章
鲈鱼海棠　255

第三十章
清粥小菜　260

第三十一章
散　席　273

清蒸鲈鱼

第一章
清蒸鲈鱼

赵逸兴松了松领带,踢掉鞋子躺在沙发上。他原本想倒半杯威士忌,但想想,至少五小时后才能用酒精麻醉自己,现在必须保持清醒,不禁长叹一口气。是什么让他如此疲惫?赵逸兴并不是从战场回来的,也不是出差飞行了十几个小时,他不过是刚给女儿开了场家长会。这半年来,赵逸兴已经筋疲力尽。女儿赵成缺在一旁悄悄地坐着,看着爸爸眯着眼睛斜靠在沙发上,默默地把他踢下来的鞋拿回玄关,又提来一双拖鞋。

保姆张阿姨请了一个月的假,因为她的女儿刚生孩子,阿姨满怀喜悦地去帮女儿养育新生儿。张阿姨帮逸兴打理家务已有半年的时间,烧得一手好菜。每天推门进来,那饭菜香都让逸兴觉得活着还是好的。张阿姨离开后,逸兴和她的唯一联系就是在朋友圈里看到她每天晒好几轮新生儿的照片。小小的一坨肉,一开始粉红通通的,满额头都是皮屑,鼻子还被自己的指甲挠破了。这两天已经长成了美人坯子,细细的眼缝,睡觉的时候捏着自己的小小拳头放在腮边,手背已经长得肉鼓鼓的,能看到一串关节处的小坑。张阿姨走之前没说要辞职,但以后有这样一个软乎乎的小肉球陪伴,张阿姨不一定还会愿意回来每天面对赵逸兴这个乌云压顶的雇主。不过逸兴也没马上找替代的钟点工。

逸兴想起来成缺刚出生的时候也是这般情景,只是当初没有保姆帮忙。成缺是由邱池一手带大的。

邱池,是成缺的妈妈,逸兴的太太。成缺是她给女儿起的名字,取自"大成若缺"。邱池当初顶住了家里各路亲戚的压力,坚持要叫孩子起这个名字。持反对意见的人呢，觉得名字中有个"缺"字似乎不吉利。但是管他们干吗呢？除了多嘴多舌之外，育儿的辛苦过程他们一不出钱二不出力，哪有什么资格发表意见。然而，十一岁这年，赵成缺，缺了母亲。

据说成缺那时候一天要吃八顿奶，尿布报销十多片。为什么用"据说"这个词？嗬，因为那是逸兴工作最忙的时期：每周至少两次早上七点开始和全球其他三家分公司的人开电话会议，周五雷打不动地需要飞往香港总部述职，周日再坐红眼航班回来给同事传达上级意见。

逸兴对成缺的婴儿时代记忆十分模糊。偶尔邱池会抱怨成缺只肯在大人的臂弯中睡觉，一放下便扯着嗓子哭。还有，成缺非常挑食。不过她不是钟爱糖果，或者不吃蔬菜、不吃葱花的小孩。成缺很早就表露出对食物品质的挑剔：一定要吃新鲜的饭。冷冻食品和半成品她一点儿都不赏脸。更不要说快餐店的儿童套餐，她第一次吃麦家的鸡块，咬一口后皱皱眉头说："这不是真肉。"当时也不过是三岁多一点儿。

她小小年纪就爱啃刚出炉的酥脆的法式面包。只是，若这面包是前一天剩下的，成缺只尝一口就没有兴趣了。这是邱池印象中的成缺。每天给她吃什么总成难题。

邱池觉得这孩子是老天赐给她的伴侣。邱池的职业很特别，她撰写饮食文化专栏，对，就像蔡澜一样。她对食物的品位极佳。城里餐馆新开张，如果能让邱池在她的专栏里美言几句，那肯定会门庭若市。可是邱池也有文艺工作者的脾气，吃饭一定自己出钱买单，而且专挑人多的周末晚餐，似乎是要考验餐厅的经营能力和服务水准。"红酒酸得只配敷脸，牛肉的牛似乎走过两万五千里长征后累死在路上，柴而无味。"邱池的专栏很受读者欢迎，就算不跟着她吃，仅仅读她泼辣幽默的文字就能笑出眼泪来。

生了个这么讲究吃的小孩,邱池把大量的时间花在了做饭上。只要孩子赏脸,邱池乐得下厨。这娃娃很小的时候就长成一个小饕,跟妈妈点评餐厅,性格疙瘩得要命,会挑剔人家的餐具不够光亮,以及嫌弃香料不够新鲜。邱池经常一边写作一遍笑:这孩子口味怎么这么刁钻,将来看她自己能给自己做出什么样的食物来。

奇怪的是,在逸兴的印象中,这小小的人儿一直甜蜜可爱:很早就会"呵呵"地笑,还没有牙就会用手抓着一块红薯慢慢在嘴里抿着吃。稍微长大一点儿之后,成缺会在逸兴走进家门的那一刻扑上来叫"爸爸"。他从来没觉得成缺是个难带的孩子。

"爸爸,晚饭我们吃什么?"成缺试探着问。

逸兴这才回过神来,索性把手机递给成缺:"你看看想吃哪家的外卖直接下单吧。"

成缺现在读小学六年级,已经完全可以看懂菜单,看懂其他食客的评价了。这一个月张阿姨不在,她和爸爸几乎把四周的外卖吃了两圈。成缺熟练地下单,眼泪忍不住"啪嗒"一声滴在了手机上。她把手机在衣角擦了擦,递还给逸兴。

"我想妈妈。"

"我也想她。"逸兴耸耸肩膀。

"如果妈妈在的话,我们不至于天天吃外卖。"

逸兴笑笑,不置可否。

"妈妈告诉我,如果忙得连自己做顿饭的时间都没有的话,那忙得也就没有意义了。我们俩至少打起精神来吃饭吧。"

逸兴看着这孩子,眉目和邱池越长越像,甚至说话时候的神态表情都一模一样:嘴角上翘,自然带笑,说完一句话就会不自觉地抿一抿嘴。他想稍微让气氛活跃一下:"你怎么没把你妈妈的好厨艺学到手呢？有她一成的本事咱俩都不至于吃外卖了。"

没想到成缺"哇"一声大哭起来。逸兴也不知道该如何安慰她，这大半年来，成缺第一次在他面前大哭。他只能看着瘦瘦的女儿趴在沙发抱枕上抽泣。那对抱枕是邱池在装修结束后买的，刻意选择了明亮的姜黄色，点亮了整个素净的客厅。

门铃响了，是外卖小哥。逸兴起身接过塑料袋，向外卖小哥道过谢后，把饭盒摆在餐桌上，呼唤成缺来吃晚饭。成缺今天定了一盆冒菜。逸兴一直都无法欣赏冒菜这种食物。冒菜在他看来太简单粗暴：无论什么食材，不分青红皂白在滚烫的汤底中一烫就吃。统一的调味，统一的火候，无论蔬菜、粉条还是肉，最后的味道都是一样的。

但是邱池懂得欣赏这种食物。邱池觉得这种食物附有浓浓的红尘气息。有嚼劲的粉条，配上脆脆的藕、吸饱汤汁的腐竹、清爽的豆芽，再搭一份羊肉片，一锅热辣辣的冒菜端上桌，开吃五分钟就会出一身暖洋洋的汗，鼻涕眼泪齐流。赵成缺这孩子也继承了母亲的口味，对路边小吃的兴趣远高于大酒店。

窗外暮色渐垂，公路上出城的车辆堵得水泄不通。汽车红色的尾灯排起长队来，比霓虹灯都好看。父女俩坐下，成缺最爱宽粉条，逸兴先挑肥牛片吃。

"今天家长会，杨老师专门把我留下来谈话。"逸兴对成缺说。

成缺低头吃饭，不发一言。

"她说你这个学期两门课的期中考试都只有七十多分。"

成缺没回应。成绩一落千丈也是这半年来的事情。

"杨老师说，如果你实在觉得力不从心，可以考虑休学一段时间。学校教务处会为你提供便利。"

成缺抬起眼睛望着爸爸："对不起……"说到此处，成缺双眼又泛红了。父亲很在乎她的学业吗？成缺不清楚。曾经一度，逸兴连孩子上几年级都不知道。但是成缺觉得愧疚，因为父亲这半年也不好过。他已经很少加班，需要出差的项目也推给同事，早上六点就出门上班，只为了能在四点准时下班，赶回家陪孩子。父亲这段时间为她付出了不少，她却无以为报。当然，以前这些事儿都犯不着逸兴操心。以前，邱池在的时候，成缺的学业一点儿问题都没有。邱池不是那种整天盯着孩子写作业的妈妈。"我教她喝酒谈恋爱就好了啊，其余的留给学校去教。"只是邱池在的时候，成缺比较快乐。

逸兴也是这半年才知道孩子读个小学是那么兴师动众的事情，恨不得配一个后备役来支持。老师动辄布置一些"探索性"的作业，比如最近的这个，向爱迪生学习，自己动手做个小发明。这让赵逸兴这个电气工程师哭笑不得：基本力学、电学、数学知识都还没有呢，还要搞"小发明"？最后还是当爹的亲自动手，想破脑袋，做出一个简易的手摇发电机，配个小灯泡，一摇手柄灯泡就一闪一闪的。逸兴故意把线头接得很粗糙，假装这是孩子做的。成缺看到这个"发明"高兴得眉开眼笑，很诚恳地赞美爸爸："没想到你还挺聪明的嘛！"不知道之前邱池这个文科生是怎么应付老师留的这些古灵精怪的家庭作业的。逸兴看看成缺，觉得现在这孩子的眼睛都失去了神采：双目没有焦点，心神漂浮。十一岁失去母亲，有几个人能振作？

"如果实在觉得上学太累，考虑一下休学的事儿吧，我也跟着你放个长假。"逸兴再次提出建议。

成缺的答案很老成："有学上的日子还好过一点儿。不然待在家干什么呢？一个电视节目首播看完了看重播，加起来看了四遍一天都还没过去。"说得也是。赵逸兴若不是有这份令他爱恨交织的工作，怕是现在已经是挺着个啤酒肚的酒鬼。他也盼望日子能过得快一点儿。看来这一年，"快乐"这两个字，不会和他们父女发生

 两个人的晚餐

什么瓜葛。电话响了,是邱池的母亲张永梅打来的,邀请他们父女俩周末回去吃饭。

　　赵逸兴以前也不常去岳父岳母家。逸兴觉得周末放弃睡懒觉的时间去赶早市,从城南开车到城北只为了吃顿饭,完全没有必要。可是邱池喜欢。邱池也不勉强他,逸兴不愿意去,邱池就自己带着孩子去。

　　邱池的父亲邱天舒是老三届大学生,学的地质学。他大学毕业后响应国家号召,作为地矿专家,去"祖国最需要的地方",之后便在兰州安家落户了。他在几年前退休,每日莳花品茗过得好不逍遥。张永梅本着嫁鸡随鸡嫁狗随狗的心态,跟着老邱一起从天府之国搬到这里安家。一开始总觉得气候干燥,日头太烈,她嘴上老说气候太硬住不惯,但若是让她回老家住一个星期,她又觉得终日不见阳光,每天晚上下雨下得人很抑郁。就在这进也不是退也不是的状态下,张永梅也慢慢地把兰州当作了自己的家。老两口晚年丧女,心里自然不好受。但是看着女婿在这半年内憔悴不堪,外孙女也麻木恍惚,老两口更是于心不忍。

　　邱老先生这么提议:"逸兴,如果你想自己出去散散心的话,我们可以帮你照看成缺。"

　　还没有等逸兴回答,成缺自己先反对:"我不会离开爸爸。"

　　逸兴抬起头来看着成缺,嚯,没想到女儿在这时候这么坚定地支持他。逸兴拍拍女儿的肩膀:"你去看看外婆今天做什么饭。"

　　张永梅让赵成缺和她一起剥毛豆。砂锅里咕嘟咕嘟炖着一只鸭子。白瓷盘里有一条洗净的鲈鱼,鱼背上划了几条刀口,已经塞了姜片,看样子是打算清蒸。岳父岳母这是要做一桌江南菜肴安慰女婿。

第一章 清蒸鲈鱼

赵逸兴是江南人。邱池和赵逸兴是在南京读大学的时候相识、相恋的。因为邱池,他俩毕业后逸兴跟随邱池到她的家乡落脚。邱池自嘲是老派人,一心牵挂故乡。早上出门就盼望看到牛肉面馆,夏天卡车载满白兰瓜,冬天街道上飘着苹果香。只有这样的生活才能让邱池觉得踏实。即使到后来做了美食撰稿人,她出去采访也不会逗留超过两天,工作结束马上回家。

赵逸兴和邱池刚结婚的时候经常互相打趣对方的饮食习惯。

"你们这儿的人把一坨面做成不同形状吃下去,会不会觉得无聊?"

"不会比你们每道菜都被酱油和糖染得黑不溜秋更无聊吧。"

赵逸兴还记得邱池第一次做清蒸鲈鱼给他,原本是打算犒慰他的思乡之情的。结果鲈鱼端上来之后,逸兴发现盐粒干在了盘子边上,鱼被蒸得四分五裂,淡而无味。邱池自己也觉得惨不忍睹,就拼着老命把这条鱼吃了,免得赵逸兴觉得太尴尬。逸兴也很纳闷,怎么会有人能把最简单的清蒸鲈鱼做成这个样子,在他看来这是最基本款的家常菜了。

事后他问邱池:"你们那儿的人都这么做清蒸鲈鱼啊?"

邱池也觉得很委屈:"我在遇到你之前只在语文课本里见过'但爱鲈鱼美'。再说,这招儿还是跟《饮食男女》里面那老头学的呢。他说:'鱼身上不要撒盐,把盐摊在盘子边上,让蒸汽带下去。鱼肉见盐就老了。'我怎么知道这鱼成这样了呢。为啥鱼都蒸裂了盐还干在边上?"

逸兴觉得哭笑不得:"你蒸了多久啊?"

"二十分钟不到吧。粉蒸肉需要四十分钟,我估计鱼二十分钟就够了。"

"蒸鱼七八分钟就足够了。下次放点儿老抽,出锅之后再撒上

 两个人的晚餐

葱丝，把热油淋上去就行了。"

赵逸兴也擅长下厨吗？并不是，他擅长纸上谈兵。但是邱池在这个领域天赋异禀，一点就通。这天父女俩在岳父岳母家吃了很满足的一顿饭。赵逸兴饭后突然瞌睡，躺在沙发上就盹着了。模糊中听见成缺跟外公外婆说："给他盖个被子吧，睡着了可能有点儿凉。"

梦里不知身在何处。

恍惚间回到了第一次来邱家的情形。那年寒假邱池热情邀请他来玩。逸兴第一次体验到冬天的室内可以只穿一件衬衫，第一次吃没有腥膻味的羊肉，第一次在小公园结冰的湖上滑冰。邱池每天带着他闲逛。记得两人去了邱池以前就读的中学。趁门卫大爷没注意他俩溜到了操场上。操场边的一溜儿乒乓球台，有一群学生在一本正经地打比赛，不是发球得分就是发球失分。即使这样他们也看得津津有味。逸兴在梦中又看到了打乒乓球的中学生，只是一转头，邱池呢？邱池怎么不在身边？胸口空荡荡的，他觉得自己滑向一个黑漆漆的洞，碰不到侧壁，触不到底，失重一般无力。

赵逸兴醒来时已经接近傍晚。晚饭后岳父拍拍他的背："逸兴，豁达一点儿吧。"逸兴望着岳父："为什么老天爷让她只活了三十七岁？"话一出口，他又懊悔无比。岳父岳母肯定承受了更多的痛苦，他不应该对他们说这样的话。邱老先生也不知道该怎么接口。逸兴一言不发地开车带成缺回家。父女俩望着窗外的夜色，没有对话。

赵逸兴知道岳父岳母会很欢迎他们星期天再来，但是他不想连去两天。他也能察觉到，自从邱池离开，两位老人的感官变得迟钝了很多。邱天舒以前喜欢在家里播放地方戏曲做背景音，调子悠扬，

戏文动人:"船头上站一人尔雅温文,我观他孤零零只身独影……"这半年来,逸兴再没有见过邱天舒听戏曲。张永梅总是看着韩剧织毛衣,动不动织得一只袖子长一只袖子短,然后拆了重来。他不知道该怎么跟二位老人交流,大家吃饭也仅限于场面上的寒暄。

第二天,成缺提议和爸爸一起去附近的小公园钓鱼。公园的荷塘已经破败不堪。荷叶已经完全干枯,绿色的青苔漂在水面上更像是长了皮癣。逸兴坐在马扎上钓鱼钓了一下午,成缺在旁边骑个自行车转来转去。公园里还能听见有人吹萨克斯,应该是新手,吹得断断续续,听不出旋律。

晚风拂柳笛声残。

没有渔获。

赵逸兴在回家的路上去超市买了条鲈鱼,滴了几滴老抽,清蒸当作晚饭。成缺很会吃鱼,自己用筷子轻轻把鱼肚皮上的肉从鱼骨上撸下来。那顿晚餐,成缺鲈鱼配了一大碗米饭,吃得很香甜。吃完了不忘丢个炸弹:"我觉得鳜鱼比鲈鱼好吃,鲈鱼的肉到底还是粗糙了些。"

赵逸兴瞥了她一眼:"真刁钻。"

他印象中,邱池最后一次做清蒸鲈鱼给他吃,也是在这样一个深秋的夜晚。那天邱池在完成第一轮化疗之后去复诊,逸兴因为有个很重要的会议要开,没能陪她一起去。晚上,逸兴闻到糖炒栗子的香味,买了一包带回家。推开门,邱池若无其事地在厨房做晚餐。

"医生怎么说?"

"肿瘤对化疗没有反应。"邱池挤出一个笑容,边摆筷子边说,"来,吃饭吧。"

赵逸兴轻轻把那包糖炒栗子放在玄关柜上,一时间迈不动脚步。

"孩子呢?"

 两个人的晚餐

"送到我爸妈那儿了。今天就我们两个人。"

那个清冷的夜晚,邱池蒸了一条鱼,还做了一桌下酒的凉菜。邱池知道,他们在这种情形下,都很需要酒。两人面对面坐着,没有人动筷子。邱池抿了一口酒之后,便离开餐桌。

晚上邱池背对着逸兴躺在床上,肩背一耸一耸地抽泣。这是逸兴印象中唯一一次,邱池为了自己的病情哭。他扳过来邱池的肩膀,两人面对面躺着。

"小池,我爱你,你是知道的吧?"

邱池一只手捂在自己嘴上,忍着不要哭出声,使劲点头,"我知道,我知道……"

"我们还有多少时间?"

"六个月,也许更短。我太不孝了,对不起父母啊。"

"我们已经尽力了,对吧?"

"吃过喝过玩过,没什么遗憾的,"邱池轻轻叹了一口气,"就是孩子太小了。"

逸兴笑道:"难道你不会舍不得我?"

"神经病,到现在还在跟孩子争宠。"

邱池也明白,自从有了孩子之后,她的多数精力都投在了孩子身上,分给丈夫的关注少之又少。邱池垂着眼睛说:"我原以为孩子和我们之间的缘分只有十几年,而我和你还有很多时间。"

"可惜老天爷没给我们这么多时间。"

天不遂人愿,事常逆己心。

第二章

麻婆豆腐

    星期一，赵逸兴收到了来自出版社的一个包裹，打开一看，是邱池的样书：《两个人的晚餐》。封面是窗边的一张小小的原木餐桌，摆着两副碗筷。中间是一盘麻婆豆腐，成缺很爱吃的一道菜。第一页是邱池写给父女俩的信：

我夫逸兴，小女成缺：

    我原本打算陪伴你们每一顿晚餐，可惜事与愿违。

    留下这本书，希望它能与你们做伴。

    食物曾经给我过极大的安慰。希望以后在你们的生活中，无论遇到值得庆祝的喜悦，还是令人忧心的烦恼，抑或是经历着波澜不惊、令人乏味的平淡，都可以系上围裙，为自己做一顿饭。

—— 邱池

    邱池在动手筹备这本书的时候刚刚得到诊断，医生说五年的存活率是百分之五十。邱池一边积极配合化疗，一边马上联系了相熟的出版社，商量是否可以写一本告别的美食书留给家人。出版社觉得主题过于悲怆，但同时有可能自带卖点，所以同意尝试。更重要的是，他们过去出版过邱池的五本书，每一本都赚钱。邱池过去的作品以"食物"为中心，调侃人情，折射两性关系，幽默犀利，有时候又透彻得戳痛人心，在市面上的饮食书当中别具一格。可能这就是她受读者欢迎的原因吧。

第二章 麻婆豆腐

逸兴闭上双眼把书捂在胸口，没有继续翻下去，留着慢慢看。逸兴舍不得一口气把它读完。他把样书放在副驾驶座，去接孩子放学。

成缺一上车就跟爸爸汇报："今天班上转学来了一个新同学，老师让他和我做同桌。"

"噢？他从哪里转学来？"

"好像是另一个城市，他跟我说了我没记住。他叫谢斯文。咦？那是妈妈的新书吗？"

成缺解开安全带，够到前座的书，又回到座位上扣好安全带，"哗哗哗"地翻起来。

"妈妈很希望我们能好好生活下去。"

"那是自然。"

"妈妈是我认识的最乐观豁达的人。"

"是啊。"

逸兴想起来邱池刚入写作这一行的时候，同时还有一份让她头疼的工作：翻译。

邱池是英语专业出身。读书的时候以为自己将来会翻译莎士比亚或者简·奥斯汀，后来才意识到前辈早已经把这类经典翻了无数遍，而且树立了极高的标准。而《哈利·波特》这类热门作品还轮不到她这无名小辈接触。她毕业后在一家翻译公司每天翻译商业合同、法律文书和产品说明书，冰冷繁冗的文稿让她烦闷得只盼望晚上能大吃一顿。那时候还没有孩子，逸兴和邱池两人下班后就满街找吃的。两人在一年内把方圆五十公里内的馆子都吃了个遍。邱池边吃边在网上写美食博客同时吐槽工作。

麻婆豆腐是极讨喜的一道菜，无论春夏秋冬都可以保证提供新鲜的食材。肉末配豆腐，郫县豆瓣配豆豉，花椒粉配蒜苗碎，如同工作中的两个搭档，行事风格迥异，擅长的领域也不尽相同，但是合作起来便可以将一个平淡的项目变得活色生香。

没想到这样的小文有人爱看，邱池越写越起劲。后来成缺出生，恰逢逸兴升职，新工作令他焦头烂额，但值得庆幸的是，收入比以前高了一大截。邱池看着逸兴的薪水在这段时间应该足够支付家用，便索性辞去了工作。她白天投入育儿的琐碎事务，晚上趁孩子睡觉的时间点评美食。就在那时候，邱池拿到了与杂志专栏合作的机会，之后，她所写的文章也被结集出版。

邱池在开始全职写作的时候自然心里也很没底。幸亏是互联网时代，她一直得到读者的鼓励。心情低落的时候，如果连续两天没有更新，就会有读者发信来催稿，比小时候爸妈盯她功课都盯得紧。若是没有读者支持，邱池怕是在一个月内就放弃了。写作是如此清冷的职业，一个人坐在电脑前，谁都没法帮她。

那时候邱天舒和张永梅为邱池焦虑了很长一段时间，总觉得写作不是一个靠谱的职业。可能他们心中的写作人标杆是金庸，认为其余写作人都过着食不果腹的生活，达不到金庸的水准还是老老实实上班为好。同时又觉得现代女性一定要有事业，尤其是丈夫在职场上混得风生水起的时候，女人如果不工作，婚姻很容易出问题。好在逸兴只要不出差，每天都会回家吃晚饭。邱老先生和张永梅的焦虑略有缓解。再后来，邱老先生拿到邱池的书，戴着老花镜边读边微笑。邱池以食物为载体书写生活中的小眉小眼，总能和读者的心境产生些许共鸣。邱天舒这才释怀，还能求什么呢？难不成让女儿呕心沥血地撰写载道之文？收到第一本书的稿费的时候，邱池大

— 第二章 麻婆豆腐 —

哭一场，觉得自己熬出头了。终于可以让父母安心：看，我做这行能养活自己。

反而逸兴很少读邱池的文字。每天回到家就一头栽倒在沙发上，等着开饭。邱池在烹饪上异常有天分。早期刚下厨的时候邱池买过不少菜谱回来钻研。后来，在餐厅吃过一次的食物她回家就能自己复制出来，味道甚至比餐厅做出来的更可口。他曾经戏谑地调侃邱池："你可以在新东方烹饪学校和老俞的新东方同时任教。"

这是逸兴第一次正儿八经把邱池的书捧在掌心。他努力回想，都想不起来之前几本书的封面是什么样子。逸兴曾经提出过要给邱池庆祝新书出版，邱池只是淡淡地说："待我著作等身的时候一起庆祝吧。"

今晚有地方吃饭，下班前逸兴接到邱池表妹张宇莫的电话，邀请他们父女俩去包饺子。自从邱池辞世之后，赵逸兴也就自动与以前的社交关系断绝了来往。即使在他休假两周之后再回到工作当中去，他那迟钝的感官也清晰地告诉他，所有人都在躲着他。再熟悉不过的同事见到他之后，眼神都无处安放。如果需要谈论工作，同事会径直走到他的办公室，不带任何寒暄就开场，讨论完工作便马上离开。

如果在走廊中偶遇，人们会在和他即将擦身而过的时刻低下头，回避他的眼睛。没有人上前问过："你最近过得怎么样？"还能怎么样？赵逸兴刚刚失去了爱妻，你能指望他怎么样？总不能让他回答"过得还行"吧。每个人都知道他过得"很不行"，所以大家都选择用沉默来应对这场人间悲剧。赵逸兴心里很明白，他们害怕。害怕任何关于私事的交流会进一步戳痛已经遍体鳞伤的他。以至于没人有勇气上前向他表达对邱池辞世的遗憾。

015

 两个人的晚餐

　　幸好有张宇莫在。在邱池辞世的头两个月里，张宇莫每天接送逸兴上下班："你的状态不适合开车。"直到逸兴烦了："宇莫，我应该不会自杀了，你放心。"

　　她坚持让逸兴父女俩每个星期至少要去她家吃一次晚饭，也坚持带成缺出游：普通周末去果园摘桃李，去爬西山，吃农家乐的手抓羊肉。遇到节假日，张宇莫一定要逸兴和成缺加入他们的自驾游。妹夫萧亮开车，宇莫一上车就开始调收音机，专门找烂大街的口水歌。《小苹果》这种单调的旋律和歌词听得一车人脑袋发胀。好处是，这种歌不会触痛任何人的伤心事。

　　张宇莫热情地询问成缺在学校的情况。"功课难不难？作业有多少？和同学相处得开心吗？"逸兴和成缺坐在后座，意兴阑珊。现在回想，若不是热情大方的张宇莫，赵逸兴父女俩真的不知道该怎么熬过那段行尸走肉、麻木不仁的日子。这半年和萧氏伉俪走动得频繁了许多。成缺到了姨妈家，就大方地走进厨房，看看宇莫在做什么。萧亮则招呼逸兴去看他新买的游戏周边产品。

　　萧亮有个爱好，收集电子游戏机。他有一间书房专门摆放各个年代的游戏机，任天堂红白机、手掌俄罗斯方块机、Game Boy、小霸王学习机，以及索尼 Play Station、Xbox、Wii，历史上各个版本的游戏机他都有。逸兴最爱的就是在这个小房间里玩20世纪出版的《超级马里奥兄弟》。萧亮有时候和逸兴玩双打，故意把乌龟踢到他身上，逸兴大叫："猪一样的队友！"萧亮只是"呵呵呵"地笑。

　　秋季不到六点就已经天黑，张宇莫端出一锅热乎乎的粉汤饺子，羊肉馅的，搭配这个清冷的天气。集中供暖还得再等两个星期，这时候最讨喜的就是连汤带水热气腾腾的食物。

　　逸兴结婚后才第一次吃粉汤饺子这种典型的西北食物。他曾经一度都无法理解带馅儿的食物，兴师动众地，一大家人围着桌子剁

016

馅、和面、擀皮、捏饺子："跟做了微分又做积分一样，多此一举。"邱池撇撇嘴："难不成吃面片儿丸子汤？面糊丸子汤？或者面糊炖肉末？"

成缺则吃得眉开眼笑："这个酸汤真好吃，不过羊肉馅儿里面可以再多打些花椒水进去。"张宇莫给她一个大白眼。

"中秋假期我们一起去额济纳看胡杨林吧。"宇莫趁机提出邀请。

"好吧。"逸兴顿了一顿，叹了口气，"以前小池总说想去，总因为各种事情不能成行。"他抬起头，目光在白墙上放空。

张宇莫乘胜追击："以前你都不知道自己有多讨厌，清明节要回江南，美其名曰带邱池去买明前龙井；中秋节也要回江南，打着邱池想买新酿的桂花酱的名头。好像住在我们这里把你委屈了一样。总共就那几天假期，时间全都花在路上。"

"是吗？我那么讨厌？"

"真是周处除三害，不知道自己是一害。你以为小池毫无怨言？她只是体谅你罢了。怕你在这里住不惯，所以陪着你往江南跑。今年你一次都没去，不是活得好好的？"逸兴抬起一只眉毛，微笑着反问张宇莫："今年，我活得不太好吧。"张宇莫望着姐夫英俊的脸庞：今年他消瘦了不少，脸颊都微微陷了下去，左颊上的酒窝更明显了。这个阴郁消瘦的男人，让她不忍心再火上浇油。

今年，大家都度日如年。

 两个人的晚餐

第三章
练习绝技

　　无论拉面还是刀削面,师傅都毫不隐瞒制作工艺,当着食客的面演示烹饪流程。可惜的是,食客无论看了多少次,还是不能在家复制出同样的东西。学会这些技能秘诀,必须日积月累地亲自上手练习。

　　以前家门口有个刀削面馆,削面师傅是个年纪很轻的姑娘,一开始她削的面又宽又厚又短。一次吃一根都觉得哽得慌。经过三年的练习,她也能削出来筷子那么细的面了,根根滑爽筋道。我很幸运地亲历了她技艺精进的过程。

　　投入三年的时间慢慢练习,可以练就一手刀削面的绝技,可以读一个硕士学位,可以写出百万字的长篇小说,也足够让普通职员将专业技能练扎实,坐上主管的位置。人人都知道方法。最考验人的是,能否静下心来,忍受枯燥无味的练习过程。

—— 邱池

　　逸兴提议:"这次去额济纳我来开车吧。"

　　赵逸兴家有一部SUV,是邱池的车。邱池以前采访就开这部车,陪她去过沙漠、戈壁、草原、山地……采写各地的饮食特色、风土人情。自从邱池离去他就没碰过这辆车。出发那天,逸兴把车钥匙在手里握了一握,心中默念:"小池,我们一起去。"深吸一口气拉开车门。车里还有邱池喝剩下的饮料杯子,揉成一团的收据,掉在车座下的发卡,夹在挡光板上的太阳镜。"呼……"赵逸兴大口呼了口气。十多年的婚姻,到处都是她的痕迹。

成缺把行李装上车,扣好安全带。成缺也百感交集。她知道她和爸爸都在刻意避免接触妈妈留下的东西。妈妈的写字台还保持着原来的样子,妈妈的大衣依然挂在衣柜里,妈妈的漱口杯和牙刷还在洗脸池边。这也是半年来成缺第一次坐妈妈的车。她摸了摸座位。逸兴透过后视镜和成缺对视了一眼,两人同时向对方笑笑,逸兴转动了钥匙。"咔嗒",车没有反应。逸兴这才意识到,半年没用这辆车,电池死了。逸兴苦笑着用自己的车和跳线给这辆车打着火,先开到修车铺去换电池,再去接上萧亮和张宇莫。

宇莫和萧亮见到这辆车"吱"的一声停在面前,故作镇定地偷偷互相交换眼神。赵逸兴准备好进入人生新的一段旅程了。萧亮坐在了副驾驶位置,打算和逸兴轮流驾驶。张宇莫和成缺并排坐,一行人一路向西,目的地在戈壁滩外一千公里处。

大漠黄沙,荒野落日。路上遇到北风卷黄沙,携带着小石子"噼噼啪啪"地打在车身上。逸兴皱着两道浓眉,眼睛藏在太阳镜后面看不出表情,一言不发。萧亮努力寻找话题,把赵逸兴共事的老板、同事、隔壁组实习小妹全都问候了一遍,能得到的答案不过是:"就那样,老样子。"

萧亮感到回天乏术,看了宇莫一眼,转身打开了音乐。车里响起了吉他声,让氛围不是那么尴尬。嘀,许巍,邱池生前最喜欢的歌手,"曾梦想仗剑走天涯"的少年,他的唱片是邱池的宝贝。邱池把每张专辑都买了下来,车里听,家里听,写稿的时候听,做饭的时候听。

张宇莫望着赵逸兴的后脑勺,不禁猜想:"这会不会是他的救赎之旅?"

张宇莫和邱池只相差一岁,从小一起长大,情同亲姐妹。邱池和赵逸兴结婚后第二年,张宇莫硕士毕业,也回到了兰州,在一所大学担任教职。邱池当时坚持要回到家乡生活，赵逸兴尽管同意一起搬来，但是总觉得不甘心。毕竟城市小，工作机会也有限。赵逸兴这种专业性极强的工程师能找到对口的工作不容易。他又不想考公务员，去大学教书也没兴趣。他在一所重工设计院晃悠了半年，遇到现在的东家收购了本地一家老牌国企工厂，同时大举招聘设计人员。逸兴作为这个分部设计处招聘的第一批工程师入职。这时候逸兴的生活才找到归宿。逸兴很少参与邱池周末的探亲访友活动。无论是探访父母还是和朋友小聚，赵逸兴都没有兴趣参加，因为他"工作忙"。

邱池对于赵逸兴的冷漠也心存愧疚。毕竟是邱池坚持要搬回来的，赵逸兴被迫连根拔起到这个陌生的城市生活，心里有不痛快的地方，她可以理解。邱池每年带孩子出去玩，赵逸兴一般也不爱参与，他要攒着假回家。他一直不把这里当作他自己的家。赵逸兴对在天尽头的额济纳旗一点儿兴趣都没有。荒凉的戈壁滩尽头几棵枯树，赵逸兴想不出来有什么好看的。他喜欢山清水秀的地方和设施健全的度假酒店。邱池却嫌这类旅游区太商业化太浮华，缺乏趣味。

以前周末张宇莫去邱池家串门，逸兴都很少出来跟她打招呼。自己关在书房里上网、打游戏，时不时隔着半个房子冲邱池喊："小池，给我倒杯水！"两家人约着一起出去玩，赵逸兴更是经常缺席。张宇莫都不记得上一次逸兴参加他们的家庭聚会是什么时候了。邱池辞世之后张宇莫原以为逸兴会彻底搬回江南去生活。没想到他并没有搬家的意思，反而和邱池以前的亲戚朋友走得更近了。宇莫从来没料到赵逸兴会定期拜访舅舅和舅妈（邱天舒和张永梅），更没想到他竟然答应萧亮和自己去自驾游。赵逸兴开着邱池的车去额济纳，他是想补偿邱池吗？张宇莫看着他的后脑勺，只能自己揣测。

第三章 练习绝技

抵达额济纳胡杨林公园的时候恰好是傍晚。夕阳如血，半边天殷红。这时候的胡杨叶全变成了金黄色。满树的金黄，仿佛将夏花之灿烂、秋叶之静美融于一体。树影倒映在平静的水面上，目睹着世间的沧桑变化。来自全国各地的摄影爱好者似乎都聚集在了这苍穹尽头的戈壁滩上，架起长枪短炮对着夕阳下的胡杨景观拍摄。快门声不绝于耳。赵逸兴掏出手机给成缺拍了几张照片。两人并排坐在弱水河边静静地看着夕阳晚霞。

张宇莫靠在萧亮肩膀上，默默地念了一句："断肠人在天涯。"萧亮紧紧地搂住了宇莫的肩膀，吻了吻她的额角。

成缺划着手机里刚才拍的照片："妈妈也是用手机拍，但是比你拍得好看多了。你怎么拍得人脸都是黑的？"逸兴使劲儿推了她的脑袋一把："下次你带个自拍杆吧。"

回程的路上，赵逸兴一上车就歪在副驾驶座睡觉，半张着嘴，脖子压在安全带上，居然还打呼噜。萧亮和宇莫有一搭没一搭地聊天。

萧亮说："像成缺这样的孩子，养三五个都没问题啊，一点儿都不吵。"

"那是你没见到她小时候。"张宇莫想起来都心有戚戚。

"半夜要起来喂三次，小池上个厕所都要抱着她一起去，要不然就扯着嗓子哭，谁抱都不行，哭到妈妈回来才停。"

张宇莫作为旁观者都觉得是噩梦一场。

赵逸兴的冷淡态度让邱池对婚姻失去信心。当初是她坚持要搬回家乡，使得逸兴闷闷不乐。邱池原本打算丁克下去。只是，年初的时候，邱池的奶奶去世了，而夏天到来时，邱池发现自己怀上了孩子。失去奶奶后得到孩子，邱池觉得冥冥之中自有天意。

孩子出世让邱池彻底告别了逍遥自在的生活。邱池第一次知道护肤品当中，除了护手霜、护体乳，居然还有护臀膏这种东西。半年后，邱池渐渐上了手，成为市面上婴幼儿用品的专家。就算张宇莫约她出来逛街喝茶，她也会不由自主地走进婴儿用品区，这让张宇莫唏嘘不已。这位表姐以前最是洒脱，现在呢，张口闭口全是孩子。宇莫曾经忍无可忍地抗议："除了你，谁关心你女儿穿什么牌子的尿布会红屁股啊！"邱池只是笑笑，忍了两分钟又憋不住讲孩子。张宇莫嘲笑她是赵成缺的头号粉丝。

"成缺，你觉得这趟好玩吗？"宇莫跟成缺聊天。

成缺望着窗外茫茫的戈壁滩，一排一排的白色发电大风车慢慢地转动。

"我才明白为什么妈妈不肯搬离大西北。"成缺转过头看着张宇莫，"这样苍凉的戈壁让我觉得心胸宽广。"

宇莫没想到成缺会说出这样的话。十多岁的孩子居然会感受到"心胸"这个东西。"是吗？你心情好一点儿了？"

"胡杨林在这儿都看了多少代人更替了，为什么它们就这么一声不吭地在这里呢？"成缺的目光依然停留在戈壁滩上。

"可能植物感受不到悲伤和快乐。"张宇莫试图解读。

"宇莫姨妈，你说胡杨经历那么多，会不会已经看淡生死了？"

"也许它们更恋恋不舍呢，死了千年不倒，倒了千年不烂的。"萧亮加入谈话，"它们也不豁达。"

"所以我放不下也情有可原。"成缺微微笑了笑。

张宇莫搂住成缺的肩膀，用自己的下巴蹭了蹭成缺的额角："哪儿那么容易放下。我也想念你妈妈。"

"我们一起长大，一到假期就在一起混。她小时候学习好，老帮我写作业。我还抄她的作文呢。"

"为什么大人小时候干过同样的事儿，却又反过来不让自己的小孩做这类事儿呢?"

"你说抄作业啊?"

"是啊。我爸要是知道我抄别人作业肯定气死了。"

"呵呵,双重标准很正常。他小时候也肯定抄过作业,现在熬成爹了就不准孩子抄作业。你经常抄别人作业啊?"

"也不算'经常'。期中考试我抄我旁边张玲玲的卷子,结果你知道她多坏吗?"

"嗯?"

"她故意给我错的答案,结果她自己考了九十多分,我才七十几。"

张宇莫笑得眼泪都流了出来。这么小年纪的小孩就有心机了。

赵逸兴同志怕是梦都做了五十集,睡得不分昼夜。萧亮停车的时候把逸兴推醒,一车人在一个小面馆打尖。一人一碗刀削面。这个小面馆,前不着村后不着店的,做的面倒是很可口。来回二十多小时的车程,赵逸兴去的时候忧心忡忡,返程的时候灰头土脸。

"我怎么这么生气呢?"逸兴坐在车上第一次开口,"为什么老天只让她活了三十七岁?"

张宇莫很想安慰他,可是她自己也怀揣同样的问题,她也在寻求答案。为什么邱池会早逝?为什么啊?

"她的生存妨碍了谁?百分之五十的存活率,我们就在概率的另一边。"

概率这个东西,真是一大讽刺。用一个百分数给人希望,具体到个案的结果,活下来,或者死去,不是0,就是1。

"是我干过什么伤天害理的事情吗?老天爷要这样对我?"

张宇莫轻声叹气:"唉,可能就是运气不好。"

以前,张宇莫心中只有两种人:勤奋努力的人和散漫懒惰的人。现在,张宇莫把人分为这样两类:幸运的人和不幸的人。

023

 两个人的晚餐

逸兴开始自责,"我应该监督她不要熬那么多夜的。她睡觉睡得太少了。"

"她就是喜欢晚上写稿,怪不得你。"

"欸?你什么时候成为我的队友了?"逸兴冲宇莫眨眨眼。

"自从我觉得姐夫你背影上都透着'伤心'二字的时候。"

秋风卷黄沙,阴沉得看不出几点钟。快到家的时候下起了大雨,雨点像泥浆一样打在挡风玻璃上。北方的气候啊,一到十月,只需要一场雨就可以让大西北闪电入冬。

"我们运气真好。"成缺看着窗外的雨,"如果我们晚去两天,额济纳的黄叶就被这场雨打掉了。"

第四章

用心烹制路边摊

　　有些食物靠高档食材取胜，比如牛排，只要有好的原料，就不太可能出次品。而有些食物能在茫茫餐食中脱颖而出，全靠烹饪人用心。路边摊的食物就归为这一类。砂锅是路边摊很常见的内容。砂锅中多选廉价食材：酸菜、动物内脏、粉条、豆制品等。况且砂锅菜的烹饪没什么技术含量，各种食材一锅炖煮而已。

　　首先要用心搭配食材。羊肉稍显肥腻，就要配酸菜，这样吃才爽口。更要用心处理食材，肥肠要洗干净，内壁不能附着肥肉，要不然太过油腻，还会有腥臭味。要用心斟酌调料的分量，花椒和辣椒的比例要恰到好处，少一分花椒会觉得寡淡，多一分辣椒则吃不出原料的味道。最重要的是，要用心控制火候，煮得太久的粉丝会烂，肉类搞不好就会老得像皮革一样难嚼。

　　路边摊的食物，起点已经够低，想取胜，唯独靠用心。

—— 邱池

　　假期过去，大家又回到了原本的生活轨迹。逸兴在接成缺放学的时候，遇到了谢斯文的妈妈。她看上去非常文雅，衬衫白如雪，笑容温暖，她客气地和逸兴握手寒暄。

　　"你好，你是赵成缺的爸爸吧。谢斯文在家经常提起她。我是谢斯文的妈妈，我叫谢丹。"

　　赵逸兴看着她清澈的眼眸，一时间回不过神。邱池也有一模一样的眼波。

"你好，很高兴见到你。"赵逸兴打个招呼，"赵成缺也经常提起他。有空我们可以周末一起玩。"

上车后，成缺告诉爸爸："谢斯文没有爸爸。"

"怎么会这样？"

"他说他从来没见过他爸爸，他跟他妈妈姓。"

"噢？"

"他妈妈因为工作才搬到这里。你知道他妈妈干什么的吗？很了不起哦。"

"能让你用'了不起'来形容的职业，是医生吗？"

"他妈妈是电脑工程师。"

"程序员不是满地都是吗？"

"他妈妈专门做图形处理的。"

"帮女明星PS的？"

"你怎么这么井底之蛙啊？兰州大学历史系有个敦煌研究所，人家特别邀请她用计算机技术修复敦煌壁画呢！"

赵逸兴顿时肃然起敬。

回到家，赵逸兴卷起袖子来帮成缺看功课。半年落下的功课，不知道要花多久才能补回来。赵逸兴觉得这份差事太考验耐心，不得不感慨小学老师真的是天下最有挑战性的工作。把一块混沌不开的石头，从"a、o、e"开始，教到会诵读"碧海青天夜夜心"，这需要用多少心，下多少功夫啊。

成缺突然抬起头来："我妈以前经常给我讲成语背后的典故。"

"我没你妈那些学问。"

"你至少会搜索啊。"成缺试图再努力一把。

"我们先硬记住这些东西再说吧。"逸兴已经觉得应接不暇，"我马上给你买本《成语词典》，你感兴趣的话自己查吧。"

第四章 用心烹制路边摊

接下来看数学。

"这道题为什么会做错?"

"我就是粗心了。"

"少拿粗心当借口。你就是没彻底把题弄明白。搞懂了就没有粗心这一说。"

"我知道该怎么算。"

"你以为数学就是算数啊。思考量越大,计算量就越小。做题一定要用心,真正用心的话,你想算错都不容易。"

"哟,你跩起来了?"成缺翻翻白眼。

赵逸兴有典型理工男的脑袋,解读公式比解读成语容易多了。"你专心一点儿!"逸兴压制住心中的烦躁,"这点儿破作业都花了将近两个小时了。"

勉强应付了这一天的作业,赵逸兴父女俩同时长出了一口气。两人收好作业本,穿上外套出门找东西吃。以前邱池经常带着成缺逛夜市。一排夜市摊,都拉块蓝布招牌,一只白炽灯泡挂在招牌边上。小吃摊老板只穿一件白色跨栏背心,一边烤串儿一边吆喝生意。邻座的姑娘就着啤酒在电话里和男朋友吵架,烤串儿拉过嘴角留下一条条红色的辣椒油印记。

天凉了,夜市不再有夏季的热闹喧嚣。两人在一个砂锅摊上坐下,也就这里还有点儿人气。成缺要了酸菜羊肉锅,赵逸兴点了一碗什锦炖菜。成缺从爸爸的锅里捞冻豆腐,图它吸饱了汤汁格外有风味,逸兴从成缺的锅里捞些羊肉来充实这锅太素的砂锅。

成缺眼睛尖:"看,谢斯文和他妈妈!他们也在吃晚饭。"

逸兴转头,看见他们母子俩在吃煲仔饭。结账之后逸兴陪成缺过去打了个招呼。谢丹女士很礼貌地停下筷子,欠一欠身。成缺很

熟络地跟谢斯文聊天，逸兴对着谢女士点头笑笑。待成缺和谢斯文说完话，逸兴携成缺回家。初冬的晚上，已经寒气逼人，呼吸可以看到雾气。逸兴拉高衣领，成缺套上领帽，手挽着爸爸的胳膊。这姑娘都长到赵逸兴胸口那么高了。

"谢斯文想约我周末去他家玩。他才搬来，没有朋友。"

"他妈妈愿意吗？"

"噢，这我倒没问。"

"再说吧。"

"爸爸，你知道吗？我这样挽着你的胳膊，英语里叫作 Arm Candy（臂弯的糖果）。"

"你妈教给你的？"

"嘻嘻，我妈告诉我这不是啥好词，不过我挽着你应该不算。"

赵逸兴只想回家好好睡一觉，他脑子一下处理不了这么多信息：孩子已经在安排自己的社交生活，同时有了性别意识。

第二天上班，领导王总工程师把赵逸兴叫过去："逸兴啊，我们很理解你这段时间家里的困难。但是这个项目没有其他人能胜任了。甲方在南京，整个项目从开始搭建到调试结束正常运行估计得半年。因为前期的设计是你做的，所以想让你做这个项目落地的负责人。我们目前的计划是 4 名工程师再搭 10 个技工。工程师我们出，技工到南京招。你可以指定你想要的人。"

赵逸兴抬起头来："王硕能去吗？我知道他肯定想要这个机会。"

总工突然很顽皮地对逸兴眨眨眼："我以为你恨不得他卷铺盖走人。"

"我那是嫉妒。"

"他技术不如你全面，我怕他撑不起来这么大的项目。况且他

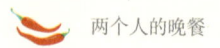 两个人的晚餐

对这个项目没你熟。"

"我孩子小,没法在外地待半年。"赵逸兴也不得不吐露真话,"而且我没这个野心了。"

赵逸兴这半年来一直被悔意笼罩,觉得自己以前在工作上投入的精力太多,忽略了家人。

"我知道,唉,"总工又叹了一口气,"天妒红颜。"

赵逸兴抬眼望着总工,这是总工第一次提到邱池。邱池很少参与逸兴的公司活动,她觉得应酬赵逸兴的同事和领导是件苦不堪言的差事,所以赵逸兴的同事里,熟悉邱池的也不多。但是王总工不同。他比赵逸兴更早认识邱池。总工的夫人是邱池的高中语文老师。王总工当年负责招聘面试,他对逸兴这个眉目爽朗的年轻人印象很好。工作第一年的春节,逸兴同邱池去总工家拜年,四人见面,竟发现邱池和对方认识。总工和张老师连连感慨这奇妙的缘分。

"你考虑一下吧,下星期答复我就行。"总工对逸兴说,"况且,换个生活环境你有可能心情会好一点儿。虽说是半年期,中间你想回家的话,两个星期跑一次,公司给你报销差旅费。"

"只有我有这个待遇还是全组人都有?"逸兴挑了挑眉毛。

"只有你有。如果孩子中间想去看你的话我们也出机票。况且你熟悉南京,在那待半年应该不会太困难。"

逸兴看到这样的条件,觉得自己若是推脱就显得有点儿不近人情,便默默地退出了办公室。这事情需要和成缺商量。

"如果我离开半年,你觉得你可以和宇莫姨妈或者外公外婆生活吗?中间我会经常回来。"逸兴试探着问成缺。

成缺瞪大眼睛:"你要到哪儿去?"

"南京,如果你不愿意的话我就不去。"

成缺靠在座椅靠背上,望着窗外。她心里明白,爸爸为了她放

弃了很多自己的工作生活。这半年爸爸一直陪伴在她身边。成缺不由自主地猜测：是不是与父亲的亲密关系该到尽头了。逸兴看着成缺的脸庞，这样寂寥的神色他也在邱池的脸上见过。她经常端着一杯茶坐在窗边，额头抵着玻璃，表情和成缺一模一样。成缺原本以为母亲辞世后她就要搬到外公外婆家去。爸爸能全心全意陪伴她半年，这远远出乎她的意料。她更没想到爸爸愿意认识她要好的同学，爸爸能帮她检查作业，爸爸也会在出差之前来征求她的意见。

"什么时候去呢？"成缺似乎没有打算阻挠。

"还没定，因为我想听听你的意见。如果你不愿意我真的可以不去。"

"不去的话，我们会损失不少钱吧？"

逸兴笑了出来："难道你心里只有钱？我以为你舍不得我。"

"那我们还得问问宇莫阿姨吧，看看他们是否愿意收留我。她家离学校近。外公他们住得有点儿远。"

逸兴没想到这么顺利。他原以为成缺会哭闹，会拉着他的衣袖求他不要离开，但是这些都没发生。他的女儿如此通情达理，会不会是因为年少失去了母亲，所以一夜之间成熟了起来？

宇莫和萧亮非常乐意让成缺同住。

"放心，大学老师没别的，有的是时间。"宇莫很爽快，"帮你养个孩子还是没问题的。"

这过程顺利得让逸兴感到莫名的失落，看来大家都准备好move on（往前走）了，他低估了周遭亲友的自我疗伤的能力，只有自己在原地踏步。总工那边给出消息：一个月后动身。赵逸兴开始着手准备。

总工给了他极大的支持。赵逸兴开始挑选团队成员，做相关的

031

培训。光电脑里的图纸就有几百个 G。好在这个项目的大框架是他设计的，看起图纸来轻车熟路。一组人每天开一次会商讨施工安装方案，时间突然过得很快。同时，逸兴去学校和成缺的班主任杨老师交代了将要外派半年的事情。

杨老师非常客气："我知道你们这段时间过得很难。"

逸兴点点头："是啊，好在成缺处理得比我预想的好。"

杨老师突然吐露心声："在我十二岁的时候，我爸死于工伤。"

逸兴没料到杨老师会讲出自己的经历。

"因为是意外死亡，所以没有人有心理准备。当时我姐姐十五岁，我和她每天轮流看着我妈。我爸我妈感情很好。至少过了半年，我们看见我妈开始每天早起给我们做早饭，我俩才放心我妈不会自杀。之后我姐看到征兵的机会，就报名参军了，做卫生员。我姐退伍后分配到市医院做护士，再有几年就退休了。我学习比她好，一门心思要考上师范中专。那个年代读师范不要钱，马上就有城市户口，读书还有补助。我妈看到我们姐妹俩都有出路，松了一口气，那一年她认识了我继父。"

逸兴遇到了天涯沦落人。

他问："你们当时是怎么度过最难熬的日子的？"

"也许有人会说时间长了就好了，但是我的经历告诉我，不会好，永远都不会好。我到现在都觉得少年时代失去父亲，让我的生活缺失了很大一块，无法修补。我爸是山东人，我和我姐都跟他学了一口流利的山东话。但自他去世后，我们再也没开口说过山东话。我们学会了和缺失的生活和谐相处。即使后来我妈再婚，我们三个人都明白，继父不能替代我爸。但是我和我姐很高兴，我们很高兴看到我妈愿意主动寻找新的生活。我至今对建筑行业有心理阴影，今年我还阻止我姐的孩子报土木工程专业。你说是不是很可笑？嘴里说着要尊重孩子的兴趣和选择，结果，我却要妨碍外甥选择他喜欢的专业。"

逸兴没想到杨老师如此坦率。邱池离开后，他总觉得胸口留下一个黑漆漆的洞。看样子，这个洞是不会愈合了。

"赵成缺这段时间念书是有些困难，但是你也不用着急，本来学习就是一辈子的事儿。不要太在意短期的成绩。"

赵逸兴万万没想到小学老师如此体贴。他心里预设的那些电视剧里常见的台词一句都没听见："你再不努力学习就要……"成缺能遇到这样的老师命真好。和杨老师交谈过后，逸兴觉得舒畅了不少。原来不幸的人不只是他一个。他感到胸中那股愤愤不平的情绪在被一丝一丝抽去。

几天后，办公室来了访客。是赵逸兴三年前带过的实习生孙琦，她现在在另一个部门做机械设计。

"赵工，这次南京那个项目你们还需要人吗？"

"那个项目，我们工程师团队已经组好了。技术工人呢，南京办事处在本地招聘，不用从这里带。节省差旅费吧。"逸兴很礼貌地回绝。

孙琦不甘心："师傅，那有什么我能做的吗？"

赵逸兴听到"师傅"这个称呼，心中一荡，孙琦刚入职的时候就这么称呼他。后来他跟孙琦说"师傅"二字让他觉得自己是卡车司机，但是孙琦不肯改口。有一段时间赵逸兴索性叫孙琦"二师兄"，可笑的是这姑娘一点儿都不生气，反倒是他自己讨了个没趣。

赵逸兴向后滑了一截，靠在椅背上，双手抱在头后，左右转了转椅子："机械的部分都是提前设计好的，到现场组装应该难度不大，技工就能做。调试的部分和你的专业相关性不高。下次吧，有类似的机会我会优先考虑你。"赵逸兴当然知道这个徒弟对自己有些特殊情感。只是他不想给她有希望的假象。

"我今年二十六岁。"孙琦突然转开话题。

赵逸兴不禁莞尔:"我知道。"

"我目前单身。"

"我也知道。"赵逸兴有点儿被徒弟的勇敢感动,他坐直,靠近电脑,"我还有工作要做。下次吧,有机会我会想着你。"

孙琦做了一件出乎意料的事情:她伸出手,摸了一下赵逸兴的脸颊。似乎她自己也被这举动吓到,马上退出了逸兴的办公室。逸兴原以为自己这颗老心已经入土。没有料到的是,半晌后,他还能感觉到一只柔软滑腻的手掌抹过他的脸颊留下的余温。一早上,赵逸兴都恍惚闻到耳边的女人香,他笑着摇摇头。

萧氏夫妇真心爱成缺。晚上逸兴带着成缺去萧家吃饭,发现他们已经把成缺的房间整理出来了。简单的布置,白色的床、衣柜和写字台。台灯一定是萧亮挑的,流线外观,LED亮度和色温都可调。

赵逸兴站在房间门口,把这一切都看在眼里。

"嘿,"张宇莫冲他喊:"你一个人站在这瞎感慨个什么劲?"

赵逸兴转过身来,靠在门框上,微笑着说:"赵成缺这姑娘命好。"

张宇莫不以为然:"你以为姨妈姨夫能代替亲妈亲爹吗?"

"但是你们和普通姨妈姨夫不一样。"赵逸兴戏剧化地挑了挑眉毛。

"喂,"萧亮在后面吼,"你少对我老婆嬉皮笑脸的!"

"你个神经病!"赵逸兴走过去,推了他肩膀一把。

第五章
世上的盐

  盐,是最重要的调料。俗话说,"好厨子一把盐"。烹饪的时候给菜放多少盐,什么时候放盐,用什么状态的盐,几乎是需要用一辈子来琢磨精进的功夫。

  盐在菜肴当中存在得"润物细无声"。和辣椒、花椒、葱、蒜这类调料相比,一道菜放没放盐,放了多少盐,单凭肉眼看不出来,只有亲口尝过方才知晓。

  菜肴调味如果能精确掌握盐的用法,经常只需要这一味调料就足以激活味蕾。比如手抓羊肉,这道特粗犷的西北菜。炖煮羊肉的时候不需要放盐,出锅切好之后再捏一小撮盐撒在羊肉表面足矣。

  这一小撮盐就是手抓羊肉的精髓所在,浮在表面,吃的时候能感觉到细微的盐粒,让口感立体起来。

  四川人描述生活得有情趣,叫作"有盐有味"。耶稣更进一步,将门徒比作盐:"你们是世上的盐,你们是世上的光。"

  像盐一样有味道的人,可以如案台上的烛光般照亮家人的生活。这种人能沉着地稳定大局,恰到好处地拿捏细节的分寸,调和冲突,激发他人的潜能,并给他人带来乐趣。

—— 邱池

  周末,逸兴和成缺去外公外婆家道别。路边的白杨树叶全掉光了,斜斜的太阳光透过树枝照在路上,让人觉得暖洋洋的。黄河上的水车不徐不疾地转动,河水波澜不惊,静静地流淌。一开门,逸兴就闻到羊肉香。刚入冬,正是吃羊肉的季节,张永梅炖了一锅手抓羊肉。邱天舒开了一瓶好酒和女婿对酌。

"平常她不让我喝酒,"邱老的下巴往张永梅那个方向扬了一下,"你来了她就不管了。"

赵逸兴笑笑。

邱老先生这住处和别的老人家很不一样:他们的身外物非常少。赵逸兴印象中他第一次来这房子就是这样,多少年来没怎么见他们买过什么家居用品。电视还是老式的,一部老式音响,可以播放磁带和CD。浴室内只有三个瓶子,洗发水、护发素和沐浴液。窗明几净。夏天时这里有清凉的穿堂风,两位老人连电风扇都不开。冬天呢,阳光斜斜地落在客厅,格外温暖。稍微满当一点儿的房间是书房。一面墙到顶的书架,地柜装酒,高处装书,一个玻璃柜装邱老先生采集的岩石标本。

酒盈杯,书满架,名利不将心挂。

成缺吃好了,抹抹嘴,跟外婆说:"咱晚上就这汤吃羊肉泡馍吧!"然后跑到书柜去摆弄外公的石头。

这酒入喉绵柔,但是后劲十足。逸兴最钟爱这里的大沙发,往上一靠就能盹着。赵逸兴同志在岳父岳母家混得老皮老肉,吃饱了就睡,一点儿心理负担都没有。

赵成缺悄悄告诉外婆:"我爸在家也不爱睡床。我经常早上起来看见他躺在沙发上。"张永梅转过身去,走了几步,又回来抖开搭在沙发扶手上的毯子盖在他身上。成缺又趴在外公的写字台边,用手指头描玻璃板下的毛笔字。

"你怕你爸这次走太久?"外公摘下老花镜,缓缓折叠好眼镜腿,将它轻放在写字台拐角处。成缺无奈地咧了咧嘴,不再吭声。

赵逸兴一骨碌爬起来,戳了戳她的后脑勺:"趁我睡觉打小报告,你以为我不知道?我跟你说了,两个星期回来一趟,专门来看你。"

第二天,逸兴约了萧氏夫妇去看电影。上映的片子不少,光看海报就能大概看出个端倪:用色太花哨的,一般讲不出好故事。有"青春"这两个字在海报里的,故事应该很狗血,不是堕胎分手就是为了出国分手,也不知道谁的青春是那样过的。好莱坞的呢,《变形金刚》拍的续集都数不清了,票房成绩全靠中国市场拉,欺负中国人。赵逸兴站在电影院门口看了半天,挑了一部纪录片,买票入场。

张宇莫嘟囔了一句:"品位和小池一样。"

邱池也爱看冷门的片子,黑白海报,她自己看得心潮澎湃,激动万分,旁人闷得打瞌睡。张宇莫宁可看个好莱坞的无脑片,至少看的时候开心。这次看的片子讲的是一只被人类收养的野狼幼崽被放回野生狼群的故事。是那种很纪实的纪录片,故事也很冷,大家都心事重重。走出放映厅,看着外面红红绿绿的灯光,所有人都觉得重返人间真好。萧亮拉着成缺走在前面,直奔电玩城。萧亮是此间高手,成缺有他在身边拉风得很,两人花了不到半小时,便捧着一大把小票到前台来兑奖,身后一群小孩投来羡慕的目光。赵逸兴在里面看了十来分钟,觉得吵得脑袋疼,索性和张宇莫站在门口等他俩玩。

张宇莫用胳膊肘碰碰逸兴:"那会是你的女婿吗?"

"什么?"赵逸兴没反应过来。

"那个小男孩,跟你闺女说话呢。"

赵逸兴定睛一看,原来是谢斯文和他妈妈也在这里玩。逸兴不由得笑起来:"呵呵,我还没修炼出这个法眼,能看出一泥猴将来会不会成为我的乘龙快婿。"

"亏你想得出这词儿,'乘龙快婿',还得修炼出降龙之术才能来娶你闺女?"

037

成缺拉着谢斯文说了半天话,看来这两孩子平常在学校处得不错。萧亮站在成缺身后一米处,给她足够的空间和朋友聊天。成缺转身向爸爸招了招手。

"我过去打个招呼。"赵逸兴迎上前去。

谢丹女士客气地和他握手,赵逸兴看到她手腕上戴着一串菩提子。邱池也有这样一个菩提子手链,还是两人去五台山玩的时候买的。据说被某法师开过光,邱池看见它有淳朴的植物质感,便买了下来。后来在常州小商品市场看到有些铺子专门批发一模一样的东西,一嘟噜一嘟噜地挂在那儿卖,她笑得趴在逸兴的肩膀上:"估计在这儿集体开的光。"即使这样,邱池还是几乎每天都戴着它。那串菩提子慢慢从人身上蹭来一层油光,乌黑发亮,衬托得邱池皓腕似雪。它现在还在床头柜的抽屉里。

"我们又见面了。"谢女士跟他寒暄。

"嗯,真是个小地方。"

"赵成缺和谢斯文很聊得来。"

"是啊,她在家也经常提起谢斯文。"逸兴只觉得尴尬,不知道该如何继续这番对话。

这时候成缺转过身来问他:"我们一会儿能一起吃晚饭吗?"

"啊?"逸兴只觉得为难,拒绝好像不太礼貌,答应下来的话,又觉得对方几乎是陌生人,在一起吃饭要死撑着保持场面活跃,劳心劳神的。

看看谢女士似乎对这个建议也不置可否,估计她也有些犹豫。

"反正都要吃晚饭,"成缺倒是很大方,"我去叫姨妈和姨夫一起来。"

这两孩子打头阵,大人们只好跟在后面。浩浩荡荡的六个人,赵逸兴都想不起来上一次和这么多人一起吃饭是什么时候。成缺挑了一间她喜欢的西北特色餐厅，很熟练地点了羊肉汤莜面、烤羊排、羊杂汤，然后把菜单递给谢丹，"阿姨你看你喜欢吃什么？"赵逸兴突然觉得有些焦虑：成缺已经可以游刃有余地招呼她的客人了！看来要不了两年，成缺只有在付账的时候才会需要他。

"听成缺说过，您是专门修补敦煌壁画的？"

"是我的专业恰好可以应用在这个领域，我做图形处理。"

"噢，多好，高科技为历史遗迹服务。"赵逸兴已经觉得词穷，要是了解一点儿敦煌的历史或者相关计算机技术，也许还能更实在地恭维两句。

萧亮在此刻加入对话："是用图形处理程序还原已经剥落的壁画吗？"

"对，就是这个意思。各个朝代的壁画各有自己的特色，基本就是把这些特色录入一个数据库里，然后和现在的壁画做比对，推断它原本应该是什么样的，再交给艺术家和绘画工匠去修复。"谢女士回答，"其实没什么神秘的，就是术业有专攻。一切皆有套路。"

"我觉得你的工作很有价值，"萧亮这时候比赵逸兴活泼，"我是开发游戏的。以前也学过一点儿图形处理。"

"噢，是吗？"谢女士不愿意多说自己的工作，刻意转开了话题，"我听说赵成缺的妈妈是邱池？"

赵逸兴疑惑地看着她："啊？你认识邱池？"

"我是她的读者。"

他万万没想到会遇到邱池的读者。他印象中的邱池整日闷在家中写写写，如果不需要外出采风的话基本都不出门。她的朋友是街口小吃店的老板，熟食店的小妹。就连邻居都不一定知道她的职业。"读者"这个概念在他脑中是个很陌生的东西。遇到谢女士，他才意识到邱池也许真的很受欢迎。

谢丹看他愣愣的表情，笑着说："她的文字很有灵性。你是她的家人，感受不到她的才情很正常。"说得也是。邱池总不能对着丈夫孩子说："老娘是知名作家，你们两个要好好拜读我的书，然后排队等我签名。"赵逸兴不想失礼，但是他实在无心向一个陌生人诉说苦楚，只想这顿饭赶快结束。

好在成缺和谢斯文聊得火热，成缺尽地主之谊，在跟谢斯文介绍周围哪些地方好玩："冬天还是去滑冰吧，很容易学的。现在还不够冷，最好去室内冰场，最冷的时候公园的湖都结冰。黄河边冬天没啥意思，风大，又冷，羊皮筏子你等到夏天再去坐吧。周围的山也蛮好玩，周末去爬爬还可以……"

谢丹看大家吃得差不多了，便提出回家的建议。天已经黑透了，赵逸兴更是觉得腰酸背痛，忙不迭地招呼赵成缺同学结束话题。

结账的时候发现，谢女士已经悄悄付过了。逸兴觉得不好意思的同时又连连感慨：现在的女性独立得让人难以靠近，自己生养孩子，聚会主动结账，让他这个男人觉得自身的价值在一步步贬值。邱池是不是也这样呢？他不能确定。因为今天他才意识到，他没有见过邱池的职业生活。他平常见到的邱池是居家的邱池，而在外面，她照样能够独当一面。

晚上张宇莫和萧亮躺在床上卧谈："你觉得他俩有没有机会？"

"老婆，你怎么这么八卦？"

"我就是突然闪过这个念头而已。"

"嗯，年龄差不多，都是单亲家长。看上去教育背景也不会差很多。而且我总觉得谢丹很像邱池。"

"我也有这种感觉，但说不出哪里像。"

"但是我觉得老赵还没有准备好。"

"他确实整顿饭吃得心不在焉。"

 两个人的晚餐

第六章
先吃甜点

  米其林主厨 Jacques Torres 的名言"人生苦短,先吃甜点"(life is short, eat dessert first),传达出及时行乐的生活态度。不像其他食物带来饱腹感,甜点给人欢愉。于是我们经常用"甜"象征诱惑:给你点儿"甜头"尝尝,再引诱你投入更深的精力和情感。酷甜者难免会给人一种放纵、缺乏自制力的印象。于是,中餐常常将甜食放在两顿正餐之间,两块糕点垫垫肚子。西餐呢,为了降低享乐的愧疚感,则把甜点放在全餐的最后一道菜,希望吃饱喝足之后看到诱惑可以把持住欲望。

  何必呢,生活已经这么苦。从甜点里获取的欢愉应该是生活中最容易得到的小确幸了。懂得生活的人,把烦恼和义务暂时放到一边,先享受眼前看得到的幸福。

—— 邱池

  离出发还有不到一星期的时间,赵逸兴忙着收拾成缺的东西,蚂蚁搬家一样,打包搬到萧宅去。

  "嗨,赵成缺!"逸兴动不动就冲着成缺喊,"你来看看这件外套要不要带?"

  "你怎么那么烦啊?"成缺觉得爸爸突然变得婆婆妈妈,小到护肤品、铅笔橡皮,大到冬季大衣靴子,他全要清点一番。

  成缺觉得完全不用有这么大压力,反正离得近,如果需要什么再回来拿就好了。逸兴心里明白,这是他身为单身父亲的焦虑,他试图通过巨细无遗的打包过程来平衡内心的愧疚。这一走至少半年,他的孩子将寄养在别人家。不不不,他十分信任萧氏夫妇,他只是

过不去自己这一关。

也许这件毛衣已经小了，需要买新的。去年的大衣肯定没法穿了，一起买吧。这袜子怎么还长了一对猫耳朵？邱池都从哪里买的这些东西？收拾着成缺的内衣内裤，他不禁想到，将来谁帮她置办贴身衣物？赵逸兴越想越后悔，觉得这时候答应接下这个项目是个错误决定。现在自己的资历还不够，没法像总工那样运筹帷幄，也许应该索性换一个清闲一点儿的岗位。想是这么想，又没有勇气付诸行动。赵逸兴自嘲："为了钱折腰。钱多活儿少的岗位轮不到我。"

赵逸兴同时为成缺表现出来的自在感到不安。为什么孩子可以表现得比他理智？为什么孩子这么快就能够接受现实？他是不是该跟自己的女儿学一学疗伤之道？赵成缺觉得爸爸过于紧张，也只能看着他一件一件细细整理、打包。她自己坐在客厅看电视，看到好玩的地方"呵呵呵"地笑。逸兴觉得家里能有笑声是好事，自己也乐得有独处的时间来把思绪理清楚。以前没留意过一个孩子会有这么多身外之物，都是邱池置办的吧。他一下子全面接手这项任务，怎么能胜任？邱池为什么不留下一本育儿攻略？唉，攻略都不够，得再附一本《赵成缺说明书》。

邱池当然考虑过自己的身后事。当时她把所有的银行账户密码都写了下来。水、电、燃气、房贷、信用卡缴费账户改成逸兴的工资卡，物业公司的电话存入逸兴的手机里，学校老师的联系方式添加到逸兴的微信里。邱池还把孩子的疫苗本、病历本专门用一个橡皮筋捆起来放在抽屉显眼的位置。然而她没预料到的是，连每天最简单最日常的生活都会给赵逸兴带来这么大的挑战。

赵逸兴不知道孩子衣服鞋子的尺寸，不知道孩子的身高体重，不知道她喜欢的文具店，不知道她偏爱的服装品牌。这次收拾衣柜时，逸兴偶然发现，赵成缺似乎只穿白色和深深浅浅的蓝色的衣服，款式都非常中性。不是说女孩都喜欢荷叶边和蝴蝶结吗？为什么赵成缺的衣服没有这些元素？这么清爽的衣服是在哪里买的？领口的商标全被齐根剪去，逸兴想找个线索都找不到。

整个房间的颜色也不过是蓝白灰，没有洋娃娃，没有毛绒玩具。桌子上唯一的装饰品是邱池在无锡买的一对泥娃娃——大阿福。逸兴记得这对泥娃娃。邱池第一次看见的时候就说：这不是黄蓉给郭靖买的玩具吗？几乎从来不买旅游纪念品的邱池，在无锡车站的土特产商店买下了这对憨态可掬的泥娃娃。那时候成缺年纪还小，她生怕孩子不小心把它们打破了，一直收在盒子里。直到成缺上了小学才拿出来。原本摆在电视旁边，后来成缺觉得它们可爱，非要放在自己房间内。但是赵成缺有几大把笔：黑色的、蓝色的、彩色中性笔，彩色铅笔、蜡笔，看上去只有细微差别，她为什么需要这么多笔？邱池好像对笔的要求也很高。她常用的笔只有两支，如果坏了还会买同一品牌同一型号的来替换。这次才有机会细细观察孩子的生活，赵逸兴觉得自己之前的那些年，这父亲做得可真不够用心。赵逸兴索性携女儿去商业区购置冬装，他被物价吓了一跳。四位数的童装比比皆是，男装价格更是离谱，他想不明白普通工薪阶层怎么负担得起这些衣服的价格。

"我妈都网购，"成缺看着价格标签也咂舌，"我们回去吧。"

逸兴还是在商场里给成缺买了一件大衣和两件毛衣。他原以为自己的收入已经不需要在购物的时候顾忌价格，可收银小票告诉他，若不规划开支，很可能会赤字。看来邱池还应该把持续回购的网店地址留给逸兴一份，附在育儿攻略里。这天晚上，赵逸兴体会到前所未有的惶恐，他从来没有在出差前如此忐忑不安，辗转难眠。他多么希望邱池能入梦来给他一些指点。邱池没在他的梦中出现过，一次都没有。

— 第六章　先吃甜点 —

冬天结结实实地到来了,早上起床就能看见地面的一层白霜。这天早上萧亮开车送赵逸兴去机场。本来逸兴打算自己坐大巴去的,但是成缺和张宇莫都觉得需要送别一下。这不,满满地坐了一车。成缺和逸兴坐在了后座。成缺握着爸爸的手,脑袋靠在爸爸肩膀上,迷迷糊糊地打瞌睡。早上出发的时候天还没大亮,白杨树干枯的树杈和灰扑扑的树皮让人感觉不到生机。

兰州的机场离市区格外远,似乎是要给外地人一个下马威:让你知道大西北有多大。赵逸兴第一次来的时候是寒假期间,坐机场大巴坐了将近两个小时才到市区。邱池去接的他。路上赵逸兴只看见茫茫的戈壁、荒漠、盐碱地,心顿时凉了半截:果然大西北是荒蛮之地。邱池一路给他讲本地的风土人情:"我们这儿最好的地方就是人人都说普通话,住在这里就是本地人,我们没有外地人的概念。"

这里冬天干燥得让他嘴唇干裂、鼻腔流血。他一直都在犹豫,真的要告别鱼米之乡,搬到这里来生活吗?邱池给逸兴抱来加湿器,给他润唇膏,买来帽子手套围巾。早上起床的时候,邱池拉着他到阳台看玻璃上冻的冰花。两人用手指在冰花上画画,太阳一晒,冰花便了无痕迹。

"放心,好歹也是西北地区的工业重镇,你还怕找不到工作吗?"邱池读到逸兴的焦虑。

"你为什么一定要回来啊?我们在南京也肯定能生活啊。"逸兴和邱池是在南京读的大学。

"为了暖气。"邱池嘻嘻地笑。

逸兴记得邱池在南京过冬天的时候,上课都把自己包得严严实实,坐一会儿就跺跺脚,不停地念叨:"怎么没有暖气呢,怎么没有暖气呢?你们这些冰雪都没见过的南方人真抗冻啊,一腔热血就

045

足以供暖。"考完最后一门课，无论他怎么挽留，邱池一天都不愿意多待，毫无眷恋地立马动身回家。他那时候对暖气这个东西充满好奇。暖气的吸引力比他这个男友还大？晚上熄灯之前，他在宿舍楼前把邱池包在自己的大衣里，邱池闭着眼睛靠在他胸口笑："人肉暖气。"现在回想起，无限温馨。

西北风呼啸，终于到了机场。逸兴自己从后备厢提出行李，把成缺搂在胸口。赵成缺把胳膊探到逸兴的大衣里，脸贴在他胸前不愿意放手。逸兴摸摸女儿的后脑勺："我争取两个星期后就回来看你。"同行的同事也到机场了，赵逸兴不想让别人看到他在这里和女儿上演苦情戏。他使劲把下巴扣在成缺的头顶上："好了，我要办值机手续去了。"成缺的脸在他胸口蹭了蹭，才放手。

萧氏夫妇对他招招手，没有多说一句话。大家都不想把这送别搞得像托孤一样。张宇莫挽着萧亮的胳膊，头靠在他肩膀上："我这姐夫啊，连背影都这么帅。"

萧亮一副没好气的样子，瞥了她一眼。

"当然，他就算帅翻天也不如你。"

"我就是爱你对我昧着良心的奉承。"

甲方对接这个项目的经理和赵逸兴交换名片。"您好，我姓李，李凯风，我是这个项目的负责人。""李经理，很高兴我们这次能合作。赵逸兴。"逸兴和对方握手的时候露出职业化的僵硬笑容。

李凯风是赵逸兴的大学同学，当年睡在他上铺的兄弟。两人好多年没见面，现在见到对方还要保持职业素养，不能表现得太亲密，否则显得不够专业。想来也觉得可悲，工作容不得情感。双方坐下开始商讨安装调试方案。原方案只需要小小修改几处，赵逸兴和李凯风在开完会的那一刻同时松了一口气。双方都是办实事的人。做乙方最害怕的就是甲方要求改设计。修改现有设计的工作量比重新设计都大。赵逸兴曾经遇到过甲方边施工边要求改设计，他气得恨不得加收双倍设计费。

下班后，李凯风打电话约赵逸兴出来："没有别人，不是应酬。"

"嘿，你没什么变化，就是比以前胖了一点儿。"赵逸兴用拳头捶捶小凯的肩膀。

"我今天也挺累的，咱随便找个地方吃饭吧。"

"你做主。"

细雨蒙蒙，天气阴冷，道路泥泞。李凯风开着车东拐西拐地，在一个小巷内的小吃店停下。

"我最近经常来这里，人不多，东西也好吃，环境也挺安静的。"

"经常来？你住这附近？"逸兴印象中李凯风当初买的房子离这挺远。

"不算太远。"

李凯风点了半只盐水鸭、一碟牛肉锅贴，外加一碗酒酿桂花元宵。菜端上来后，李凯风先自己盛了一碗小元宵："人生苦短，先吃甜点。我前几年应酬太多，肝快喝坏了。"然后又盛了一碗给逸兴。邱池也爱吃甜食，尤其爱有桂花的甜点。桂花的甜香闻到就可以全身放松。当时邱池搬回西北，最舍不得的东西就是桂花。逸兴看李凯风的状态有些闷闷不乐，但不知如何开口。这么多年没见面，重逢的时候感到亲切又觉得有些陌生。

"我们这一班同学数你走得最远，"李凯风终于开口，"你最勇敢，为爱走天涯，呵呵。"

"我哪有那么浪漫。"赵逸兴从来没想过他给同学留下这样的印象。

"我很难想象从长三角搬到兰州去生活。"李凯风叹一口气，

"我就是缺乏这种勇气。"

"也就是邱池,换了别人我肯定不愿意。"赵逸兴想起邱池同他的年少时光,心中一阵甜蜜。

"邱池,"李凯风低头停顿了一刻,才抬眼望着逸兴,"她最后的日子痛苦吗?"

"最后,医生说她想吃啥就吃吧,结果无论吃啥都连血一起吐出来。"逸兴心痛的同时也觉得奇怪,为什么李凯风会问邱池的事。

"我看她不再更新朋友圈就感到不妙。"

"啊?你有她微信?"赵逸兴平常从没听起邱池提起过李凯风的消息。

"这年头想联系一个人很容易吧?"小凯微微一笑,端起茶杯喝了一口,"我有她的联系方式但是很少说话。"

逸兴怔住:"我从来没听她提起过你。"他完全没料到邱池会和他的舍友有联系。邱池虽然和他同校但是不同院系,大家的共同朋友并不多。各自的舍友当然都认识,赵逸兴就没有邱池大学闺密的联系方式。

"上马哲时我们在一个班,你忘了吗?"李凯风解释说,"我大一开学没多久就认识邱池了。"

事实的确是这样。

"她以前一到教室就趴下睡觉,有几次她坐在我旁边,老师点名的时候我还用笔把她戳醒。"李凯风笑着说,"不睡觉的时候就看小说,边看边笑。"

李凯风吃完一碗小元宵,开始吃主菜:"要不是被你占了先机,我肯定会追求她。"

"哟,完全不知道,你暗恋过我老婆。"赵逸兴非但不吃醋,反而有点儿得意。

— 第六章 先吃甜点 —

"她总是睡眼惺忪、头发毛毛的。那么可爱的姑娘最后嫁给了你。"

"我又不是不劳而获,当年帮她写了一学期的微积分作业。"秉持多劳多得价值观的赵逸兴就是靠写作业追的女朋友。

"也不知道她们外语专业的学微积分干吗,"李凯风也觉得好笑,"有一堂课讲东西方哲学对比,她摇头晃脑地和老师对答,老师索性点她去讲台上去讲《周易》,结果她侃侃而谈,从河图洛书一路讲到伏羲六十四卦。所有同学都震惊了。"

赵逸兴一时觉得很恍惚,大家对同一个人的记忆怎么会相差这么多?他印象中邱池读大学的时候手忙脚乱的,就连功课都应付不过来。刚遇到邱池的时候她读书读得神经紧张,烦躁不堪,晚上一个劲往太阳穴揉清凉油,在图书馆写作业写到很晚。周末也只能拿出一天的时间跟着逸兴在南京周边玩。而且一出门邱池就躲在他身后,很害怕和陌生人打交道的样子。他心里的邱池不是能自信地站在百人教室的讲台上讲《周易》的人。

牛肉锅贴火候有点儿过了,锅贴皮也稍嫌厚。

"她每本书我都看过,写得很有意思。"

赵逸兴这才意识到李凯风是邱池的默默的仰慕者。而他这个丈夫,也只是看过邱池最近的这本样书而已。邱池写稿的时候,他曾经好奇地凑过去:"你每天都在写什么啊?这么投入。"

邱池看着他狡黠地笑:"专写你的坏话!"

"我只知道她写吃的东西,我自己都没看过多少。"赵逸兴觉得惭愧,同时小元宵的甜让他觉得有点儿烧心。

"有一次她来宿舍楼下等你,刚洗过头发,发梢还在滴水。刚好遇到我,让我帮她去催你一下。我一直都记得她那亮晶晶的发梢。"李凯风的语气透露着嫉妒。

赵逸兴听好兄弟描述他的爱妻不由得问自己:"为什么我的记

 两个人的晚餐

忆里没有那么多动人的细节？为什么两人共同度过十多年的婚姻生活，想起快乐的日子还要追溯到婚前的大学生活？"

"我上个月刚办完离婚手续。"李凯风夹走了最后一块盐水鸭放在自己盘子里。

"为什么？"赵逸兴被这个突如其来的消息震惊。他被老天爷夺去伴侣，无法理解伴侣守在身边却选择放弃："好端端的离什么婚？"

"她遇到更好的人了，"李凯风看上去很淡定，又给自己盛了一碗桂花小元宵，"唉，其实不能这么说，冰冻三尺非一日之寒。我们缘分已尽。"

有人深深相爱但不能相守，有人可以日夜相伴却选择离开。生命之神给我们什么经历，我们只能张开双手接下。自己不中意的也无法与他人交换。李凯风离婚就是放弃生活吗，不一定。也许他们夫妻双方离婚后能过上更快乐的生活。

"可是你们以前感情多好……"赵逸兴词穷，这种言情小说里的对白在此处苍白无力。他不是少不更事的小孩，见到离婚的还大惊小怪。可他印象中的李凯风伉俪还是那对每天早上牵着手一起去吃早餐的甜蜜情侣。

"你也说了，是以前，"李凯风淡然一笑，"过程还算和平，一人一套房子，孩子平常跟她生活，我有探视权。"

嘀，还有孩子夹在中间，不知道李凯风的孩子如何看待离婚。说到孩子，逸兴突然想起成缺，这么晚了，还没给成缺打电话呢，她千万别睡觉了。

第七章

急火快炒

中国人爱炒菜,"炒"这个字在汉语里被中国人运用得活色生香。急火快炒自然是中餐里最常见的烹饪方式,炒菜要炒好,难度就在于掌控时机。烹饪时间短了,食材不熟。时间过长,肉则会变老,蔬菜会失去营养,甚至会烧焦整锅菜。"炒鱿鱼",切了花刀的鱿鱼片一炒就卷起来,像个铺盖卷儿。一打卷就得马上出锅,否则鱿鱼会老得嚼不动。而且鱿鱼算是昂贵食材,与朋友相聚,临别前,请他吃顿炒鱿鱼,也算仁至义尽。

炒股票、炒期货、炒房子当中的"炒"字更是传神,用来描述"投机"。做投机生意抓的就是时机。盯着熊熊烈火,掐算时机。何时做高,何时做空,时机算错满盘皆输。

—— 邱池

回到宾馆,逸兴做的第一件事就是跟女儿汇报自己一天是怎么过的。这还是邱池教他的:"你要想听人家对你诉说,就得表现出来一点儿交流的诚意。先把你的故事说给别人听,人家才会愿意对你开口。"

赵成缺对爸爸的工作还挺感兴趣。赵逸兴不擅长沟通,也不知道跟一个小孩说装配调试的事情她到底能不能听懂,越说越没底气,幸好成缺不停地问:"然后呢?问题怎么解决的?是你把这个问题解决了吗?"逸兴笑笑:"你这是对你爹的盲目崇拜,我一个人没有那么大本事。"

"你呢，今天过得怎么样？"赵逸兴喘一口气，这下闺女该跟他说心事了。

"开始期末复习了，好多作业啊，"成缺口气很无奈，"课内语文、数学各一套，课后作业还有一门一套。"

赵逸兴也不知该如何帮成缺，成缺平常上的兴趣班只有一门小提琴。奥数这类课外班他们都觉得除了折腾孩子之外没有意思。成缺的英语水平可以熟练到看原版电视剧，逸兴都不知道邱池在什么时候把自己的这门绝技传授给孩子的。好像孩子小的时候邱池就总是跟她用英文对话，她开口说话时自然而然地对妈妈说英语，对爸爸说中文。幸运的赵成缺从来不需要上英语班。现在看来学业对孩子的自信心影响还是很大的，他能从成缺的口气当中听出她的挣扎。逸兴在考虑要不要给孩子报个补习班。

"学习差不多就行了，"赵逸兴只好这样安慰成缺，"慢慢来，别着急。"

"这时候才意识到平常落下来那么多。"成缺慢慢打开心扉。

"我们这段时间生活的节奏被打乱了，"逸兴开始剖析自己的生活，"等我们找到新的节奏之后一切就会走上正轨的。"

"我姨夫比你有耐心，他帮我辅导数学作业。"赵成缺被父亲的体贴感动，也不想让他有太多压力。

"呵呵，萧亮辅导你这个小学生的作业，大材小用喽。"赵逸兴倍感欣慰。大家都很乐意帮助他们父女。萧亮当年可是靠奥数全国二等奖保送上的大学，他愿意出手援助成缺，应该比多数补习班都有用。

"你还要跟姨妈姨夫说话吗？"成缺打了个哈欠。孩子也困了。

"你代我向他们问好吧。明天我再给你打电话，"赵逸兴心中很踏实，已经不需要跟萧氏夫妇说什么客套话了，"我一会儿把我吃的晚饭发给你，以后带你来吃。"赵逸兴不喜欢在朋友圈上晒他的生活，想和别人分享的生活都给成缺单独发送。

刚一开工就出了问题。赵逸兴在工地发火了："谁采购的电线？弱电线我订的是屏蔽抗干扰线，这堆破烂怎么用？"布了半天的线了，逸兴才发现电线不对。李凯风闻讯赶来，把逸兴拉到一边去谈。

"少安毋躁。现在惩罚员工也没用，工期要被延误多少？"李凯风比他冷静得多。

"不知道。这么大批量的采购估计至少得十天才能到货，我们如果先只铺强电的话，不知道在现有条件下能铺多少。安装方案都要改，而且没法边装边调试了。我更倾向边装配边测试，要不然事后出问题的话不好找错误。"逸兴想起来都头疼。这些原料应该在出库的时候就审查一遍的。一步没做到，出师就不利。

"已经这样了，你别着急。"李凯风这个甲方代表太好相处，"看看我们货仓有没有这个规格的屏蔽线，有的话可以先借出来用。不过我估计就算有存货，库存也不可能这么大。咱先能做多少做多少。"

赵逸兴愤愤地说："等我回去一定要把那采购揪出来炒了。成事不足败事有余。那小子肯定收了供应商的回扣。"

李凯风看着他笑笑："你就是前半生过得太顺。这种破事儿我经历得太多了。"

逸兴听到"前半生"这几个字惊了一下，小凯是不是同时在比喻其他的事情？

李凯风比他有大将风度："着急上火也没用，你派个人跟我去仓库吧。"

赵逸兴爱钻研技术，不太爱做管理工作，遇到这类事情就容易抓狂。李凯风在这方面比他水平高很多。"妈的，炒了那小子都不解恨。应该罚他来把每根电线都包上锡纸。"逸兴还是不肯放过采购，

053

两个人的晚餐

"接好的线还得拆。"

李凯风原本走两步,又驻足回头问他:"你把同事炒了,一个光杆司令能把活儿干完?本来是文火慢炖的活儿,你当成炒菜了。"

赵逸兴偏转过头,目光落在地面上,低声说:"我就想早点儿回家。"

李凯风凝视他半晌,问:"你对孩子有愧疚感?"

赵逸兴低头不语。他对小凯摆摆手,示意各司其职,别再纠结他的私事。

接下来的两个星期工作量都不大,反正要等材料,大家都慢慢悠悠地工作,不需要赶工和加班。下班后同事经常聚在一起吃饭喝酒聊天,热闹的集体活动让赵逸兴冰冻的心开始渐渐融化。

来南京之前逸兴有些近乡情怯,毕竟这是他和邱池度过少年时光的地方,他觉得这里更会让他触景生情。同事很体谅他,没有要求他向大家介绍本地美食景点,也没要求他带同事们周末出去玩。只是在吃饭的时候大家一定会叫上他,免得他一个人在房间内喝闷酒。赵逸兴很努力地融入大家的社交生活,每次吃饭他都细细聆听同事之间的谈话。平常印象中性格沉闷的张小北原来私下这么活泼,一直在讲笑话。王青山虽说长得人高马大,但是酒量很差,好在酒品不错,喝多了就搂着同事的肩膀诉说他多把对方当兄弟。李少阳精瘦但是吃得比谁都多,每道菜都要拍照发朋友圈。和同事一起热闹地吃晚饭成了逸兴盼望的事情。

总工说的有道理,换个环境确实让赵逸兴心情好很多。暂时离开孩子给他时间和空间休养生息。之前赵逸兴坚持要死死守住孩子,因为他已经失去了妻子,无法同时放弃孩子。况且孩子尚且年幼,人生经历如此大的变故,逸兴需要在这个特殊时期给孩子更多的关

— 第七章　急火快炒 —

爱。赵逸兴前段时间一直处在紧急应战状态，这次出长差的任务给了他喘息的机会，也给了他学会照顾自己的感受的时间。

赵逸兴一直在刻意避免接触和邱池有关的东西。但是那天和李凯风吃的桂花小元宵让他打开了记忆的匣子。那碗桂花香四溢的小元宵让他觉得邱池好像就在他身边，和他一起分享着甜蜜的味道。他接受了邱池在他生活中留下的烙印，而且打算与这些烙印共同生活下去。

这个周末同事们相约一起去爬紫金山，赵逸兴自己在酒店里读邱池的书。原来邱池是这么细腻敏感的人，路边摊的老板、熟食店的收银员、借着餐桌一角做作业的餐馆"二代"小姑娘都是邱池笔下鲜活的人物。赵逸兴很好奇她怎么描写自己的丈夫，翻了半天，没找到。看来邱池很爱南京的食物，为南京的食物花了不少篇幅。赵逸兴边读边笑，这都是曾经和邱池一起吃过的东西。

据说南京人每年要吃掉一亿只鸭子。走在南京街头，随处都有卤味店，专卖鸭子及其周边产品。盐水鸭、酱鸭、板鸭，还有鸭舌、鸭翅、鸭胗、鸭心、鸭肝、鸭肠。半只鸭配些卤味再煮锅白粥就足以撑起一顿晚饭。

卤味店的头筹我会给湖南路上的韩复兴，这是一家从民国时期就经营到现在的盐水鸭专卖店。这么出名的餐厅只外卖无堂食，从收银员到剁鸭专员都底气十足。顾客交了钱之后老老实实抱着自己的那只鸭子排队，待人家帮忙斩鸭子。

斩鸭阿姨手起刀落，"铛铛铛铛"，如同一个隐于市的武林高手，动作果断利落。树桩做成的案板被她活活斩成了内凹的炒锅形状。她一把大菜刀倏地把鸭肉抄起，装盘，包保鲜膜一气呵成。或许是被斩鸭阿姨的武艺震慑到，顾客接过鸭子时候的神情都有些唯唯诺诺。

—— 邱池

两个人的晚餐

赵逸兴看到这一段之后受好奇心驱使,中午一个人去了湖南路这家韩复兴。他一眼就看到了邱池笔下的那个炒锅形状的案板和斩鸭阿姨,她那肃杀的表情和邱池描写的一模一样。逸兴买了半只鸭子,坐在路边的长椅上就吃完了。他一个人吃得有滋有味。下午跟成缺聊天,成缺看来在萧家过得挺自在。

"我姨夫写了个程序帮我练数学题,"赵成缺说起这个东西很激动,"会自动出题,而且根据我做错的题的反馈,再出同一类型的题来练。"

"一听就是萧亮会干的事儿。"逸兴忍不住笑。

"这东西在他手里一点儿都不觉得难。"

"要看出的什么样的题了,如果全是计算题的话很容易。但是应用题的话就麻烦得多了,至少需要一个数据库。"赵逸兴就是太现实。

"就是计算题。我姨夫说算数不熟练的话到了后面就难前进。"成缺的兴奋感退去了一些。

只听萧亮在一旁喊:"老赵,你就让你闺女崇拜我一会儿不行吗?"

成缺"咯咯咯"地笑起来,拿着手机转身走到自己房间里。

"你知道吗,宇莫姨妈每天逼我练琴。"成缺压低声音,不想让他人听到。

赵逸兴听了大笑:"我以为张宇莫不在乎这些呢!"

"她说学这么久了放弃太可惜。"

"那倒是,我也觉得你还是最好坚持下来。"

"马上有个汇报演出。上一次我没参加。这段时间其他同学肯定都进步多了。"

"你的进度耽误了啊,别光看眼前这点儿成绩,我们争取从现在慢慢回到原本的轨道上去。"

 两个人的晚餐

"爸爸,你怎么变积极了?我以为你会让我顺便别学了。"成缺问。

"你觉得我以前很消极?"

"心如死灰。"

赵成缺这个词戳得逸兴好痛。

"你之前好像对什么都无所谓了。况且你对我学琴本来就没怎么支持过。"

逸兴内心很清楚自己这段时间状态非常低沉,他以为自己掩盖得很好,至少他本意不想把自己阴暗的心情传递给孩子:"我确实心情非常差。"赵逸兴到了这个阶段也不想再刻意回避、粉饰自己的心情,以至于他连"也许时间长了就会好起来"这种话都说不出口,"我今天吃了很好吃的鸭子,下次带你来吃。"

"鸭子有一股鸭屎臭味。"成缺皱着鼻子说。

"你以为只有你一个人能闻出来鸭屎臭吗?跟你说了这家很好吃!"赵逸兴也觉得这个孩子怎么这么事儿多。

"那最近你在宇莫家吃得如何?她的水平肯定不如你妈,你不也得忍?"

"她平常一次煮一大锅,然后吃三天,"赵成缺也没办法,"周末会做点儿正常的饭。"

"所以你知足吧!你见谁家像咱家那样一天三顿饭都现做的?"

"除非跟外公外婆一起住有新鲜饭吃。好像没有人能经常吃到妈妈做的饭。"

"好了,我跟你姨夫说两句。你注意别看那么多电视,还有少打点儿游戏。"

"我——知——道——"赵成缺得显得有些不耐烦。

058

第七章 急火快炒

赵逸兴和萧亮的谈话内容无非就是一方询问需要交多少生活费，然后另一方推脱说我们之间犯不着谈钱这一类的最现实话题。怎么能不给钱呢？人家已经出了这么多力帮他养孩子了，不能让人再倒贴钱。逸兴决定每个月转工资的四分之一给萧亮。

晚饭时刻同事都回来了。

王青山觉得不值："中山陵就是暴走爬楼梯去了。"

逸兴笑笑："是你对民国历史不感兴趣吧，不能让中山陵背锅。"

张小北也觉得划不来："灵谷寺也没什么好看的啊。"

"季节不对。如果你国庆、中秋期间去的话，门口的两棵桂花树正开花。在灵谷寺逛一圈头发里都透出桂花香。"

"你这么懂行下次你带我们去玩吧。"李少阳毫不客气地提出要求。

"秋天应该是最好的季节。以后如果再来的话我们可以一起去。明孝陵的石像路随手拍张照片都能当明信片用。"邱池曾经带成缺专程去明孝陵拍黄叶。

菜陆续端上来，逸兴看到有桂花糯米藕："我老婆以前很爱吃这个。"

突然所有同事的筷子都停在半空中，安静了下来。关于赵逸兴的事儿，同事当然都知道。这是赵逸兴第一次在外人面前主动提起邱池。"她还试图在家做过这道菜，但是不成功。"

同事又若无其事地继续聊天："很难做吗？"

"藕洞里塞糯米然后放冰糖煮，结果煮得米全跑出来了，变成一锅黑乎乎的糯米莲藕粥，我喝了三天才喝完。"

"人家是怎么把米固定在藕里的？"大家听到他的描述都笑了。

"我也不知道，她再也没做过。以前我来南京出差总会带个真空包装的桂花糯米藕回去。"逸兴似乎不再避讳谈论这些事情，"总

 两个人的晚餐

觉得网购的味道要差一点儿。"

带个糯米藕送给相思的爱人,和古人送红豆的意义差不多吧。以前逸兴心思、情感都挺钝,就算出差想家也是因为觉得外食盐和味精多,酒喝得胃不舒服,想吃自己家做的饭。他很少对人产生思念。现在如果买个糯米藕可以送给谁呢?如今,远方依旧有人让他思念。赵逸兴现在思念的人是他的孩子和萧氏夫妇。

第八章

辣椒酱和燕窝

把食物当作礼物赠送是很常见的行为。可是作为礼物的食物，常常不是普通人觉得好吃的东西：淡而无味的燕窝、名贵的烟酒、腻死人的月饼、难以下咽的补品……作为正式的礼品送出的食物有一个共性：都配有华丽的包装。没见过谁把一包大米、一罐辣椒酱，或者一盆麻辣烫当作礼物赠送的。

送礼的人想借助礼品传达一个声音："看，我多在乎你！我肯为你花这么多钱！"收礼的人是什么心情呢？大概会根据礼品的价格来评估情分的深浅吧。而情分深浅似乎又不完全和礼品的价格相关。送辣椒酱的人是"知己"；送燕窝的人，归为"人脉"。交流感情的时候需要知己，成就事业的时候需要人脉。这两类朋友你都需要。

—— 邱池

赵逸兴趁星期天休息去看望自己的父母。赵家住在离南京三个小时车程的小镇上，逸兴的父母没念过多少书，但好在小镇整体经济发达，算是沾了改革开放的光，自己做了点儿小生意，日子也过得不错。当初赵逸兴义无反顾地跟着邱池走，父母自然有很大意见："你这是去入赘吗？"

逸兴知道他们肯定不能理解。后来邱池听到"入赘"这个词，一个劲儿地笑。

"你们那还有这种风俗？"

"嗯，如果男的住到女方家就是入赘。就连婚礼都不一样，是

两个人的晚餐

女方来车接女婿。一般一家至少得两个儿子,才会允许其中一个儿子入赘。以后的孩子也跟女方姓。"

邱池也觉得匪夷所思。怎么二十一世纪了结个婚还搞得像一场交易一样,从婚礼开始就潜藏着权力斗争。她以为婚礼就是邀请亲戚朋友来大吃一顿和祝福新人庆贺而已。

"我表哥正常结婚,生了二胎,老二也跟妈姓。他们觉得这样才公平。"

邱池当时便故作一本正经地立下誓言:"放心,将来就算我生八个孩子,每个都跟你姓!"

"十三点!"[①]

只是邱池生下成缺之后就没有打算再要一个孩子,即使他俩符合二胎政策的条件。吴方言的词汇和语音同普通话的差别在邱池听来就像英语和法语那么大。在婆家待了几天,她根本没法开口交流,吃了一肚子瓜子,听了一耳朵吴侬软语。邱池也体会到"异乡人"的孤独感。除了语言不通之外,风俗习惯也与大西北差别迥异。她发现走在街上遇到的人都可以和婆家由某种血缘或者姻缘联系起来。每个本地人都可以清楚地看出来,她不是本镇居民,她是异乡人。本地人都不用听她开口说话就能做出这样的判断。邱池手长腿长,站在人群中就比多数人高一截;而且她浓眉大眼,举手投足都和江南女子温柔婉约的气质完全不一样。她每天紧紧跟着赵逸兴,觉得只有这样才能稍微安抚内心的恐慌。被排除在外的孤独感,让邱池只想离开。

赵逸兴当时决定跟邱池搬去大西北,旁人以为他是为了邱池,只有他心里知道,还有一部分原因是想借这个机会远离父母。他和

[①] 吴方言,用来形容人神经兮兮,举止轻浮。

第八章 辣椒酱和燕窝

父母,呃,怎么说呢,很难交流。赵逸兴的父母是一心一意为了孩子的爹妈。小时候为了让逸兴好好学习,他们晚饭后不出去散步,甚至不看电视,怕吵着孩子。后来逸兴想报北京的大学,他们反对。父母坚持他只能报本省大学的志愿,不可以去更远的学校:"我们南京就有很多好大学的啊,还离家近,多好。"读书的时候,每个周六早上七点半,宿舍的电话一定会响。所有室友都痛恨这个电话:"赵逸兴你就不能让我们睡个懒觉啊!"别人可以怒吼一声,蒙着脑袋继续赖床。逸兴就不得不爬起来接电话,他的心里当然有怨言。不过每次通话时间都很短,无论父母问什么他就嗯两声应付过去就好了。

后来大家集资买了根特长的电话线,到了周五晚上就把电话拉放到逸兴枕头边:"响一声就接起来,不要吵我们睡觉!"赵爸爸赵妈妈平常自己舍不得吃舍不得穿,只盼节假日孩子回来招待孩子。挣钱自己不花,攒着说要给儿子买房子用。即使后来赵逸兴搬走:"我们那房价不高,不需要花你们的钱买房子。"老两口也是一门心思地要攒钱给儿子。逸兴试图带他们出门旅游,他们却不住地心疼钱,让逸兴体会不到快乐。孩子回来了呢,也聊不到一起去。他们只能一个劲儿地劝:"你多吃点。"他们甚至能做好一大桌菜,自己却不怎么动筷子,就看着孩子吃。有一次邱池蹲下来系鞋带,让逸兴帮忙拿着她的包,赵妈妈马上伸手把包扯过去:"我来背!"这种来自父母的爱让他觉得是个莫大的负担。

尤其是后来看到邱天舒和张永梅的生活,逸兴越发想远离父母。在岳父家吃过晚饭张永梅就忙不迭地要出门:"小池你把碗洗了,我要赶去跳广场舞。"邱天舒更忙,动不动周末就不在家,和老朋友去爬山。邱池洗碗的时候逸兴喜欢从身后抱着她聊天:"你爸妈每天的娱乐生活安排得那么满啊。"

 两个人的晚餐

"所以要感谢爸妈肯从百忙之中抽出空来和我们吃顿饭。"

邱池和父母的关系很亲近。上大学的时候和张永梅打电话一打就是半个小时,生活中什么细细碎碎的东西都跟她说。以至于张永梅第一次见到他的时候就说:"赵逸兴啊,我觉得我认识你很久了。邱池整天跟我说你的事情。"邱池选课的时候还会打电话征求邱天舒的意见。邱老先生很有意思:"选课啊,选一门有用的,搭配一门有趣的;一门有挑战的,搭配一门轻松的。要不然大学读得没有乐趣。"

赵逸兴怎么都没法跟父母聊天超过五分钟。

"好好念书!"

"我知道。"

"别睡太晚!"

"我知道。"

对话结束。

这次回父母家,赵逸兴一样心事重重。他已经可以预想对方的台词:"你回来吧,在这附近找个工作,我们帮你看孩子。"逸兴在附近超市买了几件礼盒装的保健品,提着去敲自己父母家的门。要是邱池看见肯定又要笑得趴在他肩膀上:"这种贵而无用的东西居然真有人买,还是买了送给父母!"父母看到逸兴非常非常高兴,不等他自己跨进门,就把他拉进门里来:"你怎么瘦了这么多?"然后接下他手里提的礼品包装盒。这是今年第一次回家,赵逸兴觉得房子又旧又暗又小,父母也突然老了。

"你回来吧。"

逸兴心想:果然。

"我工作做熟了,不想折腾。"

— 第八章 辣椒酱和燕窝 —

"现在换工作没有什么了不起的呀。先搬回来再慢慢找好了。"
"哪儿那么容易。没工作钱从哪里来？南京房子我也买不起。"
"我们帮你的呀。"
"难道我是富二代？"赵逸兴不屑一顾地回复母亲。
"回来我们能帮你看孩子的啊。"
"孩子也有她习惯的生活，这种搬家对成长不利。"
"回来我们还能帮你做个饭啊，打扫个卫生啊。"碗筷已经摆好，就等他来了开饭。
"我家有个钟点工阿姨，人挺好的。"
"那气候干燥得呀，鱼虾蟹都吃不到。我今天早上买的河虾，鲜得嘞，大西北没有的吧？"母亲不由分说地给逸兴拨了半盘河虾在碗里。
"现在这年头啥买不到。况且一方水土养一方人，大西北也有他们本地的好吃的。"
"你一个人在外面要吃苦的呀。"母亲自然是很关心儿子的。
"你哪只眼睛看见我苦？"赵逸兴嘴上不说，心里已经开始叫苦，看来在父母家这次又要谈崩了。
"来吃蛋饺，才包的。这个平常也没有的呀。"母亲又给他盛了一碗蛋饺粉丝菠菜汤。

邱池以前经常做蛋饺，不管春夏秋冬，只要她想吃就做。这食物在他家是非要等到腊月才能吃到的。赵逸兴和邱池在一起生活了十几年，在父母家也不过只生活了十几年，到底和哪边关系更近呢？逸兴自己也说不清。

"你这次怎么没带孩子回来？"母亲问。
"我得上班，怎么带孩子？况且孩子还上学呢。"
"那今年过年的时候把孩子带回来吧。"

065

— 第八章 辣椒酱和燕窝 —

"我刚想跟你们说呢,过年我就不回来了。反正现在离过年也就两个多星期了,我回家之后就不想再折腾了。"

父亲开口了:"我们老两口就这么孤苦伶仃地自己过年?"

逸兴闭了一下眼睛,深吸一口气:来了。

"要不然今年你们去我那过年吧,我回去的时候我们一起走。"

"我们不高兴去的呀,听说又干又冷。"

逸兴不说话,蛋饺汤才舀出来几分钟就冷掉了,哪里都比不上自己家冷。自始至终,父母都没有问过邱池,也没有问过成缺如何处理童年丧母的痛苦,现在跟谁生活;更没有问过赵逸兴加班多不多,这段时间一个人又要工作又要养孩子怎么忙得过来。

"我们很久都没见孙女了,你得让我们看看孙女啊。我说过我帮你看孩子的啊,是你们一定要自己养。"奶奶对于没机会带孙女耿耿于怀。邱池坚持孩子一定要亲手带大才有感情,她舍不得把孩子送走。"当时让你们再多生一个孩子你们又不肯,看你现在多孤独。"父亲叹了一口气。

嗯,我赵逸兴很需要你们提醒我孤独,当初我多生个孩子现在就能替代老婆了。逸兴不愿意再多待一分钟,尽管这曾是自己的家。

"等我这段时间忙完再带孩子来吧。"

他吃完饭不用洗碗。因为赵妈妈包揽所有的家务,她对孩子的期望就是承欢膝下。只要不在膝下生活,就是不孝顺。父亲母亲对孩子提供着无微不至的关怀,孩子呢,只需要付出"听话"的代价。他们一直都不喜欢邱池,这个野喳喳的姑娘拐走了他家宝贝儿子。

"我们老邻居李大娘家的小娟你还记得吗?在南京做公务员的那个?"赵妈妈说,"她也离了婚。"

"名字有印象,人完全想不起来什么样。"什么叫作"也"离了婚?赵逸兴是丧偶!和离婚能一样吗?

"我本来打算让你们过年见一面的。"

"我要走了,明天还要上班。"赵逸兴看了一眼手机,站起身来。

"你吃过晚饭再走啊!"

"吃过晚饭就没车了。"

逸兴在车站外的小卖部买了罐啤酒上车喝。

古来征战几人回。

回趟自己家比熬夜加班都累。斜斜的阳光透过窗户照在半边身子上,他才渐渐暖和过来。司机大哥说话带有浓重的后鼻音,大巴车一打着火,便响起了许巍《故乡》的前奏。逸兴微微一笑,知音遍天下,故土变他乡。逸兴远离父母,心里自然也是觉得愧疚的,觉得自己没有在父母身边尽孝。况且自己是独子,父母养老的问题毫无疑问他是要负责的。他也为此努力过,试图让父母了解、融入他们的生活。无奈的是,父母没有向他靠近的意思,只有他顺着爹妈的份儿。

以前邱池同逸兴每年都要回两次家。他觉得自己远走他乡,需要把假期都给父母。邱池呢,自己时间自由,在哪里工作都可以。既然逸兴想回家那就陪他。毕竟她和自己父母相聚的时间要比逸兴多很多。到了婆家闭着耳朵写稿,写完了带孩子在周边玩。今年这是第一次回,待的时间也最短。父母对他的关注让他喘不过气来。细细想来,邱天舒和张永梅与孩子之间的交流中从来没有过充满进攻性的言辞,他们连夹菜都不会给女婿夹。这种距离感反而让逸兴觉得更自在。

以前总拉着老婆一起,多一个人分散父母的注意力也是好的。邱池倒好,说她听不懂吴语,自己缩在一边陪孩子,不搭理公婆的唠叨。直到有一年刚从江南回到自己家里,他听到邱池对成缺说:"看我家囡囡乖得嘞……"

— 第八章　辣椒酱和燕窝 —

逸兴满脸惊愕地盯着邱池："你在我家假装听不懂我们说话是不是？"

邱池巧笑倩兮："你们讲话我弄勿清爽（弄不明白）。"

"幸好我们没说你的坏话。"逸兴除了眨巴眨巴眼睛之外，也没什么办法。

他忘记了邱池的语言天赋。在南京上了一年学之后邱池就可以操一口南京话跟小贩讨价还价："乖乖，老贵的喽。"不知道什么时候邱池把他的方言学了去，也不知道她学了多少。邱池可以假装听不懂婆家亲戚的话来避开烦恼，逸兴呢？赵逸兴以前在老婆的陪伴下觉得反抗的底气要足一点儿。这次回家形单影只，难以抵挡父母的控制。

逸兴在兰州生活这么多年，无论怎么邀请，父母都不肯来，连来旅游的愿望都没有。每次回家就听他们感慨这儿子白养了，非要跑到那么远的地方。逸兴自己也觉得可笑，少年时克制住的叛逆，攒到中年竟一起爆发了。父母自然是爱他的，他当然也很爱自己的爹妈。他觉得自己和父母的距离越来越远。将来，将来再说吧。现在的生活他已经应接不暇，无力计划未来。

周一开工的时候新订的弱电线到货了。看来供货商到了年底想清库存，一有订单便马上出库了。逸兴和同事打算用剩下的时间加班赶工，尽量追回落下来的进度，过年的时候再回家。赵逸兴没能守住对成缺许下的两周之约。他也不禁苦笑，怎么这把年纪了还这么天真，想挖墙脚？没那么容易。

"下周就期末考试，考完就解放了！"成缺跟爸爸汇报。

"不要太在意分数。考试分数不是最重要的，只要掌握了关键的知识点就不会出大问题。"逸兴说的是实话，可这让成缺更心虚。

069

两个人的晚餐

"我觉得这段时间学得还可以。"

"学好了就行。不要为考试而学习。你只要学好了,应该怎么考都没问题。"

成缺越听越焦虑:"妈妈以前从来不说这些励志的话,妈妈就琢磨考完试之后带我去哪里玩。"

"你可以打算一下过年假期去哪里玩啊,我过年回去,可以带你出去玩。"

"等你回来再说吧。"成缺抬头看了一眼,萧亮回家了。

张宇莫满心欢喜地迎上去:"亮哥哥回来了!"双手拢在他脖子后面,两人额头抵额头地轻声说话。成缺从来没见过自己父母有这么亲密的举动,她印象中父母的关系比较……礼貌。

"我姨夫才进门。你知道吗,他如果要加班晚回来的话,一定会打电话回家的。"

"那不是应该的吗?"

"你以前就不打。"

"谁说的,我明明都打的。"

"反正你不是每次都打,我和妈妈通常等你吃饭等到六点半,看你不回来我们就自己开饭。"

"几次没打就被你记住了。"赵逸兴觉得很冤枉。

"不跟你说了,我要睡觉了。"成缺这次先挂电话。

逸兴还在琢磨:我到底什么时候加班没打电话报备?怎么就被她记住了?我分明加班都打电话!赵逸兴这一天过得莫名其妙地憋屈。

070

第九章
吃不吃剩饭

> 观察人和人关系的亲密程度，有一个考察指标就是看他们会不会共享食物。
>
> 高端食肆常常由服务员来帮忙分餐。精致的食物端上桌之后在转盘上转一周，让大家欣赏菜肴的造型和摆盘。然后服务员把食物分成小份，在座的食客就能精致典雅地吃到属于自己的那一份。去这种地方消费的人群主要目的是谈生意。
>
> 普通商务简餐一人一份，大家同席而坐，各食各份，结账的时候也只为自己的那份埋单。家庭聚会则没有这么强的距离感，一道菜端上桌，筷子从四面八方伸过来，同座同吃，其乐融融。
>
> 共享食物的最高级别大概是吃别人的剩饭。只有极亲密的情侣，或者父母子女之间，才能做到心无间隙地吃下对方的剩饭。
>
> —— 邱池

这周五下午，赵逸兴在厂房里看见一个电焊工的背影有点眼熟，而且工作服穿得松松垮垮的，好像尺码领错了一样。

"孙琦！"赵逸兴突然火冒三丈，"你以为你戴个电焊面罩我就认不出来了吗？"

那个电焊工放下面罩和焊枪，笑嘻嘻地看着逸兴。

"你来干吗？总工派你来卧底？"赵逸兴气不打一处来，"你知不知道这个东西多危险？你上次摸焊枪还是金工实习的时候吧？"

"我工作第一年下车间轮岗的时候也玩过电焊的。"孙琦倒是脸皮厚，一点儿都不觉得有问题。

"玩玩玩，万一玩出个工伤怎么办？这火花乱溅的！我都不敢说我会电焊。"

"咱不是有五险一金吗？你怎么吓成这样？"

"你怎么混进来的？原来的电焊工呢？"

"喏，我贿赂他一盒生煎馒头，他就同意借工作服给我了。"孙琦往厂房门口一指，只见电焊大哥笑嘻嘻地站在门口端着一个快餐盒，拿着筷子的手冲赵逸兴挥了挥，一副打算看好戏的样子。

"你们这不是胡闹吗？安全作业规范都不顾了？"

"跟他没关系啊，都是我的主意。"

"你到里面办公室去等我，这都什么事儿！"

李凯风恰好经过，故意走过逸兴身边，撞了撞他的肩膀："哟，桃花上门了？"

"桃花个鬼，我徒弟！"

"那不是桃花是啥？"李凯风笑着走开。

收工时天已经黑透。逸兴走到办公室的窗口，看见孙琦坐在里面百般无聊地划手机。

"你来干吗？"

"请了一天假，我星期天就要回去。"孙琦还是没直接回答。

她总不能说我打了个飞的就为了来看你一眼吧。

"走吧，跟我吃饭去吧。我饿得都没力气跟你扯皮了。"逸兴也无心纠缠，人来都来了，还能怎么办。逸兴找了一家很安静的商务餐厅，周五晚上人很少，灯光昏黄，音乐轻柔，服务员也少，一人管一个区域，不会盯着某桌食客看。两个人在一个角落里的卡座坐下。

第九章 吃不吃剩饭

孙琦一坐下就先点了一杯加冰奶茶，赵逸兴看了她一眼："你也不嫌冷。"他叫了一杯铁观音、一碗大排面，配一碟酱鸭。孙琦一口气，把吸管吸得"扑噜扑噜"作响，喝干了奶茶，还一副意犹未尽的样子，然后才点了一份菌菇仔鸡煲。两人各吃各的，吃饭间隙互相攻击对方的食物。

"那面一看就是机器压出来的，你也吃得下去。要口感没口感，要味道没味道的。"

"你的好到哪去？喝一肚子水，冰火两重天。"

逸兴"呼噜呼噜"地把自己那碗面吃完，才觉得灵魂归位，慢悠悠地开始啃鸭子。孙琦看来也是饿过头了，汤泡米饭配蘑菇吃，连吃了两碗饭。鸡她只尝了一口就皱皱眉毛："炖过汤之后鸡就没味道了。"

逸兴哑然失笑：这分明是赵成缺会说的话，今天竟然从孙琦口中听到。他凝神看着对座的徒弟：这姑娘入职后分到他手下没少遭罪。她机械天赋一般。一开始画的图纸经常被逸兴退回去返工，有时候太难懂，有时候没考虑容错性，要不然就是设计的机械效率低。他也不留什么情面，该重画就重画，该修改就去改。逸兴记得孙琦工作第一年胖了不少，她自己说是抑郁得除了吃饭之外生活中没其他盼望。

这时候孙琦把煲一推："唉，我吃不下了。"

邱池也经常这样，眼大肚子小。她把饭碗放下，逸兴就会接过来吃干净。但是赵逸兴不可能打扫孙琦的残局。逸兴望着孙琦，静静地等她开口。

孙琦擦干净嘴之后，吸了一下鼻涕："明天我生日。"

赵逸兴觉得头皮发麻："所以你来找我？"

"我想向你要一件生日礼物。"孙琦低下眼去。

073

两个人的晚餐

"哦?"

"要你一天的时间。"孙琦凝视着他的双眼,深吸了一口气,一字一顿地说,"就一天。"

逸兴没有马上答复。他对孙琦有好感吗?自然是有的。这个姑娘平常话不多,性格阳光又坚韧,当初给她布置那么辛苦的项目她都坚持自己一点一点地做下来了。不像有些学徒,整天惦记着走捷径。逸兴遇到这样的徒弟也觉得幸运,耐心地慢慢教,即使天赋一般,一年后也就上手了,独立设计不成问题。只是逸兴对她没有心动的感觉,只当她是晚辈。

逸兴开口了:"你知道我多大年纪吗?"

"你比我大整整十岁,"孙琦低下头看了一眼桌上的食物,然后看着他,慢慢地眨了一下眼睛,"你的事情我都知道。"

赵逸兴不知道该怎么办。人家大老远跑来,只求一天的时间。

孙琦眼中流露出恳求的神色。嗬,邱池从来不会这样。邱池比较"冷"。邱池遇到逸兴不情愿的时候,态度一向是:"你不想去的话我自己去好了,不要勉强。"逸兴被孙琦的眼神打动,心一软,答应了下来。

"你这两天住哪儿?"逸兴问。

"和你们同一家酒店。"

逸兴起身结账。孙琦跟在他身后说:"饭钱拜托你帮我出了吧,我跑这一趟都要破产了。"逸兴笑着签单:"你还真不客气。"

"这地方又贵又难吃。"

赵逸兴转身走出餐厅:"请你吃饭你还挑毛病。"两人并排走回酒店,在电梯里分手。

"明天早上十点,我们在大堂见面,"逸兴微笑着对孙琦说,"我陪你玩一天。"

第九章 吃不吃剩饭

孙琦高兴得几乎连跑带跳地回房间。孙琦也问自己："为什么就不能放下呢？"

她心里明白，至少现在，逸兴还没有准备好接纳别人。谁知道他会不会有那一天呢？这些日子他一直阴沉抑郁，连强颜欢笑的力气都没有。她不打算提心吊胆地等下去。她第一眼见到这个男人的时候就爱上他了。他是她从少女时代就喜欢的类型：面容爽朗清秀，待人彬彬有礼。更别说他工作的时候那副专注投入、心无旁骛的模样。但那时候他已经是别人的丈夫。跟他学徒的那一年，孙琦每次去汇报工作都不敢直视逸兴的眼睛，生怕自己那点儿小心思被他看穿。

"这次图纸被你改成什么样了？"逸兴通常这样开场。他办公室有一扇大窗，朝阳从侧后方照进来，整个人有一个金黄的轮廓。他一般不闲聊，每次只谈工作，沉着的脸上没什么表情。

"这里在运作的时候会有震荡，不能用螺钉连接，容易松。这个扭矩太大，很可能直接驱动不了。这些情况的常规做法是……"

孙琦看着严格又耐心的师傅，努力集中精神听他说话。

"有问题卡住了就回来问，别自己憋着。好多经验型的做法，读书的时候肯定学过，但是多数人都记不住。有人点拨一下效率高。"逸兴经常这么对她说。

孙琦明白赵逸兴不会介意她经常拜访，但是她自己刻意避免和他独处。赵逸兴再迟钝，也能感觉到这个徒弟灼灼的目光。这是属于她自己的秘密，逸兴愿意帮她守护这份闪亮的情感。

逸兴洗漱的时候看见镜子里的自己：脸颊微微陷了下去，胡子拉碴的，头发也太长了。他不禁笑笑，这副样子还能有人想同他约会。他洗了把脸，去了街角的理发店。理发师正准备收工，看见走进来一个形容憔悴的客人，不由得揣测：他最近有什么不幸遭遇？

 两个人的晚餐

"麻烦你帮我剪得精神一点儿吧。"

理发师掸了掸座椅上的头发屑,让逸兴坐下。和平常不同,理发师没有向逸兴推销洗剪吹之外的业务,大刀阔斧地给他剪了一个极短的发型。

"英姿飒爽了吧?"理发师冲逸兴挤了挤眼。

逸兴觉得头顶凉飕飕的,摸摸头顶,毛扎扎,再戴上眼镜才看清楚镜子里的自己:哇,难怪觉得凉!既来之,不得不安之。逸兴这段时间一夜最多能睡四五个小时,索性早早起床,好好把自己打理了一通:冲个澡,刮干净胡子,又把衬衫和裤子熨平。当然,以前这些事情都由邱池为他做。"我平常不见客户,犯不着穿这么整齐。"逸兴觉得没必要凭空给自己增加家务来做。

"可是我喜欢你穿白衬衫,很性感。"邱池一边听音乐一边熨衬衫,自得其乐。

"我以为你爱的是我的才华。"

"肤浅的我只对你的色相感兴趣。"邱池嬉皮笑脸地把衬衫递给逸兴。

刚熨过的衬衫穿上身暖烘烘的。"小池,我会努力追求快乐。"出门前他这样默默地念了一句。逸兴也觉得奇怪,自己约会其他女性,没有预想的愧疚感。

逸兴一只手揣在大衣口袋里,另一只手打响指引起孙琦的注意:"我在这。今天有什么特别想去的地方吗?"

孙琦见到剪短头发后精神奕奕的赵逸兴,不由得一愣:"不知道啊,完全没概念。"

"这可给我一个难题。我也不知道去哪儿玩好。我们边走边想吧。"

第九章 吃不吃剩饭

只有一天的光阴,她舍不得把时间花在矫揉造作上。天气晴朗,阳光从法国梧桐树的枝杈间穿过,暖暖地照在两人身上。孙琦仰起脸来,贪婪地呼吸着阳光的味道:"最近几乎天天加班,早出晚归,都没见过太阳。"

"这一个星期都在下雨,阴冷阴冷的,你一来雨就停了。"逸兴眼中含笑,看了孙琦一眼。

南京是个历史和市井生活混杂的地方。小巷内的馄饨摊、路边的旧书店、斑驳的城墙、某朝富贵人家宅邸的铸铁栏杆,都有着各自的故事。正是这个原因,孙琦爱上了这个城市。它不是一张白纸,它携带着历史的悲喜沧桑与现代的滚滚红尘掺成一团。身边的赵逸兴是不是也有类似的气质?赵逸兴到底是识途老马,带着她专门往大学区的小巷里走。小巷里老民居有青青的瓦、白白的墙。墙根长出的爬山虎一路爬到房沿儿,屋主在窗口摆了两盆不知名的花,一只黄色条纹的猫蹲在窗台向外张望。

孙琦对南京街道的名字尤其感兴趣:"琅琊路?和《琅琊榜》有关系吗?"

"不知道,"赵逸兴觉得这姑娘很可爱,"也许和狼牙山五壮士也有关系。"

"这两个'琅琊'的写法不一样吧?"

"在我看来长得差不多。"逸兴故意胡搅蛮缠。

"还有剑阁路?在南京读大学的日子是不是过得像武侠小说一样?"

"嗯,我研究生时期的导师就仙风道骨的,跟风清扬似的。"

逸兴带着孙琦在街角一拐:"咦?这里原来有一家包子铺的,难道关门了?"逸兴记忆中的包子铺变成了连锁西餐厅,唉,连锁店的味道都差不多。逸兴有些失望,读书的时候,他和邱池周末经

077

两个人的晚餐

常来这里吃早餐。"以前吃惯的馆子关门了,还挺舍不得。"

孙琦却不觉得遗憾:"餐厅不就是这样吗?关一家开一家,一茬接一茬,前赴后继。"

"你比我豁达。"

逸兴不再流连,拉着孙琦钻出小巷,转到大街上。

邱池对这种场景就感慨良多:

我家附近的这间粥铺,从高中到现在,我在这吃了十几年的宵夜。老板娘每次见到我都笑着说:"姑娘,你就吃这么一点儿啊?加个茶叶蛋吧?"

老板娘有时候还会热情地伸手捏捏我的胳膊:"看你瘦的,多吃点儿不怕的。"慢慢地熟了,老板娘还会趁机让我帮忙看看孩子的作业:"我们也没上过多少学,没法辅导孩子功课。大山,今天有什么不会的问这个姐姐。"那个叫大山的孩子坐在餐厅拐角的桌子上,边看电视边写作业,旁边还摆着一碟糖蒜做零食。

"谢谢你,姑娘,我今天多送你一份皮蛋。"

后来我结婚,买两份粥,老板娘马上就察觉出变化:"你爱人也爱吃这种粥吗?"我带着孩子一起去吃,老板娘喜笑颜开地向我推荐:"我们这里有草莓粥、葡萄粥,小朋友都喜欢的。"写作业的大山我很久没见过了,一打听,他离家去上了大学。最后一次去的时候,门口贴出告示:"本店将于×年×月×日结束营业,感谢大家多年来的支持。"

"为什么不做了呢?生意很好啊。"

"我们也做不动了,刚好这些年房价涨得厉害,卖了房子退休。"老板娘的言语中,充满了对退休生活的向往。

"大山对家业没兴趣吗?"

第九章 吃不吃剩饭

"大山啊,哈哈,对这门生意恨得要命。一年到头都不休息,守着店哪儿都去不了。他在互联网公司做程序员。"

我多希望自己家里能传给我这样一家老店:口碑好,客源稳定,经营上轨道,每天坐镇店中,观众生相。也许正因为家中没有这样的生意,我才会心向往之。若在此间长大,每日空闲时间就要帮父母收碗、擦桌子、清点钱款、招呼客人,想必会心生厌烦。此处门面变成了连锁干洗店,卖会员卡,按节日做促销,驻店员工面孔常变。顾客上门,第一件事是报出会员卡号。人情淡薄,秩序井然。

—— 邱池

逸兴带着孙琦跳上一辆公交车,管他开往何处,先上车再说。司机师傅骂骂咧咧地开车。

孙琦觉得好玩:"他在说什么啊?"

"脏话,"逸兴笑着说,"你一个姑娘家,不需要明白细节。"

孙琦一听,反而更好奇了。不过她没有追问,望着窗外的树影和人流。

"走,就这一站。"逸兴拉着她果断地下车。

孙琦心甘情愿地被逸兴拖着走:就这么跟在他身边,过一天。路边有一家韩国料理餐厅,逸兴转过头来问孙琦:"在这里吃怎么样?"

"你拿主意吧。"孙琦无意参与决策。逸兴如此陪伴她,这一天的时间没留空白。

尽管过了午饭时间,小餐厅依然人声鼎沸。寒假将近,好几桌学生聚会,一群韩国留学生旁若无人地大声说韩语喝烈酒,只有靠门口还有座位。孙琦坐下之后,用下巴颏儿指了指逸兴背后:"你看那桌。"

逸兴转头看去:那桌坐着几个聋哑人,手语打得出神入化,看得逸兴眼花缭乱。丧失了一门感官丝毫没有妨碍他们修炼成"话痨"。

"我们能健康地活着就很幸运了。"孙琦有感而发。赵逸兴点点头，深表赞同。孙琦发表餐后感言："韩国应该是苦寒之地，食物的概要就是咸菜配米饭。"天色变得阴沉起来，赵逸兴走出门的时候扣上大衣扣子："希望不要下雨。我们继续走吧。"

两人还是这样漫无目的地走，见到有趣的小店就进去逛一圈。逸兴路过一间书店，正对橱窗的醒目位置摆着邱池的书。原来已经上市了。他径直走进去。腰封上的文案极煽情："美女作家在生命终点留给家人的温情晚宴。"逸兴笑着摇摇头，呵呵，出版社的编辑也得吃饭。

邱池从来不认为自己是作家："我只是爱写而已。"

书店老板迎上来："她写的东西很有意思，适合做枕边书。"

逸兴笑着拿了一本去结账："这书卖得好吗？"

"嗯，写得很感人，你不会后悔。"

这时候门口一阵喧嚣。

"哟，他来签售了，"老板对逸兴笑笑，"失陪，我要去招呼一下。"

这做书生意的商人很可爱。逸兴把书揣在大衣内侧的贴身口袋里，和孙琦离开。孙琦默默地把这一切看在眼中。

"刚才那人你认识吗？"逸兴问孙琦。

"他写网络武侠小说，据说一年产值超过我们西北分部的利润。"

"金庸？"

"金庸都九十多岁了吧？他封笔多少年了！"孙琦无可奈何地看着师傅。

说得也是，赵逸兴的脑袋回路似乎和常人不太一样。

第九章 吃不吃剩饭

"冷吗?"逸兴看孙琦鼻头冻得红红的。

"还好,一直在走路,不觉得冷。"

路过一个街道活动中心,逸兴看到里面有老人家在跳交谊舞。

"会跳吗?"逸兴不等孙琦回答,就拉她进去。

孙琦还有些踌躇:"我不会啊!"

赵逸兴夸张地把右手放在胸前,对她鞠了一躬。

孙琦捂着嘴笑:"可我不会啊!"

他不由分说地把她拉下舞池,音乐是西班牙舞曲《一步之遥》(西班牙语:Por una Cabeza)。活动中心的木地板有些年头了。有些地方被光得褪色,油漆也斑驳脱落,踩上去嘎吱作响。逸兴用他那双有力的大手把孙琦揽在胸前:"你知道跳阿根廷探戈的诀窍是什么吗?就是两个人要紧贴对方,才能步伐一致。"

孙琦只是咯咯地笑。赵逸兴的舞技很生疏,自学会之后也没怎么跳过,只记得基本步,跟着音乐走一会儿才找到感觉。好在他决定努力寻欢,此刻时光没有辜负他。一曲终了,周围的老人家为他鼓掌。接下来是一个慢板舞曲,逸兴决定多逗留一会儿。

"你从哪学的这么香艳的舞?"孙琦还沉浸在刚才的步伐当中。

逸兴抬眼看了看窗外,天色已暗,傍晚将至:"以前读书时候学的。"

邱池坚持要报名学跳舞:"你要跟我一起去,一男一女同时报名还有折扣。"

赵逸兴很不情愿,觉得大男人学什么不好,学跳舞?可是邱池兴致盎然,他自问也没有那么大的肚量,让邱池找其他男同学做舞伴,才答应下来。除了安家到大西北之外,这是他印象中唯一一件邱池勉强他做过的事。孙琦读出他眼中一闪而过的惆怅,知道背后故事肯定和邱池有关。

081

 两个人的晚餐

她感叹道:"你居然能这么投入地陪我一天。"

他们身边刚好有一对白发苍苍的老夫妇也在脸贴脸地跳舞。逸兴抬眼看了一眼天花板,才低头对她说:"因为我理解你的烦恼。"孙琦挺直腰杆,一脸不解地瞪着他:"我什么烦恼?"

逸兴看着她的双眼,叹了一口气:"求不得。"逸兴拉着她的手转了一圈,又把她揽回胸口,轻声说,"生日快乐。"

这四个字在她耳边荡气回肠。孙琦把脸贴在他胸膛,不再多说一句话。她懂得及时行乐的艺术。虽然他心不在此处,可是人就在面前。

"天黑了,我带你去夜游秦淮河。"逸兴拉着孙琦继续上路。

"如果累了就算了吧。"孙琦看他面容疲倦。

"就在船上坐着,能累到哪儿去?"逸兴坚持要去,"一天还没过完。"

秦淮河两岸很商业化。这是他们这一天当中参与的唯一一个付费项目。孙琦主动支付船票:"我跟你蹭吃蹭喝了这么多,这个就让我来吧。"逸兴也就不跟她争执。秦淮河两岸大红灯笼高照,给游客梦回明朝的错觉。导游背书一般,给游客讲秦淮八艳的故事。

"古人崇尚烈女,靠殉情来名留青史。"孙琦对于这种价值观很不屑。

"嗯,也就董小宛还算幸福。"

"生命那么短暂,何必跟命运较劲。有情人成不了眷属就寻死觅活的,也不知道图了个啥。"

老天淅淅沥沥地下起雨来。雨滴落入河中,涟漪一圈一圈。灯笼的倒影也被游船推开的波浪冲得破破碎碎。赵逸兴转头看着孙琦,她面目凝重,目光落在河岸边的仿古建筑上,一副若有所思的样子。这姑娘在他印象中坚强、大方、勇敢,此刻为何却心事重重?

第九章 吃不吃剩饭

"我妈在我初三那年死于白血病。"

赵逸兴吃惊地看着她,她的经历怎么会和成缺这么像?

"可是我印象中你的求职申请表上父母信息双全!"

那份清查家庭三代的求职表,赵逸兴都佩服 HR 的同事怎么有胆量询问新员工那么多私事。

"那是法律上的母亲,我爸事后不到一年就再婚了。"

赵逸兴琢磨孙琦跟他说这些事情的目的是想暗示什么吗?

"那,你后妈,对你好吗?"逸兴突然有点儿结巴。

孙琦满脸鄙夷地看了他一眼:"你三流电视剧看多了吧?后妈一天到晚闲得没事儿就打孩子啊?"

逸兴讪讪地笑了,孙琦看上去完全不像童年遭遇不幸的灰姑娘。

"我记得高中时候功课多,每天写作业写到很晚。我后妈每天晚上都先给我送一盘水果或者一碟点心到写字台,再去睡觉。"

"哦,那她人很好啊。"

孙琦不多做评价:"我觉得我爸当时着急再婚是因为需要人帮忙照顾家庭,他一个男人带个青春期的女儿,力不从心。我后妈也是希望生活中有个依靠。中年人半路夫妻重组家庭,我能看出来,我爸和我后妈都在这段婚姻中各取所需。我后妈还带了个弟弟,今年该高考了。不过他整天光惦记打游戏,我爸妈更操心他。"

逸兴笑了笑,看来不见得每对爹妈都能摊上个省心的孩子。

"我一直觉得我妈的死对我爸的打击更大。我自己反而没像他那样。他很长一段时间都精神恍惚。"孙琦意味深长地看了逸兴一眼,"我印象中至少在一年之内,我爸都像惊弓之鸟一样,一见到我刷牙的时候牙龈出血,就马上抓我去医院验血,因为白血病可能会遗传。"

赵逸兴当然也担心过这个问题。就像医生告诉他邱池所患的这种肿瘤目前没发现有遗传倾向,他才少了些担心一样。"这种担心是不是一直都跟着你?"逸兴没看出乐观豁达的孙琦经历过这样焦虑和煎熬的阶段。

"最坏的结果也不过就是像我妈一样。结局既然已定,我也就没什么好担心的了。"孙琦又望了他一眼,"现在我活得好好的。身上跟揣了个炸弹似的,觉得活着的每一天都是白捡来的。"

这时船靠岸了,孙琦踏上码头的那一刻打了个哆嗦。她转头向逸兴嫣然一笑:"我能健康地长这么大不容易,一定要快乐地生活。"

两人在电梯门口分手的时候,孙琦紧紧地拥抱逸兴:"谢谢你,我今天过得很开心。"说完便转身离去。次日,逸兴原本打算送她去机场,可是她手机怎么都打不通。跟酒店前台一打听才得知:"孙小姐今天早上七点就退房了。"

好一个孙琦,能做到这般干脆利落,毫不拖泥带水,独留他在此地黯然销魂。

酒店大堂的音乐恰好播放的是许巍的一首歌:

"当悲伤困扰的时候,

当亲爱的人远走的时候,

当欢乐来临的时候,

就听到心在轻声歌唱……"

以前逸兴以为许巍是个冷门的歌手,这段时间才发觉他无处不在,总有一首歌能表达自己的心境。孙琦很满足,师傅送给她的一天时光,足够她细细回味一年。他依然是别人的丈夫。她知难而退,无心恋战。更何况,黄河边的另一个人已经等了她多年。她了结这桩心事之后,才能对那个人做出恰当的回应。

孙琦对来机场接她的人说:"有件事我必须让你知道。"

"这件事会妨碍我们将来的关系吗?"

第九章 吃不吃剩饭

"很可能。"

"那就不要告诉我，我不想听。"

"隐瞒的话，我会良心不安，这更会妨碍我们将来的关系。我希望我亲口告诉你，而不是让你通过其他的途径发现。"

孙琦坦白地告诉了那人自己有可能携带病变基因的事实。

"就这事儿？"

"你不担心？"

"担心有用吗？这只能提醒我，我们俩的时间有限。"

"这类疾病也有可能传给下一代。"

"你都打算给我生孩子了吗？啧啧，我还没准备好当爹呢。"

孙琦笑着扑上去打他。

 两个人的晚餐

第十章

吃苦尝甜

　　华人爱吃,以至于"吃"这个动词在汉语里的应用方式相当灵活。人生各种境遇都可以"吃"下去:吃苦、吃亏、吃惊、吃瘪、吃香、吃醋、吃闭门羹、吃软饭、吃得开、吃不了兜着走……

　　描述一个人经历困难,叫作"吃苦"。味觉的"苦"在此处可以指代生活中不尽如人意的事情。佛家说,人生有七苦:生、老、病、死、怨憎会、爱别离、求不得。前四苦来自生理之痛,后三苦则来自主观愿望。后三苦的来源又可以归结到佛家所说的三毒中:贪、嗔、痴。

　　怨憎会之苦,牵动嗔念,愤怒填满心胸;爱别离之苦,归结于痴心,自己无法释怀;求不得之苦,则源于贪欲,我们总是想要的太多,真正能得到的又十分有限。我曾设想过,如果生活只有"吃香的,喝辣的"这般情景是否会充满喜乐?似乎不尽然。没有苦的对比,我不确定自己还有品尝甜的能力。

—— 邱池

　　赵成缺已经结束了期末考试。张宇莫也放寒假了,陪伴在她身边。成缺花很多时间练琴,有宇莫这个老琴童在她遇到困难的时候点拨一下,成缺就进步很快。

　　"我妈当初坚持一定要我学琴。"

　　"你自己不想学?"

　　"想学,不想练,"赵成缺看得很明白,"要是一觉醒来就会了就好了。"

　　"不劳而获的事儿,我还没见过。"宇莫沉吟了一刻,"无论

哪个领域，要想出点儿成绩，都要吃些苦的。"

"我妈说有音乐陪伴，将来寂寞的时候、烦恼的时候，都可以把琴拿出来自娱自乐。"

宇莫赞同地点点头，宇莫和邱池是贴心的姐妹，两人成长经历也相似。"我小时候也不爱练琴。唉，没人爱练琴。但是长大后从没后悔过以前花那么多时间学音乐。它是终身伴侣，从没辜负过我。"

成缺拿起琴，继续练基本功。张宇莫在一旁默默观察：她比以前专注很多。心事寄于琴韵，即使是维瓦尔第那种天生明快的音乐从成缺指尖流出，都染上了淡淡的忧伤。看来她注定没有快乐的童年了。

宇莫转身走进厨房去烤饼干。对着菜谱一步一步地来做，看上去也不太难。成缺闻到饼干香，凑上前去："这是什么？"

"我烤的柠檬饼干。"张宇莫有点儿而尴尬。

"可为什么是黑的？"

"呃，烤过头了，糊了，"张宇莫很有点儿幽默感，"我们不如给它改名叫巧克力饼干吧。"

"怎么一个个歪歪扭扭的？"

"我也不知道，我捏不圆。"

"我妈有个勺子，专门挖饼干糊用，挤出来就是圆的。我们去我家拿那个勺子再来试试。"成缺马上拿出两个人的大衣，拉着张宇莫出门。

邱池的厨房，在张宇莫眼中像个装备精良的五金车间。嵌入式烤箱、蒸箱、洗碗机，还有一排她叫不出名字的小家电，外加两抽屉的各式小工具、不同形状不同尺寸的刀，每一个都有专门的用途。这些东西都原封不动地在厨房里放着。成缺对这些东西很熟悉，从抽屉里找到了饼干勺，然后端详了一会儿，指着一台机器说："还

 两个人的晚餐

有这个,它会搅拌面糊。"又拿了一把橡皮刀。

张宇莫打量了一下这间屋子:尽管有暖气,但因为没人住的缘故,觉得很冷。四处都灰扑扑的,空气也感觉很浑浊。房间布置和邱池生前一模一样,茶几上还扣着一本《雅舍谈吃》,感觉读书的人只是起身去接了一个电话。不过书的四周已经落了一层灰尘。宇莫一时悲从心中生,抱着那台她叫不上名字的机器,带着成缺快速离开。

萧亮一进门就闻到了一股甜香。

"亮哥哥,你来猜,哪一个是真巧克力饼干,哪一个是假巧克力饼干?"

萧亮看张宇莫和成缺在家里这么会自娱自乐,十分捧场,每样都吃了几块:"这盘假巧克力饼干我明天打包带到公司去分给同事吃。"

"你带些好的吧。"

"我们程序员都不挑嘴。"

"你就是这点最可爱。"张宇莫抚摸着萧亮的脸颊,两人蜻蜓点水一般亲吻对方。

李凯风上班的时候见到赵逸兴,夸张地对他挑了挑眉毛:"你的桃花呢?"

"她回去了。"赵逸兴表现得并不兴奋。

李凯风一副恨铁不成钢的表情:"哎呀,你怎么没趁热打铁,霸王硬上弓,把生米煮成熟饭,等到木已成舟,让她下半辈子对你死心塌地,不离不弃?"

"语文学得真好。"逸兴瞟了他一眼,"你们南京话是不是把你这种人叫'二五'?"

"哪的话都把我这种人叫'兄弟',"李凯风很笃定,"你身

 两个人的晚餐

边没有别人可以谈论这些事情。"

这是真的。

"我忘不了邱池。"逸兴神色黯然。

"你不需要忘了邱池,你只需要找个伴侣。"李凯风皱着眉毛看着逸兴,"不然呢,你打算孤独终老?"

逸兴看着这个老同学,一时无言以对:"你操心你自己吧,现在你不照样单身?"

"我靠才华取胜的,比较保值。兄弟你马上年老色衰,得赶快找到接盘的人。"

"滚,说得好像我是个草包?"

"你颜值掩盖了才华。"李凯风拍了拍他的肩膀,"我一直怀疑,邱池当初就看中你长得帅,要不然她怎么愿意忍受你这么坏的脾气?"

赵逸兴对于小凯的诋毁觉得气不打一处来:"我脾气到底有多坏?"

"真没有自知之明。"

少年时代结交的朋友啊,真乃人生财富。口无遮拦,什么都敢说。罢了罢了,十几年的友情,不能因为人家说实话就翻了船。这么了解他的人不多。

"我这段时间四周无人的时候,经常毫无征兆地悲从中来。"逸兴脸色黯淡下来,这副面孔他也只敢在老友面前露出来。李凯风看着逸兴,觉得他太需要朋友的支持。对于邱池的死亡,他自己也觉得郁结了一口闷气在胸口。这种情绪在逸兴身上肯定要放大很多倍。

"晚上如果你想找人喝两杯的话,我总是有时间的。我现在下班后也没处去。"

两人互相拍了拍对方的背。

第十一章

火　锅

火锅是个互动性很强的餐品。吃火锅和吃其他餐品最大的不同之处是，食客要自己负责烹饪。

火锅只有一个"煮"字诀，不需要控制火候，煮熟了就能吃。清朝袁枚在《随园食单》里狠狠批判过这种不讲究火候的粗暴烹饪方式。他眼中的吃火锅宴粗糙、喧嚣，没有细节。

很可惜，袁枚看不到火锅吸引人的地方。火锅这种烹饪方式门槛低，每个吃饭的人，不需要任何烹饪知识都可以参与其中。食客盯着属于自己的羊肉片，一变色马上捞出。付出劳动，投入情感，收获成果，带来简单而直接的快乐。

—— 邱池

离过年还有一个星期，逸兴和同事加班加点，希望能在年底让手中的项目告一段落，这样能安心回家过年。

张宇莫鼓起勇气，在逸兴回家前一天带着成缺去赵宅打扫卫生。她希望能给姐夫提供一些支持。她轻轻地拿起那本扣在茶几上的《雅舍谈吃》，在它中间夹了一个书签，掸掉书表面的灰尘，把它放回书柜。她关上书柜门，背靠在书柜上，闭着眼睛站了好一会儿，深深呼吸，强忍着不让眼泪掉下来。

这冬天，开窗脏，闭窗闷，张宇莫琢磨了半天，把抽油烟机打开抽了半个小时。宇莫分给成缺一块抹布，两人分头擦拭掉每个房间家具上的灰尘，又把地板拖得光洁发亮。张宇莫望了主卧一眼，

第十一章 火锅

床上有两个枕头,只有一个枕头套有些皱;被子掀开了一半,起床的人没铺床。要不要帮他换个床单呢?她觉得卧室是太隐私的地方,她又觉得姐夫风尘仆仆地回来,很需要干净整洁的家。

成缺把她的纠结都看在眼里:"我们给他换个床单吧。"

孩子居然比她坚强。成缺去衣柜里找出干净的寝具,宇莫和她一起把旧床单和枕头套拆下来丢进洗衣机,然后套上新鲜的床具。两张床的寝具都换过后,张宇莫环顾四周,觉得这里依旧太冷清了。她索性去了花市,买了一车喜庆的植物回来。她和成缺把一盆金橘摆在沙发边上,又切了几盘柠檬放在各个房间,用来清新空气,这才大功告成。

逸兴回来那天,恰好是成缺小提琴阶段汇报演出的日子。

张宇莫热情地邀请他:"你直接来我家吧,我们一起去音乐厅。"

逸兴还是先回家放下行李。推开门发现窗明几净,一盆金橘生机盎然。他满怀感激。这一定是张宇莫的手笔。保洁公司才不会考虑这些细节。逸兴冲了个澡,从衣柜里取出一件平整的白衬衫,又配了条领带,才去看孩子。

成缺比他更隆重,头发上别了一个亮晶晶的发卡,穿一身公主裙,细细的黑腰带,长手长脚,已经有了少女的模样。

"他俩呢?"逸兴左右环顾,不见张宇莫和萧亮。

"我们还在拾掇自己呢。"张宇莫的声音从卧室传出来。

成缺拉着爸爸的手,很高兴地给他讲最近的生活。

萧亮的宝贝游戏机们从书房搬到了客厅,电视柜摆得像个电游博物馆的展柜。看来成缺在这里的娱乐生活很充实。

"这几个奶油小生是谁?"逸兴指着墙上的海报问。

"TFBOYS,"成缺美滋滋地跟爸爸说,"宇莫姨妈带我去排队求的签名海报。"

"他们是干啥的？"

"唱歌的啊，你觉得帅不帅？"

"你现在就会追星了啊？"他下半句话本打算说"不务正业……"被张宇莫打断。

"追个星算什么啊？"张宇莫走出来了，大红唇，一袭露肩黑裙，一边走一边戴耳钉，闪闪发亮，艳光四射。

"这，她这么小年纪，你鼓励她干这个？"逸兴一时觉得无法接受。

"你怕个屁。当年邱池一书包的F4，整天做白日梦，要嫁周渝民。"

"她怎么会想嫁周渝民呢？"逸兴目瞪口呆。

"然后还不是嫁了你，大好青年一个。"张宇莫拍拍逸兴肩膀，"姐夫，你太紧张了。追个星不会变成问题少女。你放松一点儿，皆大欢喜。"

赵逸兴哑口无言，这张老师找到机会就教育他。

"我还迷恋王力宏呢，他结婚我也扼腕叹息。"她转头冲卧室喊，"亮哥哥，你妆还没化好啊？"

萧亮毫不示弱："张大哥，你胡子才刮干净就来催我？"

这时候萧亮一边打领带一边走出卧室，他一改平日帽衫牛仔裤的装扮，穿了白衬衫黑西装，配黑色细领带，头发也抓起来了。他一只手提琴盒，另一只手伸过来，和张宇莫十指相扣。

一对璧人。

成缺给大家递来大衣，笑嘻嘻地看着爸爸。张宇莫拉起成缺的手就往门口走。逸兴一把拽住成缺："你坐我的车。"他不想看到他们太像一家三口。成缺提着自己的琴盒，挽着逸兴的手臂。

第十一章 火　锅

逸兴疑惑地问："怎么两把琴？"

"老琴童我今天去帮小琴童撑腰壮胆。"张宇莫甩甩头。

她俩合奏了一曲巴赫的《D小调双小提琴协奏曲》，两把琴的琴声此起彼伏，叮叮当当、层层叠叠、密密麻麻的音符，很适合节日氛围，没有空间留给悲伤。

赵成缺在台上，身形长挑，越看越像邱池。逸兴觉得自己的女儿好像会发光一样，一时间看呆了。他第一次见到邱池的时候，邱池也是这样的打扮：一袭白裙，衣袂飘飘，从图书馆前的台阶上走下来。她额前的碎发上夹了一个亮晶晶的发卡，手中抱着高高的一摞词典，歪着头看脚底下的台阶，小心翼翼地，生怕踩空。逸兴一见倾心，主动上前提出帮她拿几本词典，这才搭上话。

这时候萧亮凑过来："怎么样？女神吧？"

逸兴微笑点头。过了一会儿，看见萧亮脉脉的眼神，他才意识到，萧亮口中的女神是张宇莫，而他，指的是赵成缺。呵呵，都没错。

宇莫下场后坐在了逸兴旁边："你闺女水平大涨吧？"

"没想到你还有这一手。"

"老娘我台下十年功。"张宇莫自豪地跷起二郎腿。她从五岁开始学琴，学到高中功课太忙才停。张宇莫在小提琴上下过不少工夫。

"瞧瞧，前一秒还端着个女神范儿，你给谁当老娘？"

宇莫抿着嘴笑笑，并不回答。

四人在演出结束后去吃火锅。这家火锅店，筷子极长，别有一番豪情。现场还有人表演拉面，热闹又有娱乐感。浓妆艳抹的张宇莫先去换了一件粗棒针毛衣："裙子紧得饭都吃不下。"接着给成缺铺一张餐巾在腿上，防止白裙子滴上菜汤。

"蘸料你自己调味，免得说我调的不好吃。"她对赵成缺说。

看成缺捞粉条费劲，她就拿漏勺帮忙接一下；成缺觉得有点儿辣，她马上就递过去一杯牛奶。这一系列的动作做得自然无比，无论谁看到都会以为她是成缺的妈妈。萧亮在一旁看着她，满脸的温柔。逸兴原本不愿意打探别人的私事，这时候怎么都忍不住："既然你这么爱孩子，为什么自己不生呢？"

"因为我预谋已久，看准机会就霸占你的女儿！"张宇莫笑着说。

"嘿，别跟我开这种玩笑，我老心肝儿受不了。"逸兴皱着眉毛捂着胸口，不知道是真疼还是演出来的效果。

宇莫低下眼去，轻轻地说："我怀孕了。"她和萧亮对看了一眼，两个人都露出笑容："因为之前流产过两次，所以这次我们谁都没告诉。已经满三个月了。你是第一个知道这个消息的亲人。"这是今年难得的好消息。四个人一晚上都嘴角挂着笑。萧亮紧紧握住宇莫的手，表达支持和鼓励。他知道宇莫的身心经历了多少折磨。

逸兴微笑着看着他们："多好啊，有下一代了。孩子总给我带来希望。"说完转头看成缺。

邱池在发现自己怀孕的时候尽管有诸多犹豫，但内心的兴奋还是胜过了各种愁结。她读了一本又一本的育儿书，还是觉得自己不能做个称职的妈妈。逸兴在旁边给她鼓励："我们都是边做边学啊。"邱池看着他，很体贴地笑："我知道你也没底气。"

孩子还是把夫妻俩的关系拉近了一步。邱池紧张的时候就向逸兴求救，他在旁边安慰。第一次去产检的时候邱池暗示他，她很希望有人陪。于是逸兴请了假和她一起去。两人第一次听到胎儿的心跳的那一刻，邱池握着他的手，激动得落下眼泪。那段时间，是逸兴印象中，邱池最柔弱、最需要他的时刻。

四人在停车场告别，张宇莫挽着萧亮的手臂，慵懒地靠在他肩膀上："你的女儿还给你了，我和亮哥哥要去享受二人世界了。"

"你俩腻死我算了。"

第十一章 火 锅

　　到家的时候,逸兴发现成缺已经在后座歪着脑袋睡着了。他用自己的大衣包住女儿,把孩子抱出来:"我们到家了。"这次踏进家门,鳏夫的悲凉感油然而生,逸兴觉得这个假期将会是一个很大的考验。他不可能也不想每天去岳父岳母家混,萧氏夫妇要回他们的父母家过年,其余的朋友也忙着和家人在一起。赵逸兴和赵成缺两个人将在这所空荡荡的房子里过度过将近两个星期的假期。

 两个人的晚餐

第十二章

人 烟

　　人烟，人烟，有人的地方自然有烟。大漠孤烟，田舍炊烟，只要有人迹活动，生火做饭这项活动就无法避免。
　　厨房是家里最温暖的地方。昏黄的灯光、跳动的炉火、爆香的调料、温热的碗盘，"吱啦"一声蔬菜下锅的声音，奏起一支序曲，迎接风雪夜归人。
　　工作了一整天，身心俱疲。如果人在踏进家门的那一刻能闻到扑面而来的饭香，伴随一碗热汤，再有一张坐在餐桌对面甜美的笑脸陪伴，啧，完美生活。

—— 邱池

　　父女俩一边下围棋一边聊天：
　　"最近学校有什么新鲜事儿吗？"
　　"就是复习考试复习考试。可算考完了。"
　　"同学呢？"
　　"和以前一样。"
　　"你那个谢斯文怎么样？"
　　"谢斯文学习很好，他妈妈已经在教他编程了。"成缺的口吻透出一丝羡慕。
　　"现在编程不难，没什么了不起。"
　　"你会啊？"
　　"会啊。你想学的话我也可以教你。"

第十二章 人 烟

成缺眼中流露出兴奋的神色，转瞬即逝："算了，你总是没时间。"

逸兴愣了一下："如果你想学的话我可以假期这几天教你。"

"不要了，我们还是继续下棋吧。"赵成缺毫不动容，"你专心一点儿，我在打这个劫。"

逸兴看看孩子，她到底有什么心事？还是他过去劣迹斑斑，以至于孩子不信任他？

赵逸兴把棋子放下："成缺，你要知道，无论你有什么愿望，我都会尽力满足的。"

成缺抬头看看他："你还是要回去工作的吧，你以前就是这样的。"

"可我现在不是放假吗？"

"我是说以后，我觉得你不会一直陪在我身边了。"

"我这个项目做完就会回来的。"逸兴觉得孩子有些杞人忧天。

"然后你会继续不停地加班，不停地出差。这才是你正常的生活。"

逸兴突然不知道该怎么答复。成缺描述的状况是真的，他以前的生活确实是这样。曾经一度，他一天都见不到孩子一面。早上出门的时候孩子还在睡觉，晚上回家的时候她也已经睡下了。邱池在书房里，全家只有一盏台灯亮着。

他以前心中理想的生活就应该是那样：他努力赚钱，努力工作，公司其他女同事投来的爱慕眼光让他的虚荣心得到满足。回到家有妻女的微笑脸庞和一桌热乎乎的饭菜在等待他。他以为他的生活会顺着这条轨道发展下去，可惜老天爷没让他继续在这个轨道上行驶下去。脱轨的高速列车让他伤痕累累，怕是没有复原的机会。

以前周末的时候，邱池在阳台上摆开全套功夫茶具："逸兴，来闻我才买的大红袍！"逸兴在电脑前改图纸改得头昏脑涨："看着都嫌麻烦,给我用个大杯子泡一杯。"邱池笑盈盈地给他送一杯茶到电脑前:"你什么时候才能有时间来陪我喝杯茶?"然后和成缺并排坐,教孩子辨认茶叶的品种,讲茶叶背后的故事。

逸兴好像恍惚看到邱池的身影从阳台闪过:"你的茶有没有凉?要不要添些热水?"这家里太难待了。

成缺打断了他的思绪:"前几天外公给我解释我名字的意思。"

"你去外公家了?"

"嗯,宇莫姨妈他们周末有应酬,所以送我在外公家住了一天。"成缺看了看爸爸,他脸上似乎有些诧异。

"怎么都没人告诉我一声呢。"

"我打电话的时候跟你提过啊。"成缺继续低头下棋,"'大成若缺,其用不弊',即使是完美的生活也是有残缺的。残缺也是完美生活的一部分。我算是运气好的了,谢斯文都没见过他爸爸。我妈妈至少陪过我这么久。"

"你妈妈一手把你带大。"逸兴微微一笑。

"谢斯文说,他小时候经常问他爸爸的事情,他妈妈只说他爸爸在国外。后来有一天他半夜起来上厕所的时候看见他妈妈坐在窗台上默默地哭,他就再也没问过。"

谢丹看上去心如止水、宠辱不惊的,没想到也载满伤心事。

一局结束,赵逸兴赢了赵成缺三目。

"我们出去逛吧,我不想在家里待了。"成缺放下棋子,望着爸爸。

逸兴求之不得。

"我们要不要办些年货?"

逸兴想了一刻:"那就去买吧。"

父女俩先去买了烟花,成缺在挑烟花的时候很兴奋。

第十二章 人　烟

"你觉得这个会不会好看?"

"这些东西都差不多。"

"总会有差别吧?要不然何必做成不一样的形状?"

"那你挑大的买吧。"

"你也帮忙挑一下啊。"

烟花摊人挤人的,逸兴不得不往前凑,看着孩子饶有兴致地细细看包装,他也不忍心违背她的心意。烟花这东西,看包装实在看不出来什么名堂,看产品名称更是让人一头雾水。

金玉满堂、良辰美景、花好月圆、鸿运当头……每一种烟花都有个好名字。逸兴拿起一个"良辰美景"和一个"花好月圆",和成缺挑的那些烟花一起结账。摊主热情地说:"过年好啊!"逸兴也被他的热情感染:"过年好!"

成缺又提出去买些吃的。

"我们过年肯定去你外公家吃年夜饭。"

"又不可能每顿都在那儿吃。我们俩平常在家也得吃啊。我不想一到饭点就出去找吃的。况且过年好多馆子都不开。"逸兴想想,说得也是。每天吃什么总是难题。于是两人又去了大卖场。卖场里人头攒动,喇叭里循环播放这首歌:"每条大街小巷,每个人的嘴里,见面第一句话,就是恭喜恭喜……"年货区挂着红亮亮的香肠、火腿、板鸭,花生、核桃、瓜子、开心果堆得都冒尖儿,成缺走在前面,推了一辆购物车,自己挑炒货和腊味。

邱池曾经自己尝试晾香肠腊肉:"这气候没法自己做腊肉,晾阳台太热,晾外面就冻住了,而且两天就干得像柴火棍。你想吃的话我们还是买着吃吧。"逸兴看成缺挑年货,突然间意识到今天都是跟着孩子走,他自己一点儿主意都没有。

"有什么你想吃的吗?我现在挑的都是我爱吃的东西。"

"我,随便吧,你吃啥我就跟着你吃。"

"你少来这一套。以前只要饭不可口你就脸色不好看。"成缺说完,买了一些肉馅,"我们回去包蛋饺好了。"

"你怎么老污蔑你爹?我明明不挑嘴!"逸兴听到这样的评价,觉得冤枉极了。

"你真是不知道你自己多讨厌啊?反季节水果不吃,觉得不够甜,当季的,你又会嫌太甜,没有水果味。肉呢,肥的你嫌腻,瘦的你又觉得干巴巴没味道。我妈上次买的带鱼你就尝了一口,说这是舟山群岛产的带鱼,没有渤海湾的带鱼紧实好吃。"

"我怎么觉得你才是这样的?"

"你也好不到哪儿去。"成缺倒是很有自知之明,同时给他一个大白眼。

干了这么多事儿,才到中午。唉,大概是因为早上六点多就起床了吧。逸兴这段时间总是睡不好觉,看到天蒙蒙亮就如释重负地起床。尤其不上班的时候觉得时间过得格外慢。

成缺回来开始安排工作:"你去煮一锅米饭吧。"她转身去找菜谱。回头,成缺又拿出把葱姜放在案板上,取出六枚鸡蛋,把肉馅倒在一个大碗里。

"你会不会切葱花和姜末?"

"我,可以试一试。"逸兴很没有底气地拿起了菜刀。

"手指头要弯成猫爪形状,要不然容易切到手。"

"你不干活儿,就别指挥人。我切就行了,你别管我怎么切。"

"你怎么不听教呢?大过年的,你万一把手切了怎么办呢?"

赵逸兴把菜刀一扔:"你会你来!"

成缺深吸了一口气,抬眼望着爸爸:"你耐心一点儿吧,现在就我们两个人。"

第十二章 人 烟

逸兴看着孩子期盼又酸楚的表情,几乎掉下泪来。是啊,现在就两个人,怎么能自己不团结。

成缺自己找了个小盆,试图打鸡蛋。第一个蛋壳被她捏得碎碎的,满手的蛋液,盆里也有好几片蛋壳的碎片。第二个蛋壳在盆边一敲,差点把盆打翻。她定一定神,扶着盆继续磕鸡蛋。

"葱花和姜切好了。"逸兴把调料用菜刀抄到肉馅盆里。

"唉,切得有点粗啊。"

"包起来也看不出来,你就忍了吧。"

成缺看了他一眼:"算了。你知道该放多少盐吗?菜谱上写的'少许盐和酱油调味'。"

"那咱先少放点儿?"

"也好,总比咸了好,放进去就拿不出来了。"

成缺从橱柜里拿出一个巴掌大的平底锅:"你能把灶打着吗?"

"我们家有这么小的锅?"逸兴边打火边疑惑。

"专门做蛋饺皮用的,我见我妈用过。"她把灶火转小,开始热锅。

逸兴看着成缺用个小刷子给锅底薄薄地刷上一层油,倒了一勺蛋液在小锅内,轻轻转动手腕,让蛋液盖满锅底。"快,放肉馅下去,要不然蛋皮完全凝固了就粘不住了。"

父女俩合作,花了将近两个小时做了一盆蛋饺。

"这些应该够咱俩吃一段时间了。"成缺很得意地拍拍手。

他们配了一把菠菜和一团粉丝,煮了一锅蛋饺汤吃。

"做饭这么看来也好像不难。"

"我妈留下一书柜的菜谱,如果想学肯定不难。"成缺看了爸爸一眼,"就是姜切得有点儿粗,影响口感。"

赵逸兴一时气结,他自己的孩子怎么时不时就跟老爸过不去:

103

 两个人的晚餐

"我还觉得皮有点儿厚呢!"成缺听到这样的评价没有辩驳,反而绽开笑容。她放下筷子,走到餐桌对面来,紧紧地拥抱逸兴:"我不要和你吵架。爸爸我爱你。"

回头再看厨房:一片狼藉。难怪邱池以前总说:"花一个小时做饭,吃个十几分钟,然后又花半个小时打扫厨房。"逸兴曾经天真地以为有了洗碗机就能包办厨房内的多数清洁工作。只可惜,锅碗瓢盆不会自己跳到洗碗机里。两人又打起精神来清理厨房。地下滴的蛋液,灶台上的肉末、葱花、姜末,水池里的菜叶子,忠诚地记录了两人的活动。

父女俩相视一笑:"我们自己做了一顿饭。"

第十三章
路边摊和大酒店

老饕评价大酒店的菜品要考量多方面的品质：

1. 厨子的刀功是否可以让食材的特性表达出来。鱿鱼花刀一定要每一个刀口都等宽等深；斜片刀要够薄，每片大小须一致。丝要切得细长，丁要切得见方。

2. 烹饪的火候是否恰当。何时用文火，何时用武火，直接关系到食物的口感。

3. 香料应用除了选材恰当之外，还一定要非常新鲜。胡椒必须现磨，罗勒一定要现切，因为这类挥发性的香料一旦放置一段时间就会挥发、氧化，损失风味。

4. 成品不能放味精，不能淋亮火油。味精掩盖食物本身的鲜香；亮火油让菜品看上去滑润光亮，但是口感油腻。

其余的，餐具、灯光和食物的搭配是否能突出食品的品相，音乐和氛围是否契合，都可以影响用餐体验。

真苛刻。

老饕自然不会用大酒店的评价标准来评价路边摊。

好的路边摊，分量要大，食物要烫；啤酒够冰，辣椒够呛；上菜飞快，吆喝嘹亮！如果能碰巧撞上老板光着上半身，一边炒菜一边和老板娘吵架的场景，这顿饭算是买一送一，物超所值！

如此双重标准，只是因为我们对路边摊和大酒店抱有不同的期望。品大酒店体验风雅的气息，啖路边摊迷恋红尘的味道。

—— 邱池

第十三章 路边摊和大酒店

这天晚上公司年会，包下五星级酒店顶楼自助餐厅。赵逸兴的胳膊上挽着赵成缺一起出席。同事见到他很热情："赵工，你女儿长这么大了，亭亭玉立的，和爸爸长这么像啊！"逸兴客气地和他们寒暄。成缺则被装修吸引：光洁发亮的大理石地板，过道上方垂下一列水晶灯，光芒经过水晶球的折射，把每个吊坠都照得亮晶晶的，搭配嵌入房顶的灯带，光线绚丽柔和。一排一排的食物都有专属射灯，把食物衬托得质感细腻，油光发亮，看上去非常诱人。

"如果我妈看到这些肯定会拍照。"

"可惜你妈以前不愿意跟我参加公司的年会。"

邱池对着陌生人假笑了一晚上，面部肌肉都感到酸痛。她只来过一次就不愿意来了。结束后，邱池告诉逸兴："我刚才没吃饱。"

"自助餐，你还能吃不饱？"

"众目睽睽，总觉得别人都盯着我吃饭，我就不好意思多吃。"

于是两人回家路上又在便利店买了一碗关东煮。邱池自嘲有社交恐惧。四周人一多，连吃饭都紧张。逸兴想起来这件事都觉得哭笑不得。

他带着成缺欣赏菜式：中餐的蒸菜装在竹篮里，有一种质朴的情调；炖的肉菜用黑黝黝的砂锅瓦罐做容器，温润厚重；大白瓷盘子上整齐地码放着凉菜，卤味上放一点香菜碎和花生点缀；厨师在柔和的灯光下片火腿。厨子刀工精湛，片下来的火腿每一片都透亮。西式甜点按颜色分类摆放，水果更是造型多样。

成缺拿起一个盘子对着灯光照了照："这骨瓷还不错，晶莹透亮。"

"你妈连这些都教给你了？"

成缺笑笑："美食配美器。除了餐具要好看之外，不同的食物应该配不同形状、不同尺寸的容器。如果所有食物都盛在统一的大盘里，既不保温，又容易串味儿。"然后自己转身开始夹菜。赵逸兴觉得自己的女儿纯属吹毛求疵:"你路边摊吃得那么欢,怎么从来不见你挑剔人家的餐具?"

"路边摊和大酒店的评价标准当然不一样啊。"

父女俩挑了一个角落中靠落地窗的位子坐下。可能是马上要过年的缘故,这个原本喧闹的城市夜晚很安静,路上难得看见车辆驶过。按说过年应该觉得热闹,可赵逸兴眼中看不到欢笑的同事,听不到喜庆的音乐,只能感受到置身事外的冷清。良辰美景、赏心乐事,均与他无关。逸兴看见孙琦和王硕各端了一杯酒在聊天。王硕眼神温柔,孙琦时不时地笑出声。谁会一往情深地等他一辈子?这么快人家就翻篇儿了,逸兴很希望能向她学习忘记的艺术。成缺拿起筷子端详,筷子包着金属头,上面细细地刻了一行小小的楷体字:"年华似锦。"

"你那副上面刻字了吗?"

"我这副写的'其乐融融',"逸兴把他的筷子递给成缺,"多好的字。"

成缺满脸的兴奋:"我们能不能把这两副筷子带回家?"

逸兴看孩子这么高兴,内心很想满足成缺的要求,可还是挣扎于道德中:"咱,最好别偷东西吧?"

服务员推来一车波士顿龙虾,挨桌派发。嚯,如此大手笔,看来老板对今年的业绩很满意。逸兴帮成缺剥了一只龙虾尾:"你在这儿吃,我过去打个招呼就回来。"

赵逸兴和孙琦碰一碰酒杯:"王硕在追你吗?"

"有些日子了,"孙琦顽皮地对他一笑,"咱这行男多女少,你不用担心我的销路。"

"呵呵,王硕性格开朗大方,和他相处应该很愉快。"

"嗯,他心里烦的时候只要大吃一顿就好了。"

 两个人的晚餐

逸兴微微笑：可以交流这些问题，看来这两人很有希望。

这时候一个同事神色慌张地跑过来："赵工，你快去看看你女儿怎么了！"

回头看成缺，她双手在脖子和腮帮子上使劲挠，脸已经变得红通通的。

"糟糕，她可能对龙虾过敏！"

赵成缺脸上起了一片一片的红疹，眼睛肿得眯成了一条缝，嘴巴也高高肿起，呼吸声变得粗重起来。逸兴抱起成缺就往门外跑："她对螃蟹过敏，我没考虑到龙虾！"电梯停留在一楼，逸兴转身就冲向楼梯井。

孙琦一把拉住了他："三十多层，你跑得再快也跑不过电梯。"

他站在电梯门前，看着上方的数字半天才跳一下，孩子的呼吸声越来越短促，一时间只觉得天地茫茫，头晕目眩，浑身发抖。电梯"叮"的一声，两扇门缓缓向两旁展开。

"市医院离这就两个路口。"孙琦看着电梯门慢慢关上，她没有跟着一起去。

"成缺，坚持住……"逸兴把成缺放在副驾驶，车开得风驰电掣。孩子的脸已经憋得发紫，在座椅上扭来扭去，说不出话来。

红灯。

短短几秒像是有半个世纪那么长。逸兴觉得视线模糊，呼吸阻塞，浑身感官只剩下听觉，听着孩子急促的喘息。他"吱"的一声把车停在急诊室门口，下车之后好像闻到了轮胎烧焦的味道。好在医务人员训练有素，一看就明白怎么回事，马上取来扩张呼吸道的药物给赵成缺做肌肉注射。一个白大褂过来跟他说："我们接手了，你去把你车挪一挪，占了医院救护车的停车位了。"待逸兴停好车

第十三章　路边摊和大酒店

回来，赵成缺已经带着氧气面罩，身上贴了体征检测仪器的传感器，安安稳稳地躺在病床上。

"来，在这些文件上签字，办入院手续。"另一个医生递过来一叠表格，一边让逸兴填表，一边询问病情。这个情形赵逸兴觉得太熟悉，他不愿意再经历一次。

"我们已经给她注射了类固醇，同时给了一片口服的抗过敏药物，静脉也正在注射抗过敏药物，现在看来状态已经稳定了。"逸兴转头看成缺：她脸上的红肿已经退去，呼吸平稳。

医生调出电子病历："赵成缺，是吧？五年前来过一次，因为螃蟹过敏。当时的监护人是……邱池？你太太吧？你回去跟她也打个招呼，以后好有个防备。"

"她于一年前身故。"逸兴低着头，摩挲着孩子的手。

医生暂停询问病史，默默走开。大过年的，发生这种事，医生也同情他。

上次发作的时候他只听邱池提起过，那时候赵逸兴在干吗呢？他自己也没有什么深刻的印象。好像是在开电话会议吧？记得那天晚上邱池神色慌张，心有余悸地回到家，跟他说孩子中午吃螃蟹过敏去了医院的事情。逸兴敷衍地答应下来，注意力还在电脑上。之后每年中秋回江南邱池都是如临大敌，生怕亲戚不知情，给孩子剥大闸蟹。他之前觉得邱池太紧张，小题大做。今天见到成缺过敏发作的样子，他到现在都浑身颤抖。

成缺拉开氧气面罩："爸爸，我也要死了吗？"

"不会不会，你好好的呢。"逸兴听到孩子这样问，心中说不出的难过。

他把握着手机的手按在胸口一刻，稳定一下颤抖的手，然后打开手机的相机给成缺当镜子："你看，疹子差不多退下去了，你没事儿。还痒吗?"

"那你为什么哭?"

逸兴一摸脸,满脸的泪水。逸兴觉得愧疚:自己这么沉不住气,让孩子受惊。就在那一刻他暗暗发誓,再也不能在孩子面前哭。

"我就是觉得你以后不能吃龙虾了,有些难过。"

成缺不由地笑了出来:"我其实之前想了一下的,但是觉得龙虾和螃蟹不是一个东西,又实在嘴馋,就没跟你提这个顾虑。"

刚才询问病史的医生递给逸兴一盒牛奶:"喝点牛奶压压惊吧,看你刚才吓得够呛。"

逸兴抬头看了医生一眼,个子不高,一头很利落的短发,双眼很有神采。他瞟到医生的名牌:王安宁。接过牛奶的时候,逸兴发出由衷的赞美:"多好的名字。"

"赵成缺这次的情况比较严重,尽管现在你看症状差不多都退下去了,但我还是建议留院观察一晚,因为这么严重的食物过敏很容易反复。"

逸兴只能点头答应。

"你们一会儿搬到楼上的病房去。现在大过年的,能出院的都出院了,空床多,你也能睡觉。"

这种情况,他怎么睡得着呢?他到现在都觉得惊魂未定,需要深深喘息才能控制微微颤抖的身体。尽管如此,他还是感激医生的好意。

"体征有仪器检测的,如果有异常,机器自动会向值班护士报警,不用你操心。我再给你开两支肾上腺素的随身注射器,一支放家里,一支随身带着,以防万一。会用吗?"

医生随即示范了这个应急药物的使用方法。"如果再犯,即使用了这个注射器,还是得马上就诊。这个只能救急,不能治病。"

逸兴点头接过处方。

"食物过敏这个东西，是挺吓人的，也没什么办法。有些孩子长大了自然就好了，有些一辈子都带着这抗体。但是想避免也容易，不吃就行了。"

逸兴被王医生的镇定打动。他问："你们做这个职业，是不是不幸的事情见得多了，都'麻木'了？"

"我不知道别人。我自己做这行久了，觉得生老病死是生活的一部分，接受了这些悲剧长期陪伴在身边，不再试图反抗了吧。"

"我以为你们的工作目标就是阻止悲剧发生。"

"哪儿有那么大本事。行医越久，越觉得能健康地活着全靠运气。多数情况都是尽人事听天命。经常遇到有同样症状的病人，身体底子也差不多，用同样的治疗方案，有人能康复出院，有人就救不回来。你也别太自责，觉得自己没把孩子看好。今天这事儿发生在过年期间，你可能觉得格外惨；不过可幸亏在过年期间，一路没堵车，要是晚来个二十分钟，就怕窒息造成脑损伤了。这就是你的运气。"

王医生真乐观，每团乌云都镶着金边。逸兴自愧不如。

几个同事打来电话向他询问情况，逸兴快速交代了状况。这也让他感觉到了自己的运气，有这么多人都在关心他。这天晚上，逸兴迷迷糊糊中，看见了邱池。她坐在床边，握着逸兴的手。

"小池，太苦了，我不想自己撑下去了。"

"再坚持一下吧，至少把孩子养大。"邱池落下泪来。

"可我怕你等太久。"逸兴紧紧握住邱池的手，生怕她不见了。

"我这里的时间过得比较快。听说过'山中方一日，世上已千年'吧？"

"成缺是那么难养的一个孩子。"逸兴忍不住诉苦。

"还不是和你一样?"邱池破涕为笑,"性格脾气都像你。"

逸兴知道这是梦境,他希望沉沉地睡着,不要醒来,这样邱池能多逗留一会儿。早上成缺把他叫醒。成缺一晚上睡得很安稳。一点儿都看不出来她昨天晚上发过那么严重的过敏。

除夕。

早上父女俩走出医院大门的时候,同时深深吸了一口气。天空阴霾,静静地飘起了小雪。逸兴把车开得很慢,这种天气最容易出事故。

"好可惜,昨天走得太匆忙,没来得及把那两副筷子带走。"

"还惦记那筷子呢?以后我们见到的话买一套好了。"

"我妈说这个档次的酒店的餐具都是专门定制的,外面不一定有的卖啊。"

"也不知道他们卖不卖筷子,"逸兴看孩子这么惦记,"过几天我们去问问?"

回到家,逸兴看着镜子里的自己:胡子拉碴的,眼睛布满血丝,衬衫皱得像咸菜一样。老了,经不起折腾,一夜没休息好就成了这副样子。可是他又很留恋有邱池出现的梦境。飘忽的梦境似乎一直跟随他回到了家。

成缺在客厅练琴。逸兴一直不喜欢小提琴这门乐器,天生伤感呜咽,缠绵悱恻的。

"你能拉个欢快点儿的曲子吗?"

成缺撇了撇嘴,索性拉起《铃儿响叮当》的曲调来:"这个你满意吗?"

"嗯,很适合过年听。"他满意地转身去冲澡。

逸兴站在莲蓬头下冲了很久的热水澡。热水把胸背的皮肤烫得红通通的，这一晚上让逸兴觉得自己的灵魂出窍，现在还没归位。突然手机响了，嘿，谁这么会算，专门趁人洗澡的时候打电话？估计是张宇莫那个家伙，她最有这个本事。他不得不用大毛巾擦干身体，走出淋浴间。一看手机，是张永梅打来的。

"逸兴啊，你们今天早点儿过来。我怕雪下大了路不好走。"岳母吩咐道，"外加我这还有点活儿等你来帮忙。"

逸兴忙不迭地答应。出门的时候他犹豫了一下，拿起邱池的车钥匙。

"这车四驱的，我觉得比较安全。"逸兴对孩子解释。

"你也想妈妈吧？"成缺倒是看得很明白。

"是啊，我也想她。"他不再吭声，专心开车。

 两个人的晚餐

第十四章
百　合

吃花，不像吃根茎叶那么寻常。菜花和西兰花，可能很多人看它们长得疙里疙瘩的，无法和"花"的传统形象联系起来。而黄花菜这个东西，"人比黄花瘦"，"昨日黄花"，让我对这可怜巴巴的花失去兴趣，听到名字就觉得苦不堪言，况且一股怪味，才不想吃。玫瑰、桂花做糖渍后给甜品增香。这两种花气质大不相同。玫瑰浓烈，玫瑰酱的色彩就是食物卖相的一部分。桂花外形含蓄，混在食物中全凭暗香觅踪影。

我心中最特殊的入食材的花当属百合（百合：平常吃的"百合"并不是百合的花，而是鳞茎。但是因为说起百合就想到百合花，就暂且把百合归入"吃花"的食材）。百合做食材随和大方，没有其他花那种高不可攀的气质。若说西北人在饮食上有那么点儿浪漫情怀的话，都倾注在用百合烹制的菜肴里了。新鲜百合的鳞茎其貌不扬，看上去像头大蒜，人们经常将其剥成片，用来炒西芹。西芹自身的味道比普通水芹菜清淡很多，刚好配温文尔雅的百合。干百合搭配莲子煮汤，两味主料都有绵密的淀粉口感，让人觉得踏实。两味主料都有一丝苦涩的回味。夏日的冰镇百合莲子汤，汤里丢几粒冰糖，清凉滋润。

百合天生有个好名字，暗喻"百年好合"。就凭这个名字也该用百合来象征爱情，怎么能被浑身是刺的玫瑰抢占了风头呢？爱情应该像玫瑰那样吗？惊艳之后稍微不小心就被扎得生疼。那样的关系虽说惊心跌宕，但承担的折磨也多。理想的爱情应该像莲子百合汤这样：处于关系中的两个人享受没有侵略性的安心和快乐，即使关系中有矛

第十四章 百　合

盾，有冲突，有不顺心的地方，几粒冰糖即可化解。

——邱池

原本半小时的车程，爬行了足足一个小时才到。雪越下越大，下车的时候，成缺一脚踩在雪地里，听见"嘎吱嘎吱"的声音。赵成缺仰起头望着天空问："这算不算瑞雪兆丰年？"

逸兴抬头看了看天，阴沉阴沉的，大片大片的雪花簌簌地落在地下，有一片飘到他的衣领里，他忍不住打了个冷战。"我们上楼去吧，我怕你外公外婆等急了。"逸兴无心欣赏雪景，他更担心的是这个天气，今晚回家的时候不知道会积多厚。

他看见成缺手里抱了一个带盖子的小盆儿。

"你抱的什么？"

"咱俩做的蛋饺，我想带来给外公外婆吃。"

"我怎么都没发现你出门带了这个？"

"我怎么知道？你老是心不在焉的。"

"我看你是找到机会就要对你老爸展开人身攻击，我不跟你计较。"

逸兴一直觉得岳父岳母家的年味不如自己家乡那么重。他们很少专门为过年装饰，除了邱老先生自己写一副欧体春联之外，家里没有其他的变化。鞭炮什么的也就象征性地放一挂。往年都不等看完春晚，他们老两口就赶快塞给成缺几百块钱压岁钱，把逸兴他们赶回自己家去，因为他们要早睡。就连年夜饭也做得很简单，重质不重量，下酒的小菜三五碟，蒸条鱼，外加包一盖帘儿的饺子。张永梅总说："大过年的，我可不想腰酸背痛地做一天饭，然后吃一星期剩饭。"

自己家过年则热闹得不像话：家里会贴窗花，父母会烧一大桌菜，蹄髈、鸭子、鸡、鹅，各种水产，也不管吃不吃得完，晚上一

117

两个人的晚餐

家人要围坐在一起,边看电视边搓汤圆,而且一定要守岁守过午夜,后辈要给长辈磕头,大人会带着孩子一起放烟花,和邻居的烟花爆竹暗中较劲,看谁家爆竹响的时间最长,谁家的烟花最大,而且第二天一定全家出动,走亲戚串门,挨家挨户拜年。邱池只有结婚第一年在婆家过了一次春节,就不愿意再去了:"路上又挤,家里又冷。你家亲戚奇多,我连名字都记不住。光串门走亲戚就累死人了。"后来两人商量好清明和中秋都可以回江南,但是春节就待在自己家里。

邱池乐得享受这种没负担的亲情:"我爸妈家的亲戚都在外地。除夕过后的假期都是自己的,随便去哪玩儿都行,没那么多人情去应酬。"逸兴慢慢地也接受了这种相对淡薄的关系。只是今年,他对没有年味的年有些恐惧。昨晚邱池出现的梦境现在好像还萦绕在他脑海中,他很想找个人倾诉一下。自己的岳父岳母,白发人送黑发人,想必承受的痛苦比他更深。他不能对他们诉苦。自己周遭也没有亲人了,郁结于胸的一口浊气不知道怎么才能消除。算了,就算在自己家也没有哪个人能亲密到诉说这些事情。他只能这样宽慰自己。

一进门,成缺把蛋饺递给外婆:"外婆,这是我们俩做的。"

张永梅接过小盆儿,马上给赵逸兴安排任务:"我们厕所的洗脸池下面有点儿滴水,镜子前面的灯最近乱闪,你赶快给我们修了吧。"说完就递过来工具箱。

"你女婿进门连坐都没坐一下你就使唤人家干活啊!"邱天舒的声音从书房传出来。

"我自己女婿还用客气吗?"张永梅转脸跟逸兴说,"滴水滴了好几天了,你一直不在。他说他要修,我怕他万一不小心滑倒摔一跤,纯粹给我添麻烦,就没让他动手。"

第十四章 百 合

张永梅说完了转身进厨房,边走边念叨:"房子老了啊,就跟人老了似的,各种毛病都出来了。"

赵逸兴觉得自己的丈母娘实诚得可爱,带着成缺直接去厕所。他修了灯又修水管,成缺站在一边帮忙递工具。都是小毛病,逸兴总共连十分钟都没用,就修好了。赵成缺这姑娘在旁边又忍不住挖苦她老爸:"上次咱家厨房灯不亮了我妈让你修,你一口答应下来,结果三天都没动手。你在这儿倒是很积极。"

"赵成缺,我在你眼里一点儿好处都没有?"逸兴从水池下面拱出来,瞪着自己的女儿。赵逸兴本来从前一天晚上就觉得抑郁压胸,这时候女儿还在这火上浇油。成缺知道爸爸连名带姓叫她的时候,一定是真生气了。她也觉得自己好像对爸爸有点儿苛刻,吐吐舌头,不再说话。

"成缺,到外公这来,我给你看块石头。"邱天舒招呼外孙女过去。逸兴索性一起去书房跟岳父打个招呼。

"这石头怎么毛茸茸的?"

"这毛茸茸的东西叫作地衣——大地穿的衣服。这块石头是朋友从冰原带回来的。来,你摸摸看。"

成缺好奇地伸出手摸了摸:"这是像草一样的植物吗?长在石头上?"

"真菌,像蘑菇一样的东西。但是这个品种的地衣很特殊,因为它是寒带的生物,在我们这种气候不能生长。"

"那它现在死了吗?"

"现在是休眠状态。因为我一直保持干燥,所以它没机会醒来。一旦见到水,就会重新生长,但是因为气候不适宜,一唤醒就会死。你看,生死的界限多模糊。"逸兴和自己岳父对看了一眼,没想到他能通过一块石头跟孩子谈论生死。

两个人的晚餐

"现在看上去没有生命,但是它是活的;如果想让它有些生机,只要浇水就可以,但是浇水又会让它死掉。所以我们很难用自己的眼光去判断这个东西的生命状态。"

成缺若有所思地点了点头。

"你知道地衣这种生物最了不起的地方在哪里吗?"

成缺摇摇头。

"它们长在石头上。即使在这么坚硬的花岗岩上,地衣也能生长。而且它们能慢慢分解岩石,石头最终会变成土壤。难以想象吧?我们的土壤都是靠这么不起眼的生物做出贡献,没有生命的石头变成泥土,成为其他生命起源的必要条件。生死就这样互相依附着。"

"生死就这样互相依附着。"成缺低声重复外公的话。

邱老先生这间书房,跟世外桃源一样。一只鸽子"砰"的一声撞在玻璃上,站在窗沿外"咕咕咕"地叫了几声,又扑棱扑棱地飞走了。邱老先生摘下老花镜,把那块石头交给成缺把玩。老花镜随手放在写字台上的一本书上,逸兴定睛一看,《道德经》。书下面压着一张宣纸,纸上一行一行的,反复写着同一句话:"死而不亡者寿。"

岳父岳母的日子在逸兴眼中,过得特别淡泊。即使在邱池辞世之后,他也没见过岳父岳母表现出不可抑制的悲痛。可是他抄写的这句话和力透纸背的瘦金体,出卖了他的情绪。

"你们来摆筷子,差不多可以开饭了!"张永梅喊他们过去。毕竟是邱池的妈妈,她的声音听上去和邱池非常像。以前邱池叫他吃饭,会故意敲敲锅,一脸坏笑地喊:"喂,来吃!"

逸兴在餐厅闻到似有似无的百合香。餐边柜上摆着一束香水百合,百合旁边,赫然是一张邱池的照片。照片中的邱池明眸善睐、神采飞扬。逸兴觉得胸口受到重重一击,这是邱池辞世后他第一次

第十四章 百合

见到她的照片。他家里一张邱池的照片都没摆。为了避免睹物思人，他平常连书房都不愿意踏进。成缺也看到了照片和百合，和逸兴并排站在餐边柜前，她伸出手来，握紧爸爸的手，微微仰起脸看着爸爸。逸兴面容愁苦。在这里遇到太多意想不到的事情，他深深吸一口气，知道自己今天在劫难逃。

"今天和往年春节的过法不一样。我们今天，专门用来思念邱池。"张永梅一边摆桌子一边说，"没提前跟你说，但是我们觉得你会愿意参加。"

"躲是躲不过去的。"邱老先生放了一张许巍的CD在音响里，拉开椅子坐下，"来吧，入座。"

许巍年纪越大，音乐作品蕴含的情怀越宽广：

"世如沧海早已阅过千帆，
彼岸的你化作暗夜星辰；
谁会在此默默续写诗篇，
把闪光的生命献给蓝天？"

歌颂生死，不带一丝感伤。

逸兴和成缺对看了一眼，看来他们早已安排好今天的节目，只好听从他们的意思坐下。躲不过去，他也没有力气抵抗下去。只是没料到，岳父岳母会选择过年的时候来面对创伤。周遭的每个人都比他果断勇敢。

张永梅端上一盘西芹百合，又给每人盛了一碗百合莲子汤："小池喜欢百合，所以今天有这两道菜。"然后转身放了一碗汤在邱池的照片旁边。张永梅又给逸兴剥了一只肉粽："来，这个是给你的，知道你爱吃这个。今年端午节的时候没人有心情包粽子，估计你也没吃上。我也是第一次包肉馅儿的粽子，我们家在你出现之前没包过肉粽子。"张永梅对女婿笑了笑。

第十四章 百 合

过年吃粽子,只有在邱家才能出现这样的场景。他们都不太在乎这些世俗的繁文缛节。

"你想吃的粉蒸肉,"她把蒸肉推到邱老先生面前,又端上来一个汤盆,"你们带来的蛋饺我放这儿,想吃的时候自己舀。"

"你呢,嘴巴最刁,所以我就没专门弄你的吃的。给你做啥你都能挑出毛病来,有啥吃啥吧。"

赵成缺眨巴眨巴眼睛,也没什么好说的。外婆无招胜有招,直接化解了成缺的挑食。

"看,你平常的名声也好不到哪儿去。"逸兴趁机报复。

邱老先生又开了一瓶好酒,给逸兴斟上,也给邱池倒了一杯放在照片旁边。

"邱池也就从这么大开始跟我学喝酒,"他用下巴指指成缺,"她最喜欢浓香型的曲酒。"

"嗯,家学渊源,难怪她那么会吃。"逸兴一本正经地点了点头,心里却犯嘀咕:这岳父好歹也算知识分子,怎么给孩子喝酒?幸好他没给成缺倒杯酒,否则,赵逸兴不知道该怎么招架。

"开吃吧,"邱老先生指挥全家,"别拘束,也别觉得有多大压力,我们就边吃边聊聊自己印象中的邱池。我们都很想她。不是只有你一个人承担了这个痛苦。"即使这么说,逸兴还是敬佩岳父岳母的勇气。敢开诚布公地说出来,就已经很了不起。

"邱池小时候从来不需要我操心。学习她一点儿问题都没有,我去开家长会可骄傲了。老师还曾经让我介绍经验,我都说没有什么经验,我们就是普通家庭,也没辅导过孩子功课。晚上该看电视就看电视。"张永梅先开口说她记忆中的邱池,"后来她读高中的时候迷上言情小说,租着看,一夜看一本,早上起来就把书给我,让我帮她去还了,租下一本。"

"你惯着她。"邱老先生目光温柔地看着张永梅。

"她那时候想学文科,你不愿意,结果呢?你什么时候斗过她了?所以还不如顺着孩子的意思来,至少得个好名声。"张永梅有她的智慧,面露得意。

"我也不是非得让孩子继承我的职业。我只不过觉得她从小表现出来,对我这些东西很感兴趣,如果她干我这行我能帮上不少忙。谁知道她看了几本爱情小说就想学文科。这搞不好就是一时冲动,不见得是真的兴趣。"邱天舒说完喝了杯酒。

"你那行动不动就在荒山野岭沙漠戈壁里一待一个月,太苦了。尤其女孩,我才不希望她做你的职业呢。"

"只要喜欢就不觉得苦。她有一次地理课把我那些石头揣到学校去显摆,可得意了。她那时候对石头的了解比老师都强。"

"你就是自恋,爱勘探考察和爱玩石头是两回事儿。好不容易有个崇拜你的人,你激动得就觉得后继有人。"

"就是那次她丢了一块黑曜石,一进门就趴我肩膀上哭,衬衣都被她哭湿了。我那时候就觉得邱池肯定是真心热爱地质。为个石头哭成那样。"

"我觉得她那是施展苦肉计,先哭了你就不好意思责怪她弄丢了你的宝贝石头。"

"我自己的闺女肯定比石头重要,我怎么舍得因为一块石头对她生气?"

逸兴听他们俩边斗嘴边讲邱池小时候的故事,听得津津有味。

"后来她一个人去那么远的地方去上学,我们都挺担心的,怕她生活不习惯,怕她太孤独。直到她遇到了你。"张永梅微笑地看着逸兴,"她每天都跟我说关于你的事情。"

"是吗?她那么早就告诉家里她在谈恋爱啊?"赵逸兴都是等到

— 第十四章 百 合 —

本科快毕业的时候才告诉家里有邱池这个人，"那她都怎么说我？"

"说你只要不上课就和她在一起，时时都陪在她身边。你带着她到处玩。她说如果不是因为你，她都不知道周边有那么多好玩的地方。有时候她功课太多，你也很耐心地等着她，从来不会把她一个人撇下自己出去。每个星期学校礼堂放电影你都一定要她和你一起去，那天晚上你不准她看书，必须专心去看电影。她特别盼望每个星期你带她去看电影。"

"我怎么觉得是她带着我呢。她爱尝试新的东西。小池能把学校所有食堂每个窗口都吃一遍，告诉我哪个窗口的什么菜特别好吃。如果不是她，我肯定就吃离宿舍近的那家食堂。看她连吃食堂都能挑出来好吃的，那时候我就知道她一定是个很热爱生活的人。晚上从图书馆回来还要吃宵夜。当时好多女同学为了保持身材都节食，可邱池不在乎，但是也不见她长胖。

"她感官特别敏锐，有她在我身边，我觉得好像多了一对眼睛和耳朵。她出门就能看见树叶变颜色了，花坛的花换季了，同学哪对分手了，哪个和好了。如果没有她，我完全不会注意这些东西。"

"当时你愿意跟她安家到我们这儿，我们都很高兴。"张永梅继续跟逸兴说往事，"当时我们都劝小池就在南京找工作算了，毕竟在那读了那么多年的书，经济比我们这儿发达，她对南京也有感情，你也算是本地人。可是她坚持要回来。我知道她是舍不得我们，可我也不希望她放弃你。以前她空闲的时候就在家闷着头看书，就连我叫她去逛街都不愿意。她遇到你之后开朗了很多，对其他事情才有兴趣，有什么新鲜事儿都想马上告诉你。我们逛街，她都会逛男装区，挑衣服送给你。那时候看她给你打电话的时候永远都是笑眯眯的，我就知道她和你在一起很开心。所以我不希望你们分开。听说你愿意跟她一起来，我们特别意外。多数人是不会往这个方向

125

搬家的。同时也特别高兴,你也肯定很爱她才会做出这样的牺牲。"

"可惜我婚后没有好好待她,"逸兴鼻尖发酸,低下头去,"我花了太多时间在工作上,结婚后基本就没考虑过她的感受。如果我早知道我们只有这么少的时光,我会多花些时间陪她。"

逸兴一双手紧紧握住酒杯,从晃动的波影可以看到他的手在微微颤抖。他端起酒杯一饮而尽。

成缺伸出手,拍了拍爸爸的手背,表达她的支持和理解。

"你知道吗?邱池也跟我说过她觉得对你不够用心。她是你在这里唯一的亲人,但是她任由你自己在家闷着。她希望她能多花些时间陪你。是她不够用心经营婚姻,才让你除了工作之外什么生活都没有。"

"她这样想?我其实没必要那么忙的。加班啊出差啊都是逃避家庭生活的借口。"

"她当时觉得勉强你跟她搬家,对你心有愧疚,所以婚后什么事儿都依着你。你投入工作她从来不抱怨,她觉得这是正常的。其实很多人的婚姻都是这样,"张永梅指指邱天舒,"他年轻的时候去勘探,一个月都不回家一次,好不容易回来一趟,变得跟个野人似的。在家待不了几天又走了。"

"我哪有那么惨?在外面刮胡子洗澡不方便,就成野人了?"

"好吧,你就算一个月不刮胡子不洗澡依旧玉树临风。"张永梅不理邱天舒的抗议,"你要知道,就是因为你努力工作,给家里提供了稳定的经济保障,邱池才敢选择这个职业。是你,给了她选择的自由。你看她多爱她的工作。"

"你真的这么看吗?我觉得她能做这一行是因为她有足够的天分和才华,和我没什么关系。"

"我们都不是不食人间烟火的人。如果生活没有足够的安全感,

第十四章 百　合

她再有天分再有才华，也不敢辞了工作一门心思写那些东西啊？"

窗外的雪越下越大，偶尔能听见雪花打在玻璃上的声音，轻轻的，窸窸窣窣的。室内很温暖，邱老先生今天开的这瓶酒口感顺滑细腻，两杯下肚，精神就松弛下来。

"为什么今天成了你们来开导我？我觉得你们承受的苦比我更多，所以以前我都不敢跟你们说这些事儿。"

"我们现在没什么挂念的了，如果死神明天来要带我走，我都可以毫不眷恋地跟他走。"邱老先生接下话去，"但是你和我们不一样，你不能这样活着。

"我爸死得早，我对于他的死印象不深。但是我妈活到七十八岁，而且后来和我们住得近，每天在我们这搭伙吃饭。她活着的时候我们肯定会聊生老病死，可真到了那一天心里还是特别难受。以前我妈在的时候，我总觉得我和死神之间挡了一个人，她帮我承担这些东西。后来她不在了，我面前就空了，觉得自己离死神近了一步。虽说这是自然规律，心里还是有很深的恐惧。我原以为我会自然地帮我的孩子挡住死神，我死在她前面才对，没料到它绕过我直接走到我的孩子面前。我应该帮她挡住的，我没做到，我没做到哇。"

说到这里，邱老先生抬头看着天花板，闭上眼睛好一会儿。稍后，他把逸兴面前的酒杯斟满。那白瓷酒瓶都有点儿发黄，红色的标签半脱落，看不清原本的品牌。满满一杯，盈而不溢，闻着就觉得醇厚无比。

"这是邱池出生那年我留的女儿红。当时留了一箱，在你们结婚的时候喝得差不多了。现在就剩了这瓶。"邱老先生招呼逸兴喝酒，"我不打算继续留着了。咱俩今天把它喝完。"邱老先生握着酒杯的手有些颤抖。

张永梅轻轻拍了拍逸兴的手背："可是我回想，邱池一生虽然

127

短暂,但是整体来说,她还是很快乐的。念书的时候顺风顺水,指哪儿打哪儿。后来恋爱结婚也没经历什么伤心事,遇到你就认准你了,从来没考虑过别的选择。她选择这么难营生的职业,居然能养活自己。这都比多数人的人生顺利愉快很多。"

  这是事实。即使邱池在知道自己病重难治之后,尽管恋恋不舍,可她也没有流露过遗憾的情绪。她每天还坚持正常生活,让逸兴照常上班,有多少精力就写多少稿,给孩子拍照,写日记。出门照常跟街角熟食店的老板聊天,散步的时候向邻居问好。

  "而且我妈妈亲手把我养大,很多同学连每天和妈妈吃一顿饭的机会都没有。还有很多同学索性跟爷爷奶奶住,一星期都见不到自己的爸爸妈妈一次。我妈每天都陪着我。"赵成缺也参与大人的谈话,"我妈一有空就带我读书,'Don't cry because it's over, smile because it happened.'"〔意为"不要为结束而哭泣,为曾经拥有而微笑"。这句话坊间流传出自美国著名儿童读物作家苏斯博士(Dr. Seuss)笔下,但是后人无法从他的书中找到原文。〕

  "你妈连这个都教给了你?"逸兴一脸惊讶地看着成缺。

  "我妈说,好花不常开,好景不常在。与其后悔,不如把注意力放在现在拥有的东西上。"成缺把脑袋靠在爸爸肩膀上。

  邱池居然把这样的人生大道理都传给了下一代。

  邱老先生倒出来最后一滴酒。他晃晃酒瓶子,听不到声音了,便盖上瓶盖,把酒瓶子放在地下。

  "现在邱池不在了,我们也没什么牵挂了。"张永梅看逸兴露出关切的神色,连忙解释,"放心,没有人打算自杀。一开始倒是每天都和自杀的念头斗争,现在应该不会了。"

  逸兴这才长舒了一口气,没想到岳母察言观色的能力这么强。他只是一个念头闪过,就被张永梅捕捉到了。之前他也只和邱池有

― 第十四章 百 合 ―

过这种灵犀相通的经历。

"我们打算等春节假期一结束就把这套房子过户到你名下。节后房管局一开门咱们就去办手续。"

"我不能要,我不能要你们的财产。"逸兴连忙摆手拒绝。

"你怎么这么小家子气?"邱老先生有些怄气地说,"房子很老,我们局里的房改房,现在估计也不值几个钱。好在南北通透,户型也四四方方的,比现在新开发的布局好很多。我知道你有地方住,肯定不会惦记我们的房子。可我们只有邱池一个孩子,不给你给谁呢?"

"可是,可是,我们犯不着现在就办这些事情吧?"逸兴没准备好,他觉得二老这时候提出这件事情,让他心里不安。他们要了结尘缘吗?

"这些事儿啊,得活着的时候就交代利索了,这样真有什么事儿才不给后辈添麻烦。要是人死了再想办不动产过户什么的,就麻烦多了。我们就是图方便。"张永梅接下话来,"银行密码我也都写下来了。就两个社保活期账户,还有些定期啊、债券什么的。股票我今年全变现了,老了就得收官。这些全都在床头柜抽屉里。密码放你那儿一份,以后我们要是死了钱还没花光,你能直接把钱取出来。"

"你们……何苦呢?"逸兴觉得两位老人家的做法太决绝。他知道即使邱池已经辞世,他将来还会和邱家维持千丝万缕的联系。但是现在就让他全面接手,他无法负担。

"人总是要死的,趁活着的时候做好死的准备,没什么好避讳的。这些东西最后肯定都传给你,如果死了之后再办的话,我怕手续太麻烦。"

"你们怎么这么信任我?"

 两个人的晚餐

"你是我家女婿啊,我们也没有别人可以托付这些东西了。"张永梅话出口后觉得太悲壮,故作轻松地说,"你也别偷着乐,哪有这么多白捡的便宜。权利和义务是对等的,以后我们有什么麻烦都会来找你。房子过户,就是你的'卖身契'。"

赵逸兴听到这个比喻不由得笑了,这活脱脱是邱池会说的话。邱池的幽默感是不是从她妈妈那里继承来的?赵逸兴还是没办法坦荡地接受这个安排:"可是万一,万一……"

"万一你再婚?"张永梅再次捕捉到了他的顾虑,"我们不是那么狭隘的人,你如果能再遇到有缘人我们肯定真心祝福你;你也不是那么没见过世面吧?能为了这点儿钱就把房子卖了,把我们俩赶出去睡街上?"

"我们现在没什么好挂念的了。这些事儿在趁你再出差前办妥,我们俩也安心。年轻的时候我整天在外面勘探,也没怎么顾得上家。现在我活着,能多陪陪我老婆。如果马上死了,就能见到邱池,更不觉得有什么好留恋的了。

"你和我们不一样,你得坚持把孩子养大,你不可能像我们这么无所顾忌。"

邱池在梦里跟他说过一模一样的话。窗外的雪一点儿要停的征兆都没有,车都被盖住了。

第十五章
饺　子

　　北方有句俗话叫"好吃不过饺子，舒服不过躺着"。这句话不一定每个人都认同，不习惯吃饺子的南方人就不会觉得饺子有什么特殊的地方。

　　我嫁的这个南方人曾经说包饺子这个东西就像先做了微分再做积分一样折腾人：先把一块肉剁成肉馅儿，是微分；再用饺子皮把碎碎的馅儿包成一个一个的饺子，是积分。

　　饺子这个食物的特殊之处在于：这是家庭料理当中少有的需要流水线作业的食物。通常包饺子至少需要两个人，一个人负责擀皮，另一个人负责捏饺子。

　　现在的家庭关系中，我不再需要你帮我耕田，你也不需要我为你织布；甚至我都不需要你去赚钱，你也不需要我来做饭。原本家庭的经济功能都可以被商业化的服务替代。夫妻双方对另一方的依赖越来越少。婚姻靠什么来维系？还是要靠感情。一起合作包饺子就是增进夫妻感情的很好选项。

　　女人做饺子的时候可以大大方方地示弱："喂，我很需要你帮忙，我自己应付不了，你愿意来帮我吗？"这么好的英雄救美人的机会，男人肯定都愿意吧？

　　包饺子提供了一个全家齐上阵的合作活动，参与其中的每个成员感受被需要，每个成员体验做出贡献的成就感。

—— 邱池

张永梅看了一眼窗外的雪:"你俩看来今天得住这了,这路没法走。今天市政环卫都放假,没人扫雪。印象中多少年都没下这么大的雪了。"

赵逸兴上一次在岳父岳母家过夜,还是结婚前来拜访他们那一次。之后十几年,他和邱池都没在邱家再过夜。

刚结婚的时候,邱池坚持要自己单独过。两人那点儿少得可怜的工资付了房租只剩吃饭的钱。他们租了个黑不溜秋的筒子楼。楼道里转角里堆着不知道谁家攒了多少年的蜂窝煤和煤饼、酸菜缸,还有一筐一筐的苹果。楼道玻璃糊满了陈年煤灰,完全不透光,中间还有几块玻璃是破的。冬天从那扇窗下面走过,西北风一个劲儿地往领口里钻。

逸兴知道这个居住条件和邱家那套宽敞明亮的专家楼落差太大。他心里很明白,邱池是害怕他有寄人篱下的不自在,宁愿就着这个条件过自己的小日子。逸兴看邱池为了他忍受这么多苦,也觉得心里过意不去。可是邱池不这么想:"我爸我妈挣钱挣了快三十年了,我们才第一年工作,当然他们条件比我们好。况且这种国企大院里的房子尽管老旧,但是暖气还挺足的,比我们读书的时候宿舍条件好多了。再说小时候我们家住的地方和这也差不多。这种生活都是暂时的,你跟我忍两年,肯定会好转的。"

冬夜,老木头窗漏风,一丝一丝的冷风扎进来,邱池躲在逸兴怀里笑:"咱俩明天早上得想办法把这个窗户的问题解决一下,暖气斗不过漏风的北窗。"他也想不起来邱池后来怎么对付四面漏风的窗户的问题了,好像是在窗框四周堵了一圈毛巾,至少冷风渗进来的时候有个缓冲。

邱池那时候为了多挣点儿钱什么活儿都接,自嘲:"我拿计件工资的,好处就是多劳多得。"好在那是房价大涨之前,两个人第

二年就买了一套小的两居室，孩子上学前又换到现在这个住处。地段便利，户型也好。卧室、客厅和书房都朝南，有宽敞的阳台喝茶用，还有邱池一心想要的开放式厨房，和餐厅连成一体。她下厨的时候能看到客厅和阳台。孩子在餐桌上写作业，边写作业边和妈妈聊天。只可惜女主人只在那里住了四年多。

赵成缺看到雪下成这样很高兴，外公索性带她出去堆雪人。张永梅给躺在沙发上的赵逸兴盖了条被子。逸兴翻了个身，又沉沉地睡去。外面偶尔传来小孩子放小爆竹的声音。这片住宅区里多数居民都是老年人，平常小孩很少，过年了，儿女都回来了。张永梅看着沙发上熟睡的女婿，觉得很心疼。

她当然希望在自己的有生之年，能阖家共度每一个节日；她也希望女儿今天能在这里和她一起包饺子，两个人一边包饺子一边闲聊家长里短，像闺密一样吐槽自己的丈夫；她还盼望节后能一起去短途旅行，热热闹闹地坐满一辆车，女儿安排路线，女婿负责开车。无论哪里都人多嘈杂，每个景点都趁机涨价宰客，邱天舒嫌弃他们没文化，赵成缺一路抱怨食物粗糙难吃，但是全家对此事依然乐此不疲……

他们今后的生活中这一块欢乐将永远缺失。她有希望收复失地吗？怕是没有了。尽管如此，她希望女婿还有机会。他将来还有三五十年。张永梅希望他在这次事故中遭受的重创不妨碍他将来的正常生活。唉，什么叫作正常生活？她自己都不知道，逸兴将来生活的正轨应该是什么样的？最好还是能有个伴侣吧，即使他将来的娱乐生活仅仅剩下坐在沙发上边打瞌睡边看《体育新闻》，旁边有个伴儿一起说说笑笑，日子还是好过些。这个伴儿，不应该是赵成缺。至少不是成年后的赵成缺。只是到了那个时候，他势必会和邱家疏远。

以前女儿放假回到家，整天都叽叽喳喳地跟妈妈说这个人。女

第十五章 饺　子

儿每次提起他的时候双眼都变得亮晶晶的，忍不住地笑。她很感激上天送给她的孩子这样一个伴侣，给她带来这么多快乐。她第一次见到赵逸兴的时候，是和邱天舒到南方开会，顺便去探望读大学三年级的邱池。四人吃饭的时候邱池一直拉着他的手。逸兴有些不好意思，邱家父母大大方方地前来认识他。

她还记得事后邱池悄悄把她拉到一边："妈，你看我男朋友很帅吧？是不是？是不是？"

张永梅被孩子搞得哭笑不得："你怎么光顾着看长相？"

"我也看到他闪亮的灵魂了！"邱池给她做了个鬼脸。

她对这个文质彬彬、眉目爽朗的年轻人印象很好。尽管那时候不知道两个年轻人有没有足够的缘分修成正果，但是她看到她闺女这么高兴，心里也盼望就是这个人。怎么会有人舍不得女儿嫁人呢？张永梅从来没有过这个念头。她觉得这就是孩子成年后应该过的生活：觅得佳偶，成家立业，生儿育女。总不能为了满足自己的私心把孩子留在家里吧。她更乐意看到孩子享受属于他们自己的生活。

成缺和外公回来了。手套和鞋子全都湿透了，脸冻得通红。成缺脱了大衣，磕掉鞋上的雪，把鞋和手套放在暖气上烤着，手也握着暖气管："呼，你们应该去看我们俩堆的雪人，可大了。"

"外面冷吗？"

"不算冷。下雪不冷化雪冷。现在雪停了，估计明天会冷。"

"那下午我们一起包饺子吧。"

逸兴也睡醒了。这顿饭吃的过程让他几近虚脱，在沙发上睡个午觉过后感到莫名其妙的轻松。他尽量避免在岳父岳母面前提起邱池。原来，他苦苦掩饰的伤口在两位老人面前一览无余。从前，想起邱池，他就觉得胸口灼痛，心中充满苦涩和酸楚；现在，想起邱池，他心里却充满了温暖。他不得不感慨自己命好，摊上这么豁达的岳父岳母,把他心中的愁结都解开了。

  豁达不代表薄情,放下也不等同于忘记。

  张永梅准备了羊肉和猪肉两种馅儿,在餐厅摆开案板擀面杖,招呼他们一起来包饺子。成缺对这个事儿很感兴趣。以前邱池当然会带着她包饺子,小孩儿捣乱的成分超过了帮忙。她以前每次遇到这事儿,都会手里拿着团面捏来捏去,非要捏几个饺子,捏出来的饺子不是馅太少,就是包不住,最后煮成一锅菜汤。即使这样邱池也乐得让孩子参与。现在到底是长大了不少,能听懂不少指挥。张永梅就分她点儿小任务:压剂子,这是包饺子的第一步。

  "你别嫌没有技术含量,你得把剂子压圆了。你要是按成椭圆的,擀开的时候不容易擀圆。"

  赵成缺同学一脸的不耐烦。

  "咦,你现在擀皮的技术练出来了啊?"张永梅看逸兴擀饺子皮还像模像样的。

  "嗯,以前小池包饺子我负责擀皮。她教的我怎么擀皮。不过我擀不了那么快。"

  "你们这几天假期打算去哪儿玩吗?"张永梅问赵氏父女。

  "没打算呢。成缺,你有想去的地方吗?"

  "我也不知道。附近能去的地方都去过,而且也提不起兴趣。"大家都知道为什么成缺会兴致索然,其他人何尝不是呢。

  "我约了驴友去甘南。初二出发。"邱天舒倒是有安排。

  "你就是爱往深山里跑啊。中国哪个山你没去过?天寒地冻的你还要去?"张永梅对邱天舒的行程似乎颇有微词,"你也不嫌冷。"

  "我冬天没去过啊。我们去年就约好的。而且那里是典型的温带大陆气候,地貌和植被都很丰富。"

"我们广场舞的伙伴约好了去三亚。你们想跟我一起去吗?"张永梅转头问赵氏父女。

"你在这晒太阳还没晒够啊,跑到天涯海角继续晒太阳?"邱天舒趁机挖墙脚,"你们不如跟我走吧。我那帮年轻驴友很爱跟我玩儿,你知道他们叫我什么吗?"

"把你得意的,人家是怕你寂寞才带着你吧,怎么会爱跟你这老头子玩。"

"他们有我在不知道多有意思。人家叫我'大地之神'。"

"拉倒吧,你最多能算得上'土地老爷'。哎哎哎,你这些馅儿都塞太少了。你怎么这么多年技术都不长进呢?每次你包的都不好吃。"张永梅冲着邱天舒说。

"塞得不少了。再塞就要漏出来了。"

"馅儿少了不好吃啊,光能吃到皮。"张永梅转头对逸兴说,"你看,我们算是白头到老了吧?照样会互相看不顺眼。所以婚姻当中有不愉快的地方才是正常的。"

"明明是你看我不顺眼,我看你干啥都是顺眼的。"

逸兴听他俩斗嘴,心里不知道多羡慕。他也希望自己能有这么一个人跟他一起拌嘴,刻意找碴儿,转眼就是一辈子。

"你们考虑一下,我们一群都是老奶奶,就怕你俩觉得闷。我们初三出发,三天就回来。"

成缺和爸爸对看一眼,异口同声地说:"还是算了吧。"

张永梅把煮好的羊肉饺子放了一盘在邱池的照片旁边:"这是你爱吃的。"

"既然你们不跟我们出去,那我给你们冻些饺子带回去吧。"说完把盖帘儿上剩的饺子放到北阳台外的窗外储物架上。天然冰箱,要不了半小时就冻成一坨一坨的冰疙瘩。

两个人的晚餐

"成缺,你还想吃羊肉馅儿的吗?"张永梅转身把邱池面前的那盘饺子端给她。

赵成缺怔住:"那不要留给妈妈吗?"

"傻孩子。我们做这些仪式是为了满足活着的人的愿望,满足我们心里的念想。我们通过这些行为来表达我们自己的情感,安慰我们自己的情绪。不是真的盼望她能回来吃。快吃吧,冷了就不好吃了。"

赵逸兴不知道他们是智慧随着年龄增长而增加的还是天性豁达。

第二天早上,张永梅煮了牛肉面当早饭:"这也是邱池爱吃的。"

外面晴空万里,噼里啪啦的鞭炮声清楚地告诉大家,新的一年到了。吃过早饭张永梅就忙不迭地把这父女俩赶走了:"免得一会儿来拜年的人看见孩子给压岁钱,我不想欠这些人情。"

第十六章

油盐糖

好吃的不健康,健康的不好吃。口腹之欲和营养需求经常相左。

经常有人会觉得餐厅的食物比家庭烹饪的好吃,除了餐厅的灶眼儿火力比家用的更大之外,很重要的原因就是厨师在投放调料的时候毫不手软。多加油盐糖是惯例,更狠的厨师用动物油烹饪,利用动物脂肪当中的胆固醇来提升香味。Everything tastes better with butter.[①] 不知道厨师会不会一边狠下调料一边念叨:"胖死你算了,齁死你拉倒……"

如果在家里自己做饭,看到需要用那么多油、那么多盐,起锅前尖尖的一勺味精,怕是会望而却步,下不了手。家常菜吝啬油盐糖的使用,很容易让吃惯外食的人觉得菜肴寡然无味。

现在知道了让食物好吃的秘密,能不能做到,就看烹饪人的魄力和胆识了。理想的家庭食客,能在吃清淡食物的时候感激下厨人的体贴,吃重口味食物的时候忘情地享受味觉刺激。

—— 邱池

初一路上立马就热闹起来,车水马龙的。公路上的雪很快就被碾出两道车辙,路边泥巴兮兮的。

"我们回去能洗几张妈妈的照片吗?你知道吗,前几天,我试图想我妈,我几乎都想不起来她长什么样了。"

逸兴听了只觉得心酸:"好啊,回去我们就找。"

岳父岳母明朗的态度让他心里舒畅不少。他也明白,躲不过去,

[①] 英文中的一句俗话,意为"一切食物加了黄油都更美味"。

而且躲着自己的情绪只会把自己憋出内伤。不如向他们学习，坦诚地面对自己的伤口，承认自己思念邱池，反而会好过一些。

这是逸兴在邱池身故后第一次打开她的电脑，开机密码是他的生日，桌面是三个人的合照。逸兴缓缓伸出手，摸了摸照片中的邱池，微微一笑：邱池也不会忘了他。

两人挑了照片之后，逸兴突然想起来几天前的对话。

"你不是想学编程吗？我把这台电脑收拾一下给你用，你觉得怎么样？"

"啊？这是我妈的电脑。"

"那不是更有意义吗？至少这几天我放假。只要你愿意学，我就耐心地教。咱们能学多少算多少。以后再说以后的事情。"

成缺被爸爸的诚恳打动，不再拒绝他的好意。

逸兴专门清空了一块移动硬盘，把邱池电脑里的数据备份出来。他在硬盘上贴上标签——"邱池的硬盘备份"，把它收在书柜里，然后将电脑恢复到出厂设置。成缺摸了摸妈妈的电脑，觉得它好像散发出暖暖的气息。网上居然有专门的少儿编程入门教程。逸兴不得不感慨孩子面临的竞争比自己以前要激烈多了。这都是他大学时候学的东西，现在小学生就开始接触了。

"你们同学当中有多少人开始学编程了？"

"好像就是谢斯文，其他人我没听说。"

逸兴松一口气，拼爹拼妈的时代啊，希望自己这个爹能成为孩子竞争的资本。学校不太可能提供这种课程，父母的眼界就拉开了孩子的差距。父女俩并排坐在餐桌前，像同桌一样。成缺毕竟有很好的英语基础，学起编程来自然就少了一重障碍。教一会儿玩一会儿，除了几个同事打电话来拜年之外，窗外此起彼伏的鞭炮声都没能打扰他们的好时光。

第十六章 油盐糖

"我们晚上出去放烟花吧。"

"好啊。"

"我们能找个空旷的地方吗?我不想在城里。"

"没问题。"

出门的时候,成缺背了个大包。

"你背包里装的什么?"

"咦?你注意到了?"

"这么大包我怎么可能看不见?"

"嘻嘻,一会儿你就知道了。"

逸兴索性把车开下公路,开到戈壁滩上去。大西北就是这点好,一小时车程内就能找到荒无人烟的空地。

"你觉得这儿怎么样?"

"这很好,足够开阔。"

一马平川的戈壁滩,骆驼刺从残雪当中戳出来。此处隐隐约约能看见远处的公路上的一星半点的路灯,已经听不到城市内的爆竹声。宽广的戈壁滩上,西北风吹得两人都站不稳。他们罩好领帽,先躲回车里点燃一根线香。赵成缺又搬来几块大石头卡在烟花四周,确保大风不会将烟花吹倒。赵逸兴才背着风点燃烟花的引信。绚烂的烟火在风中摇曳,燃放烟花的声音随着旷野的呼吸飘散远去。火星悄无声息地落在戈壁滩上。

赵成缺看火花落在戈壁滩上,有些失望。若待在市里面还热闹一点儿。跑到城外来,天苍苍野茫茫的,多大的焰火都显得渺小无力。

"这么大一箱,才放了这么短的时间就没了?"赵成缺略有失望。

逸兴笑着摸了摸她的头:"好烟花也不常开。不过我觉得'良辰美景'那个很好看。"

141

"你知道放不了多久还愿意带我到这么远的地方来?"

"因为我爱你啊。"逸兴紧紧地搂住孩子的肩膀,和她并排坐在车后备厢上,"你有什么心愿,我一定会尽量满足的。"

"现在几点?"

"八点半了。"逸兴看了眼表,"也差不多该回去了。越来越冷。"

"能再待一会儿吗?待到九点?"成缺从包里拿出来一条大毯子,足够把两个人裹起来。

"这是你妈平常写稿时候盖腿上的那条毯子吧?"

"嗯,我知道今晚会待到比较晚,所以背了它出来。又轻又软又暖和。"

逸兴记得很清楚,这条毯子是邱池收到第二本书的版税之后买的。他当时不知道为什么邱池会因为一条毯子那么高兴,直到一次在香港出差的时候,看见橱窗里摆着一模一样的东西,他认出来上面那个大大的"H",然后被价格标签吓了一跳。这是他印象中邱池买过的唯一一件奢侈品。她几乎每天都盖着它,写稿的时候搭腿上,有时候窝在沙发上看电视的时候也披着。

看来邱池的东西慢慢地都会找到归宿。

成缺两条腿荡来荡去,坐在敞开的后备厢沿儿上,一粒一粒地丢摔炮。"啪",炸开之后黑暗中就有一个小火花。

"还是这种小的炮坚持的时间长。这么小一盒,半天还没丢完。"

"你说我要是把整盒丢地下会怎么样?"

"我才不要。"她把手缩到背后去,生怕爸爸把整盒摔炮一次摔了。

到底还是孩子,一盒摔炮就能让她这么紧张。

"我想把这辆车卖了,我们不需要两辆车,你觉得呢?"

"你征求我的意见吗?"

"对啊,你也是我们家的成员啊。"

"不如卖你那辆算了,又小又旧。这辆宽敞一些,出去玩也好开。"成缺转头看了逸兴一眼,"你卖了我妈的车,还是会一直记得她,何必非要卖这辆呢。"

逸兴被孩子的坦率说服:"说得也是。"

成缺抬头看着满天的繁星问:"爸爸,你相信天堂吗?"

"我觉得应该有天堂。"

"外公跟我说,他也相信天堂。人死了就住到星星上去了。我妈不知道住在哪颗星上。"这时候成缺拿出一支指星笔,荧光绿的一道光线直指天空中几颗很亮的星。

"你认识那几颗星吗?"

"那几颗我认识,猎户座。"

"我五岁那年我妈买了望远镜带我看猎户座大星云,结果第一次用就被我摔坏了。"

"可你妈一点儿都不生气,那么贵的东西。"逸兴当然记得那次事故,"她只是后悔应该等你长大一点儿再教你用望远镜的。"

邱池的爱好总是很清冷,喝茶、观星、写稿。她很享受独处的时刻。

"这指星笔哪儿来的?萧亮给你买的吗?"逸兴觉得以前没见过这个东西。

"外公给我的。外公说,他的东西只要我喜欢都可以拿走。我就拿了这个。"

"他原话就这么说的吗?他还说什么了?"逸兴听到这样的话,察觉到邱老先生没有一点儿留恋。

"是啊。他就说他的东西我想要都可以拿走,包括那些岩石标本。你不在的时候他带我看过一次星。不过他不开车，我们就没法去这么远的地方。就在他们家属院里的足球场，光污染比较重，看不到银河。"成缺用指星笔指着天空中一排三颗星问，"你知道这猎户座这三颗腰带是中国二十八宿的什么吗？"

"这我就不知道了。"逸兴只觉得奇怪，"我没你妈这些学问。满天我也只能认出猎户座。她把这些都教给你了吗？"

"外公告诉我的。这三颗星就是中国人说的参宿，那三颗星分别是'福星''禄星'和'寿星'。'三星高照，新年来到'就是现在这个场景。现在几点了？"

"刚好九点。"

"现在是福星最高的时候。我今天晚上带你出来就是为了一起被福星照一照。"说完，成缺就从后备厢上跳下来，张开双臂仰起脸庞，面对星空，一脸的期盼。

"你这求福的方法倒是很科学。"逸兴笑了出来。

"你赶快，不要错过良辰吉时。"

逸兴和她一起，在广袤的苍穹下展开双臂，仰望天空，沐浴在星光下，深深吸入清冽的空气，接受来自上天的祝福。这一刻，他打心底里感激邱池留给他一个孩子。若没有孩子，他此时此刻也许是在街上游荡，也许是在酒吧区买醉，也许在沙发上睡着了，手中还握着遥控器。因为有这个孩子，他有缘站在福星的光芒下，对将来的生活怀抱美好的期望。

一颗流星划过。

"你刚才看见流星有没有许愿？"

"有。"

"许的什么愿望？"

"送我妈妈回来。"

"我也是。"逸兴紧紧搂住成缺的肩膀,父女俩的头靠在一起。重聚再无期,一别似参商。

第二天早上,逸兴在饭香当中醒来。
"我看你还在睡觉,就没有叫你。"
逸兴突然意识到,这是自邱池身故后,他第一次踏踏实实地睡过整夜。
"你做的早饭?"
"法式吐司,我妈写过。其实很容易做,坐下来吃吧。"成缺满脸笑容,看上去很自豪。
"没想到是你给我做饭。"
"我是给我自己做早饭的时候顺便带上你那一份。"成缺似笑非笑地看着爸爸。
"赵成缺!你就不能让你老爸多高兴一会儿?"逸兴走上前去把孩子抱起来,成缺紧紧盘在他身上,下巴扣在他的肩膀上,两个人"吃吃吃"地笑。
逸兴和成缺碰碰鼻子,亲吻她的额头,然后冲她眨眨眼睛:"我也爱你。"
"怎么会这么香?"逸兴对于这碟吐司的风味很满意,"你居然有这个水平。获得你妈手艺的真传了。"
"因为用黄油煎的。我妈说要想东西好吃其实很容易,不要吝惜油盐糖的使用就可以了。想更好吃,就用黄油。"
"你自己打开的灶吗?"
"看你开过几次,自然就会了,"赵成缺顽皮又自信的表情和邱池一模一样,"放心,看,我头发眉毛都没被火烧。煤气也关好了,我检查过了。"

第十六章 油盐糖

饭后两人和赵家的爷爷奶奶视频聊天。

"你们怎么过年都没给我们打电话啊?"

"过年那两天太忙了,而且考虑到你们也忙,到处走亲戚拜年,怕打电话你们没空接。今天稍微消停点儿,才能坐下来。我把我的年终奖转到我爸账户里了,你们收到了吗?"

"收到了。我们不需要你的钱,我们俩钱足够花。我们给成缺的压岁钱还留着呢。你看你们不回来连压岁钱都收不回来了。"

逸兴当然知道父母不需要花他的钱。只是给父母钱,一方面可以满足父母"花儿子钱"的虚荣心,另一方面可以弥补自己的一些愧疚感。

"成缺,快过来给爷爷奶奶拜年!"他招呼孩子过来跟父母打招呼。成缺和爷爷奶奶相处的时间少,感情不如和邱家那么深厚。

"爷爷奶奶过年好!"成缺露了一面就打算跑开。逸兴把她捉回来,按在自己旁边的座位上,给她使一个眼色:"你得跟我一起坐这。"有福同享,有难同当。

"你看我们连过年都见不到面。春节我们老两口自己过。"

"怎么叫就你们俩啊?你们不是忙着走亲戚吗?我不是上次跟你说过了吗?我不想折腾了。况且两星期前我才回过家!就这一天这么重要吗?"逸兴只觉得心中的怒火一点点开始燃烧,为什么自己爹妈就不让他好过一点儿呢?

"成缺,爷爷给你留着压岁钱呢,你叫你爸爸带你回来啊!"

"我不需要,我平常又没什么机会花钱。"赵成缺的回答很干脆。

"回来有好多压岁钱可以收,我们家好多亲戚都给你包大红包。"

"以后你们给亲戚家小孩的红包就包二十块钱,成缺回去就不需要帮你们把大红包收回来了。"话出口之后,逸兴自己也觉得意外,

 两个人的晚餐

怎么能这么对父母说话?

"成缺,你看爷爷奶奶老了吗?"父亲对着镜头拨了拨自己的头发,逸兴可以清楚地看到自己父亲的白头发又多了,他心里也不好受。

"不老啊,你以前就是这个样子。"赵成缺不知道是看不到变化还是故意睁着眼睛说瞎话。

"成缺啊,让你爸爸给你转学到我们这里读书好吧?你们两个都回来,我们这里教学质量好。"

"你们就想折腾我是吧?好端端的转什么学?"

这不是他们第一次提出这个方案:"你们可以让孩子回来念书,我们帮你们养,户口还留在那,将来高考多占便宜。"

当时的赵逸兴考虑过这个方案,两个省份高考录取分数线能差接近一百分。他在孩子上小学前提过这个建议。但是这触动了邱池的底线:"你的高考分比我高,学问就比我好吗?我们这儿就那么穷山恶水啊?在这儿受教育的孩子都是野人吗?少给我瞎折腾。我的孩子我一定自己养,养好养赖我都自己认了。只要我活着就不会让别人养我的孩子。"

这是他印象中邱池唯一一次真正动气。

一语成谶。

看现在赵逸兴养个孩子需要多少人帮忙。

"你也一起回来嘛,离我们近一点儿也好有个照应。"

"你们怎么这么天真啊,搬家这种事情是说搬就能搬的吗?牵扯多少事情?户口、房子、学区,还有工作。钱必须比现在多,活儿不能比现在多,上哪找这种好事儿去?"

逸兴当然考虑过彻底搬回江南,但还是打了退堂鼓。现在这份工作已经混得像山大王一样。他说每天下午要早走,秘书就把例会

第十六章 油盐糖

都排在早上。如果遇到孩子有事情，随意迟到早退，只要回头把活儿交出来就没人说闲话。孩子偶尔学校放半天假，就可以厚着脸皮带着她在办公室混一下午。如果换一份新工作，至少要在一年之内做出点儿成绩表忠心，这就避免不了没日没夜的加班应酬；如果不卷入办公室政治的话，三年后能站住脚就算顺利，怎么能奢盼有现在的待遇。

"你说你现在还有什么舍不得的呢？邱池也不在了。好好打算一下搬回来的事情吧。"

正当逸兴感到忍无可忍的时候，一个电话救了他。

"姐夫啊，我们这个假期哪里都没去，在家待得好闷啊。你们有没有时间陪我们玩？"

张宇莫是他的救星。分明是怕他父女俩在家里闷，却说自己闷。

逸兴忙不迭地结束和父母的对话："我们马上要出门，今天就说到这里了。成缺，快来祝爷爷奶奶新年大吉大利！"

赵成缺说完这些吉利话之后，给她爹一个大白眼。

家这个东西，对于逸兴来说是个很模糊的概念。去父母家，他会说"回"家；往自己这个住处，他也说"回"家。这两个"回"字的意思在他心中的情感当然不一样。在这里生活了十几年，他也慢慢喜欢上了大西北清爽的太阳、开阔的视野、干燥的空气，更重要的是，简单轻松的人情。他现在回父母家，也不习惯那里的冰冷潮湿和黏腻的人际关系。

逸兴出门后长吐一口气，自由的空气真好。

张宇莫穿了一件宽松卫衣，袖子撸起来半截，露出雪白的手臂，乌黑油亮的头发散开，拨在一边肩膀上，盘腿坐在沙发上，端着一盒酸奶吃。

两个人的晚餐

赵逸兴问:"你们怎么这么快就回来了?我以为你们得在父母家多待几天。"

"别提了,她才是我妈亲生的。"萧亮给大家端来一盘水果,和张宇莫并排坐,"你说你在我家老老实实坐着嗑瓜子不就得了,你一动,我妈就使唤我。你起来倒个水,我妈都不让你动手,'哎,萧亮啊,别让你媳妇干活,你快去给她倒水。'吃个饭,你还假积极去洗碗。你平常在我们自己家也不洗碗,跑婆婆家洗个什么劲!最后一大家子十几口的碗都归我洗,我就是个苦力。"

"亮哥哥,这你就不懂了吧?在婆婆家呀,装,也得装作自己爱洗碗。"张宇莫把头靠在萧亮肩膀上,"我原本还想在你家多赖几天呢,吃的喝的都是现成的,没想到你先撂挑子了。"

"被你说得,婆家好像是个多虚伪的地方。我们结婚这么多年没生孩子,我妈我爸一直憋着不问,怕讨人嫌。你看我妈听说你怀孕了高兴成什么样。"

"高兴归高兴,我该装还是得装一下。你有婆婆吗?"张宇莫问了萧亮之后转脸问赵逸兴,"你又有婆婆吗?你们没有婆婆,不会懂的。"

她嬉皮笑脸地继续吃酸奶。成缺看她吃得还挺带劲:"这种酸奶好吃吗?我怎么没吃过?"

"喏,你想吃就都给你。"张宇莫索性把整盒酸奶递给她。成缺尝了一口,整张脸都皱起来:"怎么这么难吃你都吃得下去啊!"

"无糖脱脂酸奶,怎么可能好吃。要不是为了我娃我才不会吃这种东西。"

逸兴看着张宇莫,自己这小姨子平常天不怕地不怕的,现在为了孩子也愿意忍受这些东西。

"预产期什么时候?"

"应该是在暑假期间。我现在就希望下学期顺利把我那倒霉博士论文答辩了,接下来索性休一学期产假,没心事。"

"倒霉论文?哪有人这样形容自己的毕业论文的?"

"破论文做了快三年了,好赖也就那样了。在高校没博士学位还是不好混,趁着生孩子之前把这个搞定,也算了结一桩大事。"

"我老婆到时候就是张博士了!"萧亮看上去比张宇莫高兴,"听上去就很牛。"

"牛什么牛啊,我要是牛人哪儿会费这么大劲。拼了老命念书,就图个不用坐班的工作。"

"瞧你这点儿出息。我以为你热爱攀登科学高峰。"

张宇莫拍了萧亮的胳膊一下,轻嗔道:"拜托,你就不要挖苦我了。"

逸兴看着他俩打情骂俏,真好啊,依然是眷属的有情人,现在不多见了。

赵成缺同学在这儿熟得跟自己家似的,手里拿个苹果啃,另一只手操作电视遥控。

"她在这整天看电视啊?"

"没有啊,"萧亮助纣为虐,"还和我打游戏呢。看,才收到的超级玛丽奥德赛,成缺,要不要一起玩?还没开封呢。"

成缺见到新的游戏卡激动得两眼放光,熟练地把游戏卡装载到游戏机里,然后从抽屉里取出一对手柄。

逸兴无可奈何地看着这两个人:"我闺女的三观都要被你们带偏了。"

"姐夫啊,做人最重要的就是要开心。"

"你少给我来电视剧里面那套台词。"

"你倒是自律自强、才华横溢,还有一份高薪体面的工作,你

151

快乐吗？不快乐就是不快乐。让你坐拥江山、日进斗金也不快乐。"

逸兴听了这话只觉得鼻尖发酸。

萧亮一边带着成缺通关一边跟她唱双簧："老婆，你放过他吧。这大过年的，他一个男人万一在咱们家哭起来怎么办呢？我可不知道该怎么哄他。"

张宇莫看了一眼盯着电视的萧亮和赵成缺，压低声音在逸兴耳边说："有好几次，晚上我听见她躺在床上哭，我也不知道该怎么办。"随即恢复到正常语调，"她想看电视就让她看吧，我小时候连猪饲料广告都看得目不转睛，长大还不是照样当大学老师。"

张老师的幽默感啊，让逸兴无力招架。

赵逸兴向后靠在沙发靠背上，跷起二郎腿，双手抱在脑后，一边看他俩打游戏，一边轻描淡写地说："我看你将来对自己的孩子能不能做到这么淡定。"

"我肯定做不到。我现在想到孩子就紧张得睡不好觉。"张宇莫很坦白。

她眨了眨眼睛："可是我和她毕竟隔了一层关系，总觉得不好严格管教她。况且我觉得成缺这孩子没有什么大问题。姐夫，就让我专门负责溺爱好了。"

逸兴望着张宇莫漆黑的眼睛，不得不承认，成缺生活中需要这样一个角色。她的人生刚刚起步就遭遇如此不幸，她需要被蔷薇色的染色玻璃包围起来，才不至于对将来的生活失去信心和盼望。

"一会儿我请你们出去吃饭吧？看这样也没人愿意动手干活。"

"你就这点最讨人喜欢。"张宇莫对她姐夫总有那么点儿嬉皮笑脸。

第十七章
核桃壳里的人生

英语中有一个说法: life in a nutshell（一个人的生活装在核桃壳里）。意为用一句话总结一个人的生平。

仅有小小一粒核桃的空间，必须精简、精简、再精简，去粗取精，去伪存真，从我们的爱恨情仇、悲欣喜怨、苦涩酸甜中细心挑选，挑出最能代表自己生活的元素，填入这颗核桃。

我的一生放在核桃里：邱池，有一个相爱的丈夫，养育了一个可爱的孩子，还写下一些文字。

——邱池

"姐夫，你升职了吗？你加薪了吗？你挪用工程款了？你贪污手下的年终奖了？还是你跟你们公司财务经理好上了？自费来这种地方吃饭？"

"张宇莫！你怎么那么多话！"

逸兴带他们到公司开年会的那家五星级酒店吃饭。

"我们都是自己人，你犯不着跟我们铺排场。"萧亮也觉得内心不安。

赵逸兴不理他们，拉着成缺的手径直走进电梯。这两人也只好讪讪地笑着，跟在后面。结果，一出电梯，在餐厅门口就撞到王硕、孙琦，还有一大群他不认识的人。

"师傅，没想到会在这里碰到你。"孙琦离开人群，大大方方地过来和他打招呼。

"我也没想到能碰见你。"

"他家在这有个聚会,"孙琦指指王硕,"我就一起来了。"

"王硕可真有办法。"赵逸兴的口气欣慰,看来这么好的姑娘要被他收入囊中了。

这时候王硕也走过来跟他打招呼:"我堂妹回来,我们在这里给她摆接风宴。你们呢?"

"我们就是一家人小聚一下。我孩子挺喜欢这个地方。"

成缺眼睛尖,对着人群当中的一个人说:"我记得你,你是那天救我的医生。"

"怎么,你们认识?"王硕有点儿惊讶。

逸兴上前跟王安宁医生客气地打了招呼,简单跟众人交代了一下那天晚上发生的事情。

"我这妹妹啊,比男人都勇敢,她刚从战场回来。"王硕满脸的自豪。

"你别那么夸张。"王医生打断他的话。

"多数人没有你的勇气,你谦虚个什么劲。"王硕转头对逸兴说,"她去非洲做了三年无国界医生,了不起吧?"

嚯,人不可貌相。没想到身材娇小的王医生心中有这么大的情怀。

"我除了治病之外也不会干别的。"王医生轻描淡写地说。

"我不打扰你们了,我们先就座了。"逸兴和他们告辞。

孙琦看着逸兴牵着孩子的手离去的背影,暗暗庆幸,幸好没有和他有过多的纠缠。那天看到他在电梯门口抱着孩子魂不守舍的样子,她就知道,这个男人心中装载了太多的负担和回忆,怕是没有什么空间能够分给其他人。

"今天这几双筷子上写的什么?"

"怡然自乐,心澄神清,"成缺又把姨妈姨夫的筷子拿过来端详,"百年好合,美满安康。"

"怎么样?不错吧?"逸兴对着孩子挑了挑眉毛,"那天我们走得太匆忙,今天咱回来补上。"

成缺坐在一边琢磨,爸爸这是什么意思?张宇莫看着这父女俩,似乎自有属于他俩的默契。一举一动跟打哑谜一样。这时候他才跟张宇莫说了前几天成缺在这里过敏住院后,邱池入梦来的事情。

"她只是拉着我的手,并不怪我没把孩子照顾好。"逸兴对那件事情还是很内疚。

"姐夫,这是意外,你不要怪自己。"

"那天是我太大意了,太大意了。这是可以避免的,怪我平常不够用心。"逸兴声音很轻,双手紧握在一起,"现在想起来还后怕。"

"你应该这样想啊,那天有惊无险,而且因为那起意外,你梦到邱池了。我那么想她,可从来都没梦见过她。"张宇莫拍了拍他的手背。

"你怎么那么乐观啊?"

"小池肯定不希望你这样生活。你说呢?"

"道理我都明白。唉,我有件事儿想问问你们,愿不愿意帮我?"逸兴面色踌躇,停顿了一下,抬起头来看着他俩,"我想趁这几天有空,收拾小池的遗物。我怕我一个人坚持不下来。"

张宇莫和萧亮对看一眼,毫不犹豫地答应下来。

"成缺,我一会儿去结账,你知道该怎么做吧?"逸兴对孩子使一个眼色。

赵成缺愣了一下,突然表现得很兴奋。

张宇莫又觉得自己是局外人了:这父女俩又在沟通什么暗号?

"事情办妥了吗?"逸兴冲成缺眨眨眼睛。

成缺抿着嘴使劲儿点了点头,起身就向外跑。

"别跑，慢慢走，"逸兴拉住孩子，低声说，"你一跑就显得做贼心虚，知道吗？"

成缺故作镇定地和爸爸并排走，等到电梯门关上之后，两人背靠着电梯，看着电梯镜子里的自己，努力憋着笑。

"你们俩到底在干什么？"张宇莫和萧亮满脸的疑惑。

两人看电梯门打开，故意咳嗽了两声，挺直了腰杆，气宇轩昂地走出去。

酒店大堂又听到许巍的音乐：

"生活不止眼前的苟且，

还有诗和远方的田野……"

到了车上，成缺才松了一口气，从袖口里抽出一把筷子来。赵逸兴也想宠着她。一个没妈的孩子，想宠坏也不容易吧。四个人吃了一千多块，顺手牵羊几双筷子算什么。难得孩子这么高兴。

成缺将"百年好合"和"美满安康"那两双筷子分给姨妈和姨夫，自己留下"怡然自乐""心澄神清"。张宇莫和萧亮很久没见到成缺笑得这么开心，欣然收下她的礼物。宇莫没有料到的是，平常一本正经、循规蹈矩的赵逸兴愿意陪着孩子胡闹。看来他心中，事情的优先级发生了变化。原本他恪守的原则不再那么重要。他现在愿意多花些精力在那些无足轻重的细节上。

这天，张宇莫和萧亮带了几个纸箱来到赵家。开门迎接他俩的是赵成缺："我爸在卧室里面，你们先去看看，我马上就来。"说完，她转身回到厨房去。

逸兴看上去紧绷绷的："有什么你想要的，你想再利用的都可以拿走。我不知道你心里会不会觉得别扭，包括衣服，你俩高矮胖瘦都差不多，估计尺寸也差不多，看你自己的意思吧。你不要的东西咱就该扔的扔，该捐的捐。"

第十七章 核桃壳里的人生

张宇莫向前进了一步,微微皱着眉毛,望着逸兴:"姐夫,我们还是慢慢来吧。我不想因为我们现在一时冲动将来后悔,你说呢?"逸兴听了这话,紧张的肩背顿时放松了下来。张宇莫原来把他的心情看得这么明白。他抬眼看了看天花板,给张宇莫一个紧紧的拥抱:"没有你我不知道该怎么办。"

"哎哎哎,放开我老婆!"

"那我也抱你一下好了,免得你吃这种干醋。"

"神经病!"萧亮笑着把他推开。

四人从卧室开始动手。邱池的身外物很少,"我又不需要置办上班装,有两件假装文艺青年的衣服就够了。"

细细看来,似乎邱池一季不过三五套衣装,外加一叠黑白灰色的羊绒毛衣。张宇莫毫不客气地把这些毛衣都收了,"小池的品位还真不错。花钱在这上面最值得了。贴身穿都觉得舒服、暖和,同时很低调。"说完之后她拿一件毛衣在成缺脸上蹭了蹭:"怎么样?你妈的品位。"

成缺赞同地点点头。

成缺也有她想要的东西:"这件大衣我也许两三年后就可以穿了,我们留着吧。"

逸兴凝视着这件大衣,想象几年后成缺穿上它的样子,也许就是另一个邱池。

"这个呢?我想找个地方收起来。"逸兴取出了邱池的那串菩提子。

张宇莫当然也认得这个东西。她想了想,找来一只细细的白瓷花瓶,花瓶上点缀着一枝红色梅花。她把那串乌黑发亮的菩提子挂在花瓶上:"等你手里这个项目结束后,可以在这里面养点儿水培的植物,绿萝之类的东西,你觉得怎么样?就放在你电脑旁边?"

157

"你怎么会这么了解我?"逸兴感动得无以为报。

"如果是我的话,我也希望每天能看到它。"

书房,才是最困难的地方。

美食生活类的杂志堆在地下,写字台上摊开一个笔记本,上面斜斜放着一支笔。相机倒在写字台上,电池盖是打开的,露出半截记忆卡。写字台上还有半瓶护手霜。背后一面墙的书柜,中文英文书籍各占半壁江山,名目繁多,从四书五经到历史、哲学、小说都有,更多的是菜谱和饮食文化类书籍。唐鲁孙、梁实秋、蔡澜、汪曾祺这些老前辈的作品被她高高供起,反而她自己的书放在很不起眼的角落里。

物是人非。

四人站在写字台前,半晌没有出声。张宇莫停顿了一下,抬眼望着他:"姐夫,你有没有考虑过搬个家?换个房子?"她隐隐觉得如果能彻底换个环境,可能更有利于这父女俩的身心健康。

逸兴不以为忤,低头想了想:"还是不要了,我怕她回来找不到我们。"

张宇莫不想放弃她好不容易撬开的口子:"那重新装修一下呢?简单地重新刷一下墙也好。刚好这段时间你们都不住这儿,操作起来不难。"

逸兴还是很犹豫:"可是,万一她认不出这个地方了怎么办?"

"你怎么把邱池想得那么笨啊!"

"还是算了吧,太麻烦了。"

"我帮你张罗吧,你就别操心了。等你一走我们就着手办这件事儿,不敲不砸不动水电,肯定不麻烦。"张宇莫看了看萧亮,萧亮也附和这个建议:"邱池肯定希望你们能快乐地生活,她看到你打起精神肯定会很高兴。"

"那就拜托你们了。"

"有她专栏的杂志我们装箱收起来,其余杂志就回收好了。"萧亮比较有条理,"书呢,反正你家这么大书柜,就都留着好了。"

"书,我将来应该会看。"成缺认领下这些书。

"育儿书就给我吧,我就不用去买了。"

萧亮给纸箱编号码,写下标签:0_邱池专栏存档_2005……一叠一叠地封箱。张宇莫把育儿书都挑出来,从一颗受精卵的养护方法到学龄儿童心理学研究,足足有三十多本:"瞧瞧你妈,多用心。"

"肯定不是每个妈妈都能做到这样的。"

"那是自然。"

其余的私人用品,不过只装了一只纸箱。逸兴在给纸箱贴上封箱胶后如释重负。最后他走进卫生间,把邱池的牙刷丢到垃圾桶里。没想到,只需要大半天的时间,就可以把这件压了快一年的任务解决。透过窗户可以看到万家灯火,邻居阳台上挂的彩灯和灯笼像是在帮他们庆祝,成功达到这个里程碑。

 两个人的晚餐

第十八章

柴米油盐

柴米油盐酱醋茶,琴棋书画诗酒花。为生活琐事尽义务总是排在享受生活情趣之前。这些事情以一个套餐出售,必须全套买下。即使其中有不想承担的义务,为了那几件自己想要的东西,也不得不全盘接受。

于是,谁来承担这些讨人嫌的家务,经常会成为家庭矛盾的焦点。传统观念中,女人做了家务不计功劳,不做则是很大的过失。男人袖手旁观很正常,如果愿意帮忙,那一定大大加分。

有人会觉得做家务多的人家庭地位低:跟杨白劳似的,白干这么多活儿,又没有报酬。可是承担家务的人通常都有话语权,若是对方对这顿饭不满意,只需要丢出一句话就可以让对方闭嘴:"下次你自己做!"

理想的状态呢,一人负责烹饪,另一人主动洗碗。做饭的人自然会接收到感激的信号,洗碗的人呢,理所当然招人疼爱。

不是每个人都愿意做饭,但是每个人都得吃饭;不是每个人都爱打扫,但是每个人都乐意住在清洁的环境里;不是每个人都爱工作,但是每个人都需要花钱;不是每个人都愿意为他人付出,但是每个人都希望被人爱。既然想要美好的结果,只好承担不太愉快的过程。

—— 邱池

四人腹鸣如雷。

"先别走,我有惊喜给你们。"赵成缺同学开始摆餐具,拉开

椅子给这三人,"你们坐着等着吧。"

她打开烤箱,脑袋往旁边一偏:"你们知道吗?烤箱打开的那一刻会有一股热浪扑出来。我以前都没注意过。"

厚厚的烤箱手套戴在赵成缺手上和身材很不成比例,两只手像两个龙虾钳子一样,从烤箱里端出一个橘黄色的铸铁珐琅锅,笑盈盈地说:"我做了晚饭,足够我们吃的。我妈说烤肉是很容易做的。只要把肉腌好,丢烤箱里就行了。所以今天我第一次试,烤排骨。"排骨被慢火烤了一下午,已经脱骨。成缺一边用一只大夹子把排骨撕开,一边给大家装盘一边说:"我顺便烤了些胡萝卜和小土豆。看,连切菜都不用切,一顿饭就有了。我还是不太敢用刀。"

萧亮和张宇莫坐在餐桌边,一脸惊讶地看看成缺,又看看逸兴:"你闺女开始下厨了?"

"她很感兴趣。这两天她边看烹饪书边做。况且,我直接受益啊!这种爱好太值得支持了。"赵逸兴爽朗地笑了起来。

成缺把第一盘端过来,萧亮和赵逸兴同时伸出手去接。

萧亮一本正经地要求:"第一盘给我!成缺,你是不是最喜欢你姨夫?我每天都陪你玩。"

赵逸兴倒不把他当作竞争对手:"嘿,她肯定最爱的是她老爸。对吧?"

张宇莫看不下去这两人的闹剧:"喂喂喂,你俩加起来七十多岁,在这儿争一个小姑娘的宠?"

赵成缺左看看,右看看,还是把第一盘往爸爸的方向推了推。逸兴握拳庆祝自己的胜利。

"第二盘给你,有什么好争的呢,里面的东西都是一样的。我多给你一条排骨好了。"她搂着萧亮的脖子对他说,"姨夫,你知道我也很爱你吧?"

 两个人的晚餐

"姐夫,你闺女的手艺比她妈差不了多少啊!"张宇莫觉得这盘烤排骨的水准出乎她的意料。

"我现在看我妈的书,觉得我妈生怕我们俩饿死了,写了好多特别容易做的菜。"赵成缺美滋滋地坐下,"以前以为做饭很难,这两天试了试,也没有想象的那么困难。"

大家对今天的晚饭都很满意。

"这排骨烤得很嫩,口感很润。以后我们家的饭你也负责了吧?"萧亮对成缺的作品赞不绝口。

"你这如意算盘打得真不赖啊。我闺女只肯为我下厨吧?"

"你闺女跟我那么亲,她肯定也愿意给我下厨的。"

张宇莫微笑看着这两个男人在这里"争风吃醋",也在设想自己的孩子将来会带来什么样的快乐。

成缺吃得很开心:"这是第一次尝试做这道菜。下次调料可以再放重一些,我觉得有点儿淡。"

她起身拿来盐和胡椒:"你们要添一点儿料吗?"然后给大家磨了一些海盐和胡椒调味。张宇莫看着成缺信心十足地做这些事情,不由得跟她打趣:"你这么挑嘴,是不是没法忍受其他人做的饭了?只好自己洗手做羹汤?"

成缺"哈哈"地笑了出来:"我可不想落个好吃懒做的名声。不过我只管做饭啊,爸爸,你要洗碗。"

"没问题,只要有的吃,我肯定洗碗。"逸兴话音一落,马上补充,"不许在这揭我老底!"

"咦?你怎么知道我正打算说你以前不洗碗的事情?"成缺狡猾地对爸爸笑。

"因为我是你老爸啊!"逸兴笑着说,"你那点儿小心思我怎么看不出?"

第十八章 柴米油盐

生活的琐事一件都甩不掉。

没几天,脏衣服就像小山一样堆起来。地板也灰扑扑的,走过去就一串脚印,两人脚底板都是黑的。一开始赵逸兴也曾经为这些事情烦恼过,但现在他处理起来已经不再觉得那么手忙脚乱了。

邱池得知自己病重的时候,曾经神色黯然地问过他:"你知不知道怎么开洗衣机?"

"不带这样羞辱人的啊,我可是设计机器人的工程师!"

结果,一锅衣服让他洗了两个小时都没洗完。

"你怎么操作的?这么久还没洗完?"

"刚停了,我把它打到'甩干'档甩一下。你放心好了,洗个衣服还能难倒我?"

"洗完自然就已经甩干了。"

"那为什么单独有个甩干档?"

"那是给手洗衣服之后想甩干留的一个选项……"

"这是设计缺陷啊!应该加一个湿度传感器,如果够干的话,就不能再启动甩干档。"

"多甩一遍也没关系。"邱池靠着逸兴的肩膀笑。

多亏家里有一位贤妻,他才能这么投入事业。

逸兴带着孩子一起打扫卫生。先把脏衣服丢进洗衣机,再清理干净垃圾,然后两人一起擦灰拖地。

清洁打扫这些事儿,也不过就是一个小时的工夫便都做妥当了。

赵成缺在一只大锅里添上水,开个小火咕嘟咕嘟煮腊肉香肠。腊味香满屋。

"成缺,过完年要不了几天就到十二岁生日了。"逸兴对成缺说。

"是啊。我觉得今年过得格外慢。"成缺并不因为生日快到了而感到高兴。

两个人的晚餐

"我明白。你生日那天我肯定不在你身边。不过我们还是趁我走之前提前庆祝一下吧。有什么心愿吗?"逸兴蹲下身来,双手扶在成缺的肩膀上,诚恳地看着她的眼睛。

成缺把目光挪开:"还是算了吧。你满足不了我的心愿。"

他当然知道成缺说的是什么意思。赵逸兴无奈地笑笑:"我们去挑一件用钱能买到的礼物,好吗?要知道,多少人想要这样的生活都得不到呢。"

"我知道。我应该知足。你们都这么爱我。"成缺把头靠在爸爸的胸口,紧紧抱住他。

有些人的父母住在同一个屋檐下但是整天吵架;有些人的父母貌合神离互相漠不关心;有些人的父母为了生计奔波,能和孩子相处的时间非常有限;更不要说有些人的父亲赌光家产,还喝醉酒回来对家人暴力相向。有心意同时又有能力爱孩子的家庭并不是那么常见。

"如果你愿意的话,我们可以挑个时间,邀请你外公外婆还有姨妈姨夫一起庆祝一下。"

"让我考虑一下吧。"

张宇莫成了赵成缺的代理:"有人约成缺下午去滑冰,你问问她想不想去。"

成缺一口答应下来。

赵逸兴和张宇莫站在冰场外聊天。

赵逸兴看着成缺和一个小男孩手拉手地滑冰,觉得自己也算是个开通的家长:"我们现在为什么这么尊重孩子的意愿?我们小时候,父母从来不在乎孩子自己的意见。我们父母那辈对孩子的关心仅限于学习,没听说谁爹妈支持孩子去玩的。"

"到底是现在讨生活更容易了,所以有闲情来关心孩子。以前能勉强养活就不错了。"

"我觉得咱爹妈那一辈把孩子养活应该没什么问题,毕竟孩子少。不过很少会关心到孩子的心情。"

"我们父母那一代人遗憾太多。我们也不再指望孩子来实现自己的愿望了吧?期望值变低,自然心境平和不少。"

"也许是吧。一代总要比一代有进步才对。现在我只想把孩子快快乐乐地养大就好了。"

这时候萧亮"哧"的一声停在他俩面前,冰屑被他铲得老高,喷在冰场围栏的有机玻璃上,然后笑着溜开。

"怎么你今天没下场滑?"

张宇莫和邱池都滑得很顺溜,逸兴觉得这是一项欺负南方人的运动,学过一段时间但是到现在也滑不好。孩子后来反而比他滑得还棒,他也就放弃了。

"我怕摔倒。"宇莫笑了笑,把头转开。

不需要过多的解释,原本无所畏惧的她,因为怀孕也开始患得患失起来。

"那小孩不是谢斯文!"赵逸兴这才看出来,他以前没见过和成缺滑冰的这个小男孩。

"谁跟你说是谢斯文了?他叫黄旭明,成缺上跆拳道课的时候认识的。"

"她什么时候开始学的跆拳道!?"赵逸兴瞪大眼睛看着张宇莫,"你们怎么都没告诉我?"

"我也忘了什么时候给她报的班了,你走后没多久吧。有一次我们路过跆拳道教室,她看见里面小孩学这个觉得挺好玩的,我就给她报名了。"

"以后这种事儿能不能先跟我打个招呼？"赵逸兴感到自己的家长地位岌岌可危，张宇莫有取代他的趋势。

"你管好你自己就行了。这种小事儿难不成还需要我给你写份计划书？"

说得也是，他又不是张宇莫的老板，还需要事事跟他报告吗？况且他自己确实也活得不怎么样的，若是换了他，肯定想不到带孩子去做这些事情。

"我就是怕孩子太累，没别的意思。"逸兴尴尬地摸摸自己的脖子。

"忙一点儿的话，她脑袋里没那么多时间瞎想。况且挺好玩的，我觉得没什么压力。"张宇莫看了赵逸兴一眼，"总觉得她整天跟大人混得老气横秋的，她应该多跟同龄人相处。"

赵逸兴盯着冰场看了一会儿："你说她现在还会不会觉得冷？"

"滑着不会觉得冷，我们这种干站着的比她冷。"

"她以前一到冬天就手脚冰凉。"逸兴皱着眉毛，已经热泪滚滚。

张宇莫这才意识到，他说的是邱池，不是赵成缺。

"开春就到周年祭了。"张宇莫看着他，"你现在还会时不时情绪失控吗？"

"我无时无刻不在想她，"逸兴摸摸自己的胸口，"只是现在想起她的时候，胸口不再疼了。"

"看不出来，邱池嫁了个情圣啊？"

"滚，你少来挖苦我。"逸兴瞥了她一眼，"我这样才应该是正常的吧？"

"谁知道呢，"张宇莫撇撇嘴，"我老觉得你不是正常人。你说邱池当初看好你哪一点了？性格疙里疙瘩的，闷得要命，跟人聊天三句话之内必定聊死。有什么不合你意的，你就摆一副臭脸。你

第十八章 柴米油盐

靠什么本事把邱池吃得死死的？她居然什么都依着你。"

"我哪儿有你说的那么糟糕？"

"你自己当然不觉得，是不是现在还自我感觉良好得很？"

"我不至于那么讨人嫌吧？"逸兴确实觉得自己还不错，但是被张宇莫说得底气很不足。

"所以啊，邱池对你肯定是真爱，能忍你这么多年。"

"我对她也是真爱，好不好？"

"嗯，现在看来应该是真爱，以前我还真不确定。"

"你倒是一点儿都不怕伤害我这颗千疮百孔的心。"赵逸兴看了张宇莫一眼，这小姨子对他毫不留情。

"你这颗老心，现在还能感觉到什么？话说这么久了，你就没遇到动心的人？"

"遇到的都比不上邱池。"

"哟，你还'曾经沧海难为水'了，真打算孤独终老？"

"可是小池与众不同。"

"嗯，"张宇莫使劲点了点头，"她无论做妻子还是做妈妈，都尽心尽力尽职尽责。我觉得这个年代，像她那样的女人不多。"

"你是不是也没看过她的书？"

"没，一本都没看过。"张宇莫忍不住笑了，"不用看啊，离这么近，跟着她混吃混喝就够了。"

"所以我们都是她的家人，我们都不了解邱池的另一面。"

赵逸兴最近读邱池的书才意识到，平日里气质清冷的邱池居然心思那么细腻敏感。身边那些琐碎的小事都能让她感动，都被她用心书写下来。她是那么地热爱生活，深情地拥抱每个细节。

"你觉得谢斯文他妈妈怎么样？刚好也单身。我有她的联系方式。"张宇莫转移了话题。

"张老师，怎么变得这么大妈啊？"赵逸兴向后退一步，盯着张宇莫。

"我这不是在为你打算吗？你刚才还抱怨我对你不够关心。"张宇莫不以为然地看着他，"可能我也是年纪大了，见到单身的就想给人家做媒。我身边倒是有几个单身的同事，不过我们大学女教师在婚姻市场上抢手得很，怕是轮不到你。"

"我那么差吗？"

"你条件不差啊，学历、收入、职位写出来都是丈母娘眼中的理想女婿。有婚史，带个孩子，减几分，但是综合竞争力挺强的。"

"现在，人都这么现实了吗？一项项打分评估？"

"你以为呢？看你一眼就不顾三七二十一，乘风破浪、披荆斩棘、奋不顾身地爱上你？你就是以前情路太顺。要是你以前在相亲市场上逛过两年的话，就不至于现在满脑子不切实际的幻想。你不可能找到另一个邱池，找个差不多的凑合凑合就过下去了。"

"我看你和萧亮就一点儿都不凑合。"

"我凑合的时候能让你看见？"

说曹操，曹操到。谢丹带着谢斯文也来滑冰了。

赵逸兴只向谢丹点了点头。

"新老朋友同台登场，我看我闺女这次怎么办。"赵逸兴抱着双臂在胸前，打算看好戏。

"你真是看谁都觉得是你女婿啊？遇到个人就要过一辈子？"

逸兴看了张宇莫一眼，没有说话。

"我不是那个意思。"张宇莫也低下声来。

成缺正在介绍这两个小男孩互相认识。赵逸兴预想的棘手场面完全没出现，是他自己想太多。

"孩子比我恢复得快。你看她这么短时间就交到新朋友了。"

— 第十八章　柴米油盐 —

　　张宇莫叹了口气，然后把下巴往谢丹坐的方向扬了一扬："你不打算趁机去打个招呼？"

　　赵逸兴转头看了谢丹一眼：她坐在看台上，专心致志地盯着电脑，看样子是在加班。她专注的表情有点儿像邱池。

　　"我的终身大事，就犯不着你操心了吧？"赵逸兴只觉得尴尬。

　　"真爱这东西，一辈子能遇到一次就算运气好的了。你已经有过一次，退而求其次吧。"

 两个人的晚餐

第十九章

五 味

新手下厨不知道从何入手,经常会很有创意地把厨房里的调料每样都放一点儿,试图调出丰富的味道。

其实大可不必。

酸甜苦辣咸统称为"五味"。

如果在一道菜中,五味同台登场,那道菜一定是五味杂陈,不可言表。烹饪一道菜,最多从五味中选用两味,就足够突出菜肴的特色。盐和胡椒,调椒盐味;糖和醋,自然是糖醋味;醋和辣椒,出酸辣味。

在调味这门功夫中,less is more,过犹不及。这门功夫,归根到底,是一门选择的艺术。选择适合调料,掂量出恰当的分量,为食材增添光彩。调料不需要多,选什么,选多少,才是其中关键。

—— 邱池

成缺拉着萧亮退下场来:"和我姨夫一起滑冰可好玩了,他滑得最好。"

"看,我就说了吧,你闺女最喜欢我。"萧亮一副扬扬得意的样子。

"姐夫,我们晚上还有饭局,今天就不跟你们混了。"萧氏夫妇先行告退。

逸兴也没打算停留:"你跟你同学告别了吗?"

成缺点点头。

"那我们走吧。"他拉着成缺的手转身离开,并没有和孩子同学的家长打招呼。这些人最终都是过客,谁会在他生命中停留

一辈子？现在赵逸兴已经不打算把时间投入在这些无关痛痒的关系上了。

"过生日的事儿你想得怎么样了？"

"能不能就我们两个人？我只想你陪我。"

逸兴愣了一下："你不想邀请你姨夫他们一起吗？"

"我有很多时间和他们在一起，但是你马上就要走了。"

逸兴听到这话，心中五味杂陈，于是蹲下，把孩子紧紧搂入怀中："放心，我陪你。"

"你这几天都要陪在我身边。"

"我一定陪着你，我走之前都陪着你。"逸兴把成缺的两只手握在掌心，盯着她的眼睛，"无论你想去哪儿玩，去玩什么，我保证都陪在你身边。"

"我还没想好去哪儿玩呢。"成缺紧紧抓住爸爸的手，"这天寒地冻的，也没什么好玩的地方。我也不想去远的地方，时间都花在路上。"

"我们今天先去挑一件生日礼物吧。"

成缺还是摇头："我没什么想要的。"

逸兴对孩子说："现在你可能觉得什么都不缺，什么都不想要。但是这件东西在将来回头看的时候，会让你想起，在这一年，爸爸和你，尽管只有我们两个人，我们还在努力寻找快乐。"

赵成缺听到这番话，再也忍不住眼泪，"哇"的一声趴在逸兴肩膀上哭了起来："我不想你走……"

逸兴轻轻地抚摸着孩子的背，半晌都没说话。

过了好一会儿，赵成缺才平静下来，眼泪鼻涕蹭了赵逸兴一肩膀。

逸兴用手指抹去孩子脸颊上的眼泪，笑着说："大过年的，这还人来人往的,人家看你哭成这样,还以为我把你怎么了呢。"随即,他拉起孩子的手往商场走去。

成缺也觉得有点儿不好意思:"我也不知道怎么回事,就那一下,没忍住。"

"你心里难受不需要强忍着。我也经常控制不住自己的情绪。"逸兴给成缺投去理解的眼光,"现在这个项目我是没办法,已经接手了,得做完。以后我就再也不接这种外地的项目了?你觉得怎么样?"

"以后再说吧。"

"其实我也不知道该你给买个什么好。你们这么大的小孩都对什么感兴趣啊?化妆品?游戏机?衣服?首饰?玩具?"

"我姨夫的游戏机都给我玩,同学不知道多羡慕我呢。我们这么大还没到化妆的年纪,涂个指甲油都不敢,学校不让。玩具早就不玩了。我确实没什么想要的。"

"买本书?"

"无聊死了,送本书当礼物。"

"我是看你整天看书,你不想要就算了。"

"我妈留了一柜子的书,够我看十几年的了。"

"你这真是难倒我了。"

这时候,成缺在一个首饰专卖店门口逗留了一刻。逸兴见状,拉着她走进门去。玻璃柜里面亮晶晶的,是各种石头做的小饰品。

店员非常热情,看见她的目光在哪件上停留,就把那个拿出来,同时不停地介绍这些石头的功用:"粉水晶是治愈系的矿物,可以帮助主人从伤痛中恢复;红玛瑙代表热情,佩戴它可以让人有精神……"

成缺忍着笑问爸爸:"我们买一串这个粉水晶的手链好不好?

第十九章 五 味

既然它有这么神奇的功效。"

逸兴结账后感到轻松不少,至少她愿意接受了。

"玻璃换个名字就能给它这么多意义。"赵成缺走出店门之后再也憋不住笑,"我外公那好看的石英石标本多了去了,各种颜色的都有,只是没被加工成首饰而已,所以还叫标本。石英磨圆了就改名叫水晶,然后多了这么多功能。"

逸兴看着笑个不停的赵成缺不由得感慨:"你怎么会那么像你妈。"

刚结婚的时候,尽管工资很少,逸兴还是提出应该买个钻戒表示一下。邱池反对得很:"一坨碳值几个月的工资?拿个打火机就能烧了它,还号称'恒久远'。你心甘情愿当冤大头啊?"原本说到结婚十周年的时候补一份纪念品,可真到了那一天,邱池提出:"我们去大吃一顿庆祝庆祝就足够了。"以至于到现在,在逸兴印象中,邱池除了那串菩提子之外,没有其他首饰。

"不过我觉得挺好看的,谢谢你,爸爸。"成缺抬头对着爸爸甜甜地一笑,"如果不是粉红色的话,我都想给你也买一串。也许它真能治愈伤痛呢?我估计你不会愿意戴个粉红色的手链。"

"嗯,这个,我戴不出门。"

回到家,赵成缺烤了半条三文鱼做晚餐:"看,又是一个不需要切就可以做的菜。"

"味道怎么这么鲜啊?你放了什么调料?"

"只有盐和胡椒。我妈说调料放多了反而会不好吃。我昨天晚上腌的,今天回来刚好吃。"

赵逸兴意识到这几天的饭都是闺女做的,他们基本没有外食。

第二十章
仪　式

生活当中有重大事件发生，经常会伴随着相应的仪式来庆祝：结婚伴有婚宴，搬家配备乔迁席，过生日有生日宴。也许有人会觉得这些仪式不过是烦琐的过程，徒增烦恼而已，其实不尽然。缺乏仪式感的生活，就像即时贴，风一吹就散，凌乱无序，无根无源。

仪式就像一枚一枚的图钉，把记录重要事件的即时贴钉在生活的公告栏。因为我们虔诚地迎接特殊事件的到来，为此付出特别的努力，花费更多的心血，这件事自然变得印象深刻。

以至于多年后，我们还能记得当初惴惴不安的心情，还记得为了迎接那个人，为了纪念那件事，所吃的那顿饭。

——邱池

成缺和爸爸吃过早饭后就紧紧挨在一起靠在沙发上。一个人看汽车杂志，一个人看美食书，看得不亦乐乎。

"你们寒假就没有作业吗？"

"你真烦啊。"

"好好好，当我没问。"

逸兴以前没发觉成缺这么黏人。

逸兴往旁边挪一挪，成缺就再靠紧一点儿。

"你知道吗，宇莫姨妈还帮我写过作业呢。"成缺轻声说道。

"张宇莫这个家伙！哼哼……"赵逸兴哼哼了半天，也没哼出下文来。

"她说好多作业跟搬砖似的,完全没必要。"

"确实很多作业是个体力活儿。"

"尤其寒暑假作业,老师都懒得看,留了就是成心不想让人好好过假期。"

"然后,她就帮你写了?"逸兴挑高眉毛看着赵成缺同学。

"她几分钟就做完了,然后我们就可以玩。"成缺还沾沾自喜。

"你不怕老师发现?"

"其实挺怕的,"成缺呵呵地笑了起来,转头冲爸爸眨眨眼,"你不会去告诉老师吧?"

"嗯,我得考虑一下,"逸兴一本正经地抖了抖手中的杂志,"我很担心你误入歧途。"

成缺的脑袋在逸兴胳膊边拱了拱,不搭理他。

逸兴放下手中的杂志,转头看着成缺:头发散乱,牙没刷脸没洗,一身皱皱巴巴的睡衣。唉,自己的状态也差不多。两人一在家待着就沦落成这样了。

"你去挑件好看的衣服,穿戴整齐,我带你出去玩。我们不能这么在家窝一天。"

不等成缺推脱,逸兴自己先起身去冲澡刮胡子,挑衬衫领带。

"爸爸,你打扮起来还挺好看的。"成缺缩在沙发里,皱皱鼻子,百无聊赖地站起来。

"你少啰唆,快去臭美一把。"

"有必要这么正式吗?"赵成缺还是不情愿。

"你至少得配合我吧?不能穿个睡衣当我的 Arm Candy。"

成缺也梳洗干净,换了一身淡蓝色长袖连衣裙出来,配灰色打底裤:"这个能配得上你了吗?老爸?"

"挺好的。庆祝生日还是得有点儿仪式感,你说呢?我知道

— 第二十章 仪 式 —

没有你妈帮你张罗这些事儿你心里不舒服，将来我每年都帮你好好庆祝。"

邱池不太重视节日，但是很看重家庭成员的生日。无论家中谁过生日，她一定会亲手烤一个蛋糕，外加几道寿星特别爱吃的菜肴，吹蜡烛许愿切蛋糕，一个步骤都不省。如果时间宽裕，她还会专门安排个短途旅行来庆祝。"节日，全天下人都在庆祝；生日只属于一个人，这天自然更特殊。"

逸兴伸出臂弯给赵成缺："来吧，开开心心的。"

父女俩手挽手地出门。逸兴带成缺去一个新开放的室内的水上乐园玩。

室内雾气腾腾的，彩色的水滑梯从高处一圈一圈转下来，还有人工造浪池，推出海浪一样的效果。好几道高矮不同的人工瀑布，哗哗的水从高处落下，一群小孩站在下面被水冲得哈哈笑。还有河道漂流，游人乘坐充气筏子顺流而下，看上去好安逸。

"哇，爸爸，你是怎么找到这么暖和的地方的？"

"我听别人说这里还挺好玩的。"

"你计划来游泳，出门前还穿那么整齐，"成缺忍不住抱怨，"图了个啥？"

"就为了让你感到今天和平常不一样。"逸兴看着她微微仰起的脸庞，"快下水吧！"

"你来跟我一起滑那个高的滑梯！"成缺拖着爸爸去玩最刺激的项目。

逸兴陪她在此处畅快地玩了一天后，两人坐在温泉按摩椅上休息。

他看着孩子：她略带兴奋地微喘，头发滴水，眼睛都一起变得亮晶晶的，似乎看不到以前那层阴阴闷闷的神色。

177

"晚上我订了餐厅。"

逸兴带成缺去了一家西餐厅。餐厅灯光温暖昏黄，每张桌子都铺着白桌布。餐盘大大小小层层叠叠的，刀叉勺都闪亮闪亮的。

"怎么样？"逸兴抖开餐巾的时候问成缺，"你对我的安排满意吗？"

"嗯嗯嗯，"成缺忙不迭地点头，"尽管还没吃上菜，但是目前为止每一样都很满意。不过我们俩点一份全餐、一份主菜就够了。咱俩可以分吃头盘和甜点，这样不会浪费。两份全餐肯定吃不完。"

"你会不会觉得西餐的氛围比较冷清？不像中餐那么热闹？"逸兴边吃饭边跟成缺聊天。

"是有这种感觉，吃饭的过程得端着，人和人交流起来自然会比较含蓄。"

"不过好在比较安静，可以专心欣赏食物。"

"对，我也觉得会吃得专注一些，干扰少。"

"你觉得菜怎么样呢？"

成缺在吃一份牛排。

"牛排烤得恰到好处，外焦里嫩，应该是高火频繁翻动下炙烤出来的。也只有餐厅才能做到这样的火候，家里的灶一般达不到这个火力，就烤不出这个脆皮。酱汁应该是用红酒和黄油炒出来的，不过我觉得酒的味道有点儿单薄。"

赵逸兴歪着脑袋看着他闺女，一时间说不出话来。

"干吗这样瞪着我？你又不是不知道我爱吃。"

"像你这样的小饕，吃饭前会不会觉得焦虑？因为味觉太敏感，太容易失望？"

"今天这个至少能打八十五分，一点儿都不失望。"成缺拍了拍爸爸的手，对他甜甜地笑。

第二十章 仪 式

这时候服务员送上甜点来。一个小小的圆蛋糕，上面还插着烟花蜡烛。成缺的脸被映得红通通的，兴奋的神情溢于言表。

"我能看出来今天你很开心。"

"谢谢你，爸爸。"成缺紧紧地抱住逸兴，久久不愿意放开。

假期赵逸兴推掉了所有朋友发出的邀约，理由很简单："我要陪孩子。"

每天都和成缺腻在一起。两个人做的不外乎就是普通家庭生活当中常见的事情：每天早上一起去逛菜市场，成缺挽着爸爸的手臂，高兴地冒泡泡。她对于地下的烂菜叶和脏水凼一点儿都不介意，反而乐在其中："这里的蔬菜水果鱼肉看上去比超市里的更有生命力。"要不然就是两人紧挨着坐在一起看电视读书，两人一起下厨，安逸而且舒适。

临走前，赵逸兴带着孩子补充生活物资。一开始他设想一个男人购买女孩的内衣裤是件很不好意思的事情。现在试了试，没有预想当中那么困难。

店员看到这两人的状况，非常体谅，主动向成缺推荐："如果你没有特别的偏好的话，就选白色，最清爽。"随即给成缺量尺寸。

内衣和短裤买了六套，应该足够半年消耗了。

"我想把头发彻底剪短。"成缺对爸爸说。

"那你会不会觉得可惜？"

"现在这个长度就已经开始麻烦了，每次洗头吹干都至少要二十分钟，更别说早上起来头发打结，梳头都要花很多时间。"成缺看上去并没有舍不得，"剪了以后还是会长的。"

几年后，她会和谁商量这个话题？呵呵，肯定不会是她老爸。这个念头只在逸兴脑袋里一闪而过。

第二十章 仪式

"明天我就要走了。"逸兴对成缺讲,"而且我不能保证每两周回来看你一次。"

"我明白。"成缺抬眼看着爸爸,对他点点头,"毕竟这么远呢。就算是飞机往返,也差不多要花一天在路上。周末你能休息两天吗?"

逸兴笑了笑:"通常情况下不能。其实多数人都没办法享受这份奢侈。"

"我知道。我看我姨夫也整天加班,只不过他可以远程工作,在家里干活儿。就连宇莫姨妈到了期末都带工作回来晚上做。"

"你妈的职业特殊,她能做到整天陪着你。多数人就算有心也无力。"

成缺点点头,突然发问:"如果不是因为我,你会不会已经彻底搬回江南了?"

"这种假设没有意义,"逸兴摸着成缺的后脑勺说,"我在这儿生活了十几年,当然有感情。我的家人、朋友、同事,都在这。况且你是我生活中很重要的一部分。我不觉得为你牺牲了什么。如果没有你,我的生活不知道是多苍白惨淡呢。"

"我就是觉得你很累。"成缺低下头来,"尤其是现在你做的这个项目,如果不是挂念我的话,你肯定不想来回跑。"

"是啊,前段时间无论干什么都感到乏力费劲。我觉得和你没多大关系,是我自己心里堵得慌。不过春节假期我还挺高兴的。我觉得咱俩的心情都变好了不少。"

"对啊,我很高兴你能专心陪我这么多天。"

父女俩刻意花时间来体验情感,时间之神也回馈二人,帮助他俩治愈伤痕。这两人的身上都已不再携带那股灰扑扑的气息。

赵逸兴把成缺送到萧家,一起带去的还有一大箱零食和水果。

"老赵,你觉得我们俩亏待了你闺女吗?我们连吃的喝的都管不够?"萧亮看到他这副样子觉得烦。

"没有的事儿,"逸兴连忙辩解,"给她买些东西纯粹是让我自己安心而已。我交的生活费够吗?"

"够了,够了,足足够了,再帮你养三五年都够了。"张宇莫也觉得姐夫太啰唆。

"我很信任你们,我不想你们误会。"

"明白明白,我理解你的心情。"张宇莫微笑地看着他,"换我的话也会焦虑,和信不信任没有关系。我就无法想象让别人来养我自己的孩子。你如果不信任我们的话不会把孩子交给我们。你也是迫不得已才会做出这样的选择。"

这一刻,赵逸兴视张宇莫为知己。以前总觉得张宇莫性格爽朗、直率真实,心思不会拐弯。现在她要当妈了,竟也自然体会到了为人父母的纠结和焦虑。

赵成缺走进萧家不需要别人招呼。自己先把随身物品收到自己房间,然后去厨房把带来的食物分类放入冰箱和橱柜。一切收拾利落后,她给大家洗了一盘苹果放在茶几上。张宇莫拿一把刨刀帮她削苹果皮。

"以前我妈用水果刀削苹果皮,整个苹果削完,苹果皮还是一整条。"

张宇莫白了她一眼:"以后你自己来吧。"

"我只是描述一下我妈的刀工,"成缺笑嘻嘻地靠在张宇莫的肩膀上,"用刨刀削皮也很好。"

张宇莫把削好的苹果递给了萧亮,成缺伸了半截的手停在空中,半张着嘴看着张宇莫。

"自作多情了吧?"张宇莫扬扬得意地看着赵成缺。

"还是老婆最爱我。"萧亮刻意挤到她俩中间坐,给成缺一个狡黠的笑。

看到这样的场景,逸兴知道,要不了多久,成缺就会把这里当成自己的家。

飞机穿破云层,赵逸兴看到舷窗外天空湛蓝、阳光耀眼。再次上路,尽管内心万般不舍,但是他的心情比上次轻松很多。从前的生活肯定补不回来,但新的元素会一点一点地添加进来,形成新的生活模式。

 两个人的晚餐

第二十一章

劝　酒

> 美酒伴佳肴，吃饭过程中若有美酒相佐乃乐事一件。人少的时候可以月下独酌，邀婵娟同饮；人多的时候，推杯换盏，觥筹交错，红颜酡些，壮士尽欢。
>
> 饮酒过程中可以闻酒香，观酒色，品酒味，玩酒器，乐趣多多。
>
> 酒桌上最扫兴的行为就是劝酒。今日"劝君更尽一杯酒"的意义不是担心老友"西出阳关无故人"，而是在众目睽睽下测试对方的服从程度，"不干了这杯你就看不起我"。酒成为架构权力的帮凶。每杯酒下肚都是压力所迫，让饮酒变得索然无味。
>
> —— 邱池

这天，李凯风联系他："嘿，星期天我带你出去玩！反正你在旅馆里也是窝着。"一上车，李凯风就满脸坏笑地跟逸兴说："估计你这段时间过得比较素。今天我带你去个好玩的地方。"

赵逸兴不屑一顾地说："我不去夜总会那种地方玩儿。"

李凯风抿着嘴笑："我知道你忠贞不二，守身如玉。"不再说话，只管开车。

赵逸兴也不知道他葫芦里卖的什么药，只顾自己调收音机。

车停在一家餐厅门口，门廊前挂了一条红色的横幅：××大学××系××届毕业十五周年同学会。

赵逸兴满脸诧异地盯着李凯风："为什么不提前通知我？"

"我知道你肯定会来。十周年的时候你没来，这次我专门挑了

第二十一章 劝 酒

你在这儿的时候组织的。除了几个在国外的,基本都来了。份子钱一会儿转给我。"李凯风对他挤挤眼睛,随即推着他进门。

"你就那么肯定我愿意来?"

"怎么?你跟谁有过节?据我所知没有。"李凯风使劲儿推了他一把,"你就是心事太重。以前念书的时候就是,一点儿小事儿都能记半天。"

"我明明很大度!"

"啧啧,一点儿自知之明都没有啊。"

一个大包间,已经到场了二十多人。赵逸兴和众人目光一一交接,一时间百感交集。读书的时光好像近在咫尺,仔细一算,本科毕业距今日已经生生十五年。时光被谁偷走了?他当初以为能维系一辈子的朋友,在毕业那一刻"噗"的一声散落在天涯,多数人在过去十多年中都没再有过联系。

多数男同学都胖了两圈,需要仔细看一看才能认出来。女同学反而保养得很好,从身材到气色都不错。甚至有些同学的名字他都想不起来了,只觉得脸熟。

"嘿,这么多年,你居然没什么变化!"从前的舍友张勇上前来捶了捶他的胸口,"听说你家伙食最好,怎么只有你没长胖?"

李凯风给张勇使了一个眼色,张勇的话语戛然而止。

"没关系,"逸兴牵动嘴角笑了笑,"你们犯不着小心翼翼的。"

他拍了拍张勇的肩膀:"可能就是因为我平常主要都在家吃饭才不长胖。以前应酬多的时候,要比现在胖十斤都不止。"

"你们自己聊啊,在场的人都熟,犯不着我招呼。"李凯风说罢便转身去门口,"还有几个人在路上,这地儿不太当道,我去路口望一下。"

张勇和赵逸兴找了个空位坐下。

第二十一章 劝 酒

"你们的产品是我们最大的竞争对手。加工精度比我们的高,成品废品率比我们的低。价格只比我们贵一点点。"张勇和他在同一个行业,自然有共同话题。

"但是我们销量赶不上你们。论市场份额还是你们大。"赵逸兴欠一欠身,给他一个客套的笑。

"犯不着谦虚。有些设计细节我一看就是你的手笔。你们瞄准的是更高端的市场,当然不拼量。"

"这种事儿我哪儿敢邀功。光凭我一双手一个脑袋做不出来那么精密的设备。不过我们团队成员都很强,外加西北地区在三线建设的时候打下的重工业底子厚,相关人才多。长三角地区是轻工业起家的,擅长的领域不一样。"

"你当时搬到那么远的地方,不知道多少人为此伤了心。"张勇趁机打趣。

"怎么?你暗恋过我?"逸兴打蛇随棍上,"咱俩同居了四年,我都没发现。"

"少自作多情。哥从来不玩暗恋,看中的就直接扑倒。"

"你们两大男人在这儿恶心谁啊,一把年纪了还没个正经。"田绍强推了张勇一巴掌,"好不容易有机会,不去跟以前的那谁,那谁联络联络感情?在这装什么装。"

大家的眼神齐刷刷向门口望去,李凯风带着吴越茗进来了,没有人能把目光从她身上挪开。

她看上去比读书的时候更加有风采,头发刚刚落到肩膀上,衬托出她的大眼睛尖下巴,只涂了淡色口红;卡其色风衣,内搭黑色短裙配过膝长靴,耳朵上有一对闪亮的耳钉,利落大方;每踏出一步,鞋跟敲在大理石地面上,似乎都能听见清脆的回响。

赵逸兴无法理解高跟鞋这种服饰,气势逼人,充满攻击性,旁观别人穿都觉得心惊胆颤,难以想象鞋中人怎样穿着这样的鞋"当当当"地走街串巷。

"吴总,你今天怎么来得这么晚?罚酒三杯!"张勇第一个端起酒杯站起身来。

吴越茗倒是很爽快,一点儿不推脱,一仰头一杯,把桌上的三杯酒喝得干干净净,换来满堂喝彩。

赵逸兴和吴越茗对看了一眼,互相点了点头,挤出一个微笑。

吴越茗与当初的闺密同坐一席。

李凯风端起酒杯来致辞:"我应该怎么开始呢?时光荏苒,岁月如梭?或者说岁月是把杀猪刀?同学一年比一年胖?"

在场的女性马上笑着表示抗议。

"毕业十五年,重新相聚。当初有什么没好意思说的话呢,今天都可以说。听这些话的人呢,要不要当真,那随你自己了。当初有什么过不去的坎儿呢,今天都可以摆出来让大家帮忙推波助澜。咱能帮忙推到什么程度呢,也没法保证。"

众人哄然大笑。几个当初很闷骚的同学在笑声中被四周的人推来搡去,显得有些无措。

"今天啊,最难得一见的人是赵逸兴。这小子一毕业就不见人影,以前的聚会一次都没来过,我这次刻意把他抓回来,看他今天怎么办。"

逸兴只是对大家笑了笑,没有接话。他感觉自己的大脑无法处理这么喧闹的场景中的信息。除了笑之外,他不知道该做出什么反应才能配合这个情景。

赵逸兴坐在席间听同学逐一汇报生活:

男性同学有人结了婚离了婚,跳槽跳了三四次,从技术岗换到业务岗,薪水越跳越高,依然对工作不满意,打算自己另起炉灶。

第二十一章 劝 酒

没离婚的也难免对老婆颇有微词：老婆现在只顾着孩子，对自己不理不问，自己除了挣钱之外没有其他价值。居然还有几个至今单身，家里父母都懒得催婚了，快四十了，也习惯了一个人吃饱全家不饿的生活。

女性同学无论是身在婚姻中还是离了婚的，谈论的话题一致围绕着孩子。孩子顽劣，孩子为什么学习这么吃力，孩子课后上哪一家辅导班。钱应该用来买学区房让孩子在公立学校里拼命，还是索性用来买国际学校的服务，让孩子少受罪……身为女性工程师，她们对于科技发展、行业动态、市场走向漠不关心，心里想的、嘴里念的就是孩子孩子孩子。有几人索性放弃本行，转行政岗，只为有时间管孩子。偶尔提及丈夫，那也是吐槽丈夫是个猪队友，或者甩手掌柜什么都指望不上。

一个包间溢满中年危机。

赵逸兴身处其中，看着这些曾经一起成长的同学，突然觉得自己不能算是其中的一分子。生活轨迹怎么会相差这么多？他为一个东家服务了十几年，心中虽充满了厌倦，但是不敢换工作。即使如此，他平常也会把自己包裹在工作中，觉得这是个熟悉又安全的地方。一旦不工作，他想的也不过是孩子孩子孩子。逸兴对孩子没有任何远大的期望，只希望她能平安健康快乐地长大。

"你看上去不是很高兴。"李凯风端着自己的酒杯坐到逸兴身边，"我原以为能给你个惊喜。现在看来是只惊不喜。"

"谈不上不高兴，"逸兴才回过神来，"就是来自四面八方的刺激太多，我反应不过来。"

"其实我们在长三角的同学还是经常有机会见面的。尽管不会组织这大规模的聚会。"李凯风语气放松下来，不再像刚才致辞那样冠冕堂皇，"但是你确实没什么机会跟我们见面，有几个人听说你回来还挺兴奋。我没想到大家都不太好意思跟你说话。"

逸兴撇着嘴笑了笑："这很正常。他们不敢问我的生活。"

李凯风立即会意，拍了拍赵逸兴的肩膀，不需要再多说什么。

逸兴试图挽回一点儿李凯风的情面："我挺高兴的。这么多老朋友，很多人毕业后就没见过，我就是感慨有点儿多，不知道该怎么办。"

"我如果提前跟你说一下可能会好一点儿。"李凯风还是心存歉意。

"别放在心上。"逸兴努力地对他笑了笑，然后端着酒站起身来，"各位同学，我今天能和大家见面非常激动。我也很高兴这么多年过去，大家还愿意拨时间出来和老朋友沟通感情。我因为家离得远，所以和大家见面的机会特别少。之前也没觉得是多大的事，不知不觉就发现居然已经过了十五年。如果不是因为我手里这个项目刚好和李凯风合作，我可能还没有今天这个机会来到这里，所以我要首先敬我上铺的兄弟一杯。"说完，他转向李凯风，冲他挤挤眼睛，笑着和他碰杯。

"其次呢，我要敬各位同学一杯。日子过得匆匆忙忙的，我这么多年没露面，大家还记得我。我很珍惜我们之间的缘分。我觉得现在我们还能维持这种联系是件挺不容易的事儿。咱们年轻的时候一起读书，共同成长，起点都差不多，现在生活状态有相似之处，也大不相同，这让我觉得很奇妙。我希望咱们以后还能有这样的机会相聚。"他把酒杯在桌中转台上碰了碰，"我先干为敬。"

李凯风看着他，总觉得赵逸兴心事重重，还是有点儿后悔召集这场聚会。他原以为趁这个机会能让他找回来一些以前的朋友，现在隐隐感到，一下见到这么多当初的同学或许会让赵逸兴想到太多的往事，一时间不堪重负。

第二十一章 劝 酒

席间有几人来和他交谈，内容不过是工作上的一些事情。多数人都在同样的行业里，不是竞争对手，就有潜力发展为合作伙伴。而关于他的私生活，却没人有胆量过问。和少年时代朋友的重逢，原本应该是热闹非凡的，大家可以肆无忌惮地开各种过分的玩笑，尽情沉浸在过去的好时光当中。而此刻，赵逸兴不由得认为，或许正是因为他的存在，才让这个屋子里的人谈话尺度仅仅限制在中年危机的话题中。这一刻，赵逸兴深深为自己感到悲哀。

"你孩子多大了？"吴越茗端着一杯茶坐到他身边。

"哦，"逸兴抬起头来，看到这张熟悉又有些距离感的脸，"十二岁。"

"你有她的照片吗？"吴越茗笑盈盈地问他。

逸兴马上摸出手机来，给她看成缺的照片。

"已经是个大姑娘了！那边多数人的孩子才上小学，"吴越茗冲女同学那一桌扬一扬脸，"她们现在就琢磨着包办婚姻了。"

"我早婚早育。你呢？我毕业后就没见过你。当然我知道你们业绩斐然，现在是江南地区最大的民营数控机床制造商。"

"我，结过一次婚，离过一次婚，现在孑然一身。"

十几年的光阴就被这一句话总结了。

这时候有人提出转战KTV。

"你想去吗？如果不想去的话，陪我去喝杯茶？"吴越茗大方地看着他。

 两个人的晚餐

第二十二章

酒与茶

  茶与酒这两种常见的饮料几乎以相反的状态存在：
  茶取自植物的叶子，酒来自植物的种子。
  炒茶先将新鲜树叶脱水，饮时再冲泡开即茶。酿酒则先用水将种子浸泡蒸煮，再加入酒曲，取其汁水为酒。
  喝茶消除疲倦，饮酒暂忘烦忧。
  喝酒解忧？纯粹是自欺欺人。酒醒之后，生活的烦恼一点儿没减少，还添了宿醉的头痛。

—— 邱池

  吴越茗开了一辆很旧的大众高尔夫，让逸兴有点儿意外。
  吴越茗主动解答了他心中的疑问："这车我毕业那年买的，一直自己代步用，用了这么长时间很有感情。撑场面的时候不用它。你回来了怎么没跟我联系？"
  "我谈不上回来吧，"逸兴现在这个状态有点儿不上不下的，"这个项目做完就走，也就提不起兴致联系老朋友。"
  "我们都听说邱池的事情了，其实大家心里都挺难受的，但是不知道该怎么安慰你。"
  "我明白。"
  吴越茗找了一家高端茶座和逸兴坐下，索性脱了外套和长靴。靴子放在地上的那一刻试图站住，挣扎了一下，还是倒在地上。她蜷着腿坐在榻上，在腿上盖了一条宽大的羊绒披肩："我记得邱池

最洒脱，一双平底鞋走天下，不遭这种罪。"

两人面前摆开全套功夫茶具，紫砂白釉，旁边还有一只小小的炭炉，用来煮水。角落处还有一炉袅袅的檀香。

吴越茗招呼服务员端走檀香："这个东西会扰乱嗅觉，我就闻不出茶香了。"然后自己动手操作："这个季节很适合喝乌龙茶，我觉得很暖胃。绿茶正是青黄不接的时候，还得再等两个月才能喝到好的绿茶。"

逸兴看着她熟练地用茶则铲了些茶叶放入茶壶，高高提起刚烧开的水，"哗哗哗"地冲入茶壶中。等待了一刻，她用开水烫壶，烫杯，开水沏茶，然后斟了两杯茶在细高的闻香杯中，把其中一只闻香杯倒扣在茶杯里递给他："闻闻看，店家说是武夷山的大红袍。"她冲逸兴眨眨眼睛，笑得有点儿顽皮。

赵逸兴之前只见过邱池为了喝茶做足全套功夫，没想到坐在对面的吴越茗也有这个闲情雅致。那茶闻着有醺醺的浓香，茶汤表面云雾缭绕的，不管它是不是来自武夷山，逸兴都可以肯定它是好茶。

"我看邱池爱喝茶，所以估计你平常也肯定喝得不少。"

"你也看邱池的书？"逸兴有些意外。

"原本打算通过她来偷窥你，"吴越茗爽朗地笑起来，"结果她很少写你，反而经常忍不住提起孩子。"

"你倒是很诚实，偷窥得这么坦荡。"赵逸兴也笑起来。

她这么大方，让赵逸兴觉得很轻松。

"看你刚才喝了不少酒，用茶来解酒还不错。"吴越茗又给他倒了一杯。

"你喝得比我多吧？我看你喝酒的凶猛样儿都害怕。"

"除了一开始的三杯，其余的都被我偷偷吐水杯子里了。"吴越茗低头闻茶香，"这点儿本事都没有的话怎么出来混啊。谁像你

 两个人的晚餐

喝酒喝得那么实心眼儿。"

"你现在生意做那么大,估计都是别人巴结你了吧?你应该犯不着喝酒喝那么狠了。"

"哪里,那生意不算什么,照样有客户需要我去应酬。"吴越茗对自己的成果不以为傲,"我倒是很羡慕你有个那么大的女儿,看上去就有成就感。我多希望那是我的孩子。"

要是放在以前,两人都不会这么坦诚。

"以你现在的条件,身边怎么会没有人。"

"有啊,对我有意思的我看不上,我看得上的又够不着。更多的是想吊膀子来占便宜的。"吴越茗不愿意转移话题,"可话说回来,谁真心想要我这种人做伴侣呢?你也会觉得我这种女人无趣吧?"

"怎么会?我很欣赏你。"

"但是欣赏和爱慕是两回事儿,对吧?"她调皮地眨眨眼睛,"以前就听说你喜欢文艺青年。"

"听谁说?"

"还不是你那些狐朋狗友。"

"李凯风这家伙到底出卖了我多少信息!"

"我们班组织春游,你厚着脸皮非要带家属去。数你谈恋爱高调,腻死人,一天春游都舍不得分开。"吴越茗眼睛笑得弯弯的,揶揄地看着他,"那是我第一次近距离看见邱池。她穿一条白色长裙,裙摆随风飘,和你手拉手站在栈桥上,金童玉女一样。我如果不知难而退的话,那也太自不量力了。"她呵呵地笑了起来。

"你何必妄自菲薄?你当时成绩那么好,又是学生社团的活跃人物,怎么会这么看低自己?"

"你怎么不说我还有家世?"吴越茗再次用眼神揶揄他,"我自己都觉得自己乏味无趣。读自动化是因为我爸要求我去读,回来

好接管家业。读商科都不行,他说商科太空洞,不懂技术搞管理的话,只能做人事工作。"

"我一直以为你至少挺喜欢这行的,你当时成绩最好,是你不要那个保研的指标才轮到我。"赵逸兴看着对面的老同学,觉得自己对相处这么久的朋友了解甚少。

谈话期间吴越茗的手机响了好几次,她看一眼就按掉,最后索性关了机。她斜斜地靠在扶手上,面容松弛。

"能做好但是不喜欢。不读研究生也是因为我爸不让我读,他说读研究生还不如实战三年。他把我下放基层整整三年。三年时间我把公司每个基础岗位都轮了一遍,包括财务和人事。生产环节从标准件采购、入库,到废铁回收,还有基础加工,车铣刨钻磨都要熟练,甚至连电焊都得去学徒一个月。那时候我晚上躺在床上都觉得耳朵里轰隆轰隆的,就琢磨我爸要是有个私生儿子来继承这家业就好了,他说不定就能放过我了。"

赵逸兴"哈"的一声笑了出来:"你还真不担心有人和你争家产啊?他如果有个私生儿子也未必能像你这么有出息,就算有你这个出息,也不一定有你听话。"

吴越茗给他一个白眼:"我到现在都没为自己活过。"

"瞧瞧,你这富二代也这么多烦恼。"赵逸兴听到她对自己生活的描述觉得乐不可支,"你不喜欢还能做得那么好,让我们这种人的脸往哪放?"

"我本来很喜欢画画的,对机械这些东西一点儿都没兴趣。"吴越茗对于赵逸兴的打趣一点儿都不觉得好笑。

"结果看你现在,才华盖世,能文能武。邱池跟我说过你跟她在校报社里,她写稿你做美编。她还感慨我们班一群工程师当中藏了个艺术家。"

也就是因为这段经历,吴越茗是赵逸兴同学当中和邱池最熟的人。

"命运捉弄人,邱池成了艺术家,我还在和这些铁疙瘩打交道。怕是只能等退休后上老年大学去学画画了。"说到这里,吴越茗打了个哈欠,窝在坐榻拐角,像一只猫,"要不然我怎么佩服邱池呢,她舍得放弃,好好的一份工作,说不干就不干了,专心当文艺青年。"

"那是因为她放弃的不是千万家产。"赵逸兴"哈哈"地笑了出来,"如果她有那么大家业等着她来挑大梁的话,她不能说走就走。"

吴越茗被赵逸兴逗乐了:"她也没遇到我那么霸道的老爹,我一举一动都在他掌控中。"

"我见过你爸一次,感觉是个挺和蔼的人,没想到那么霸道。"

"他对别人当然不能霸道。不过我也很怂包,舍不得钱,不敢离家出走。离家的话他就切断我的经济来源,我怕活不下来。"

"怎么做富二代就这么惨?应该有不少人羡慕你的生活吧?"

"肯定有风光的地方啊。我一入职就是副总经理,我被下放去卖废铁的时候也是卖废铁的副总经理。可即使吃了这么多苦,还有人觉得我今天掌管这么大的企业全靠投胎的技术。"

吴越茗寥寥数语,把自己的生活剖析得十分透彻。

纵使备受瞩目,依旧意兴阑珊。

下午暖黄的斜阳从窗户透进来,窗外很安静,青青的瓦、白白的墙,桌边一只小小的火炉,配着空灵的洞箫声,满室茶香。逸兴觉得这间茶室温暖无比,让他十分眷恋此刻时光。

"都十几年了,你的成绩别人还看不到?"赵逸兴没料到世人的偏见这么深。

据赵逸兴所知,吴氏的产能在过去十年内扩张了三五倍,肯定和眼前这位少东家的才能大大相关。

"富二代的原罪,怕是要跟我一辈子。累得头发都白了,业绩

第二十二章 酒与茶

都是白捡来的,功劳苦劳我都没有。"吴越茗拨了拨自己的头发,染的低调的深棕色。

赵逸兴注视着对面这位老朋友,以前念书的时候只觉得此人各方面都优秀,走到哪里都耀眼。后来因为两人在航模社共事了一段时间,吴父作为赞助商方面的颁奖嘉宾出席航模比赛的颁奖典礼。典礼结束后吴父刻意摆了庆功宴,邀请了所有航模社的同学。吴越茗低眉顺眼地坐在吴父身边,他才知道吴越茗的背景。她平常一点儿都不愿意别人知道她家的背景,这似乎不是什么值得自豪的事情。

吴越茗一边添茶,一边抬起眼来看着他:"你就没有搬回来的打算吗?"

这话如果由赵氏父母问的话,他肯定会当场火冒三丈,可换了一个人问,他感到人家是真心地关心他。

"折腾不起。孩子有她习惯的生活,我觉得她的童年已经够坎坷了,不该为了满足我的私心,牺牲她的生活。她现在有她的朋友,跨省搬家这种变动我觉得对孩子成长不利。外加江苏省升学压力太大了,犯不着让孩子活得那么累。"

"很可惜我自己没有孩子,所以不太容易理解。我还挺希望你能搬回来的。"吴越茗笑着看了逸兴一眼,"看你愿意为孩子付出那么多,有个孩子应该是很幸福的事情吧?"

"以前没觉得,感觉结婚生子对我的生活没多大影响。现在才觉得幸亏有个孩子,要不然撑不下来最黑暗的时期。"

"按说我先认识你,怎么我们就没那个缘分呢?"吴越茗还是不死心。

业内颇有声望的年轻一代企业家,现在露出小女儿态。

"哟,我可高攀不起。"赵逸兴向后靠着,笑得非常舒展。

"你真是神经病啊!"吴越茗一脸鄙夷地看着他,"你说你怎

 两个人的晚餐

么就没学到邱池的洒脱呢?白跟她混了这么多年。"

"你怎么不说是邱池跟我混了这么多年,跟我学到现实的生活态度。"赵逸兴双手抱在脑后,淡然一笑。

"你还得意起来了?"吴越茗无奈地叹了口气,"赵逸兴啊,你无端装着这么多顾虑在心里,不太容易快乐。"

"你也有割舍不下的顾虑吧?"逸兴收起笑容,"你觉得你快乐吗?"

吴越茗一时出神,望着窗外老半天,没有说话。

"没有人问过我这个问题……多数人觉得我生活中要什么有什么,没有理由不快乐。

"可只有我知道,我无力经营自己的婚姻,两个人一星期都不一定能坐下来吃顿晚饭,就连每天跟他吃顿早饭我都不能保证。我恨死我家这乡镇企业了,可它是我的衣食父母,我得把后半辈子都搭进去。

"我当时甚至连生个孩子的勇气都没有,总觉得做人太苦,身不由己的事情太多。以前以为有钱可以给后代买自由,可我爸当初没给我这个自由,我怕我也没有胸襟没有胆量把自由给我的下一代。"

"也许你当妈之后不会像自己父母那样,一代总比一代进步吧。"赵逸兴试图安慰她。

"我离婚的时候我父母没觉得怎么样。反正我名下没股份,每个月从账上支一份薪水而已,离婚对他们来讲没有损失。但是我没孩子,他们着急死了。现在我父母整天催着我生孩子,孩子他爹是谁都无所谓,恨不得从街上抓个人来生,多讽刺。人在的时候不珍惜,发现没机会了才开始补救。"

赵逸兴没想到自己随口一问,触动得吴越茗对他吐露心声。各方面条件这么好的人都承认自己不快乐,可见快乐是件奢侈品。

第二十二章 酒与茶

"都怪你,好端端的惹我不高兴,现在觉得喝茶不够,想喝酒了。"吴越茗取出一张纸巾在眼角压了一压,然后笑了出来。

此人到底是在场面上混的,能把自己的情绪快速收敛起来。

逸兴侧着头看了她半天,轻轻地问道:"如果让你过洗手做羹汤的家庭生活,你也会觉得闷吧?"

"是啊,所以只能怪我自己贪心,什么都想占着,"吴越茗看了窗外一眼,绽开笑容,"事业风光,家庭温馨,丈夫体贴,孩子可爱,这些东西不可能让我都占全了。我投入工作,因为工作给我的回报是立竿见影的,其他缘分,可遇不可求。"

吴越茗低头看了一眼茶杯,茶都喝乏了:"我都没努力追求过家庭生活,现在这种状态,也算是求仁得仁。"

吴越茗招呼服务员结账。

她取出信用卡的那一刻说:"看,谁说钱不能买快乐?我今天能跟你聚一下午,挺高兴的。"

"你平常应该挺忙的吧?"

"瞎忙活,我自己都不知道忙些啥。身边那些人催得紧,好像我休息一天中国民族工业就要垮了一样。其实是管理不善的表现。这种家族企业,几个老人只手遮天,搞得乌烟瘴气,我还没法动他们的利益。罢了,不说了。"吴越茗收好随身物品,转头问逸兴,"你这次待多久啊?"

"这个项目估计还得有几个月吧,我看现在这个进度,希望到四五月份能开始试运行。"

"那我们应该还有机会见面,"吴越茗摊开手掌,"把手机给我。"

赵逸兴不知道她要干吗,递过手机。

"我把我的电话号码给你,你如果有什么需要的话可以随时跟我联系。"吴越茗在赵逸兴手机上噼里啪啦按了一通,又把它塞回

 两个人的晚餐

逸兴的口袋里,"我毕竟是地头蛇,资源多。"

赵逸兴后退一步,反而劝她:"你与其关心我,还不如操心你自己的事。机器终归还是机器。"

吴越茗听到说教的话语,不耐烦的情绪涌上心头,凝神问他:"你现在一副情圣样,之前的怨气都没有了?"

吴越茗见赵逸兴脸色沉了下来,明白刚才的话语触到了他的痛处。当初大家都挺吃惊,赵逸兴愿意随着邱池到大西北生活。后来也有所耳闻,他搬走后很有些怨气。吴越茗又轻描淡写地说:"如果当时没去,你后来无论跟谁结婚都肯定还惦记她。"她轻轻从鼻子里喷了一口气。

被她看得这么明白,赵逸兴有些惭愧。

"我晚上得赶回去,"吴越茗开车送逸兴回酒店,"我们的产品线偏低端,你经常玩儿的那些高科技我们没什么机会用到。不过你如果想搬回来的话完全不愁工作的事儿,只要你愿意屈就,待遇差不了。"

"怎么,你还惦记着要把我招安了啊?"

"切,我知道,你浑身都是骨气!也不知道邱池怎么忍得了你,把着一点破原则就不放。"

告别的时候,赵逸兴故作夸张地和她大幅握手:"振兴中国民族工业就靠你了!"

吴越茗才不理这套,甩开他的手,紧紧与其拥抱:"你这神经病,我们以后再联系。"

第二十三章
食 欲

七情六欲当中,食欲来势最为凶猛。我们把吃东西的愿望叫作"食欲"。这个"欲"字就说明,吃东西不仅仅为了满足饥饿时对食物的需求,还为了满足心理对食物的渴望。

由饥饿感驱动的食欲如果不能马上满足,英语中有个词 hangry(hungry 饿 + angry 愤怒),很贴切地描述出人在饥饿时情绪变得狂躁的状态。

可惜英语没法表述被其他因素驱动的食欲,比如"馋",就找不到恰当的英文翻译[①]。看这个"馋"字,一个人面对食物垂涎欲滴。被食物勾起馋虫的人,不一定饿,但是抵抗不了美食的诱惑。

还有一种很常见的驱动食欲的情绪:压力下产生的抑郁和焦虑。我找不到专门的词来描述这种状态下的食欲。人被焦虑紧张情绪煎熬的时候容易暴饮暴食,吃到腰间出现赘肉之后难免更加郁闷。但是,不吃饱怎么有力气减肥呢?于是吃得更加理直气壮。如此这般进入一个死循环。

——邱池

张宇莫在电脑前研读了好几天装修攻略,搞明白了装修价格的市场行情,装修公司常耍的坑人伎俩,乳胶漆和硅藻泥的优劣之处,

[①] 梁实秋在《雅舍谈吃》里专门写过一篇《馋》,他文中说"馋"找不到特别恰当的英文翻译,所以在这里,让邱池沿用梁实秋的结论好了。但是我觉得英语中和馋比较贴近的一个词应该是 crave。——作者注

木地板、竹地板、复合地板都有什么差别,北欧风格和地中海风格的关键点在哪里……用知识武装头脑之后信心满满,她打算卷起袖子来大干一场。

这天,张宇莫带着成缺一起约了设计师在赵家见面,计划装修的事情。

"我们这单生意可能对你们来讲利润比较低,"张宇莫跟设计师客套地说,"不动结构性的东西,主要是想让这套房子翻新一下。"

设计师在屋里走了一遍,细细打量这处住宅,可以看得出来当初的设计用足了心思,功能和美感兼顾,简单大方,而且看样子不过用了三五年而已。同时,很明显,房主依然住在这里。为什么装修,设计师也不便多问。

"目前的硬装状态还挺好的,如果你们只想在视觉感受上有所变化,我建议更改一下地板和墙壁的颜色,另外更换灯饰,就足够了。"设计师给出了一个简单得难以让人置信的方案。

"那能达到我们想要的效果吗?"张宇莫心里犯嘀咕,正常的装修公司不是都使劲推销一些不必要的东西吗?她原本铆足了劲儿来准备和设计师斗智斗勇的,没成想学了一肚子的知识无处使用,憋得有点儿难受。

"根据这房子的状态,我建议你把更多的精力放在软装上,家具和室内装饰,比如沙发、窗帘之类的。然后我们根据沙发颜色来搭配墙壁颜色,根据家具颜色来选择地板颜色,肯定能达到你想要的效果。"

设计师交给张宇莫一叠色板,让她敲定软装之后拿来配色。设计师完成基本测量后,两人坐在餐桌前讨论报价。

最后设计师递给张宇莫几张卡片:"这几间家具店,报上我的名字,你有折扣,我有回扣,我们皆大欢喜。"

第二十三章 食 欲

成缺默默把这个过程看在眼里，紧紧挨着张宇莫坐着，一声不吭。送走设计师，张宇莫察觉出来成缺的阴郁神色。

"你心里不舒服？"张宇莫双手扶着成缺的肩膀，看着她的眼睛。

成缺垂下头，并不作声。

她把成缺搂入怀中："我明白，我理解你。你不想擦去你妈妈生活过的痕迹，是吧？"

成缺点了点头。

"你知道，你妈完全不会在乎这些小事。"

"我妈最大方洒脱。"成缺抬起头来，"她应该会很高兴看到我们有心情来装修。"

"可我还是舍不得……"成缺抱着张宇莫的腰身，把脸贴在她胸口。

张宇莫抚摸着成缺的后脑勺，轻轻地念："我懂，我懂……"

她有些后悔答应下来这件任务。这屋子里每一件家具摆设都是邱池亲手挑选的。现在她要扮演一个冷血的角色，把房子改头换面，她也舍不得。

就在这一刻，张宇莫感到小腹有一些异样：小腹中好像有一串气泡从右往左滚过，难道这就是传说中的胎动？她深深吸气，抑制住身体的颤抖。她不确定自己的推断是否准确，又惊又喜同时充满疑惑："小池，这难道是个预兆？"

成缺体会到她的情绪变化，抬起头看着她："你怎么了？"

"没怎么，我也舍不得。"张宇莫闭上眼睛好一会儿，拉着成缺的手走进书房，找出邱池以前的全部作品，"我们把你妈写的书先带走，免得装修的时候弄脏了。这次装修，我会专门给它们安排地方。放心，没有人会忘了你妈妈。"

成缺看到这几本书，心里突然觉得满足又充实，转头再看客厅，感到其他的东西都变得不那么重要了。

张宇莫跟赵逸兴通报了装修方案，逸兴没有任何反对意见。

"你给你姐夫省着点儿花。现在就我一个人挣钱，万一我破产了，就得带着我闺女到你家去蹭吃蹭喝。"

"放心吧，我最经济实惠。"

"不过，"逸兴迟疑了一下，"书房我想保持原样。"

张宇莫微微笑，不会有人想改变那间书房的样子。

"那是一定的，书房怎么能动呢。不过既然全家都要重新粉刷，书房也一起刷了吧？"

逸兴想了想："刷墙没问题。家具摆设就不动了。"

"那是自然，我保证不动书房。"

"成缺表现如何？有没有给你添太多麻烦？"

"哪儿的话，这么大的姑娘了，生活都能自理，还能和我做个伴。你不用太客气。"

逸兴挂了电话之后把电话按在胸口，轻声念道："小池，看，我们都记得你。"

晚上张宇莫跟萧亮提起疑似胎动的感觉。

"我把母婴论坛翻了个底朝天也没看出门道来，各有各的说法。"张宇莫抬头看着天花板，眨了眨眼睛，"如果邱池在就好了，她一定能告诉我这是不是胎动。"

萧亮把她搂在怀里："我知道你想她。"

话说黄河畔的张宇莫趁着寒假的尾巴每天忙着卖现有的家具，同时带着赵成缺挑选新家具和家装饰品。身处长江岸的赵逸兴也忙得不可开交：第一批设备已经开始试运行，同班人马监测试运行的设备同时还在装配调试其他产品。

第二十三章 食 欲

算来已经有一个月没见到孩子了,赵逸兴除了思念之外,还感到一丝不安。他担心成缺在萧家待久了和他的感情变生疏。尽管他心里明白萧氏夫妇非常爱成缺,但是他不想主动放弃作为父亲的权利。

"我周末打算回家一趟。"逸兴跟孩子通电话。

赵成缺觉得有点儿为难:"啊?家里正在装修,家具都没有了,你回来怕是得到宇莫姨妈家睡沙发。"

逸兴听到这个消息,心里反而觉得舒畅。这个在他手中不可能完成的任务,张宇莫帮他执行了。

"那你来看我吧,我周末能休息两天。"

"可是很远啊,"成缺还有些勉强,"太匆忙了,我不太想去。"

"刚好你可以趁机躲避沙尘暴。风沙天开始了吗?"

"还好啊,昨天才刮了一场。"

逸兴最讨厌大西北的春天,每年过了春节就开始刮沙尘,刮到"五一"才消停。大西北的春风携带沙石,好像黑山老妖带着小鬼倾巢而出,到人间作怪。邱池作为西北土著,反而觉得这种天气别有一番情调。她还曾经专程带着孩子在这种天气去戈壁滩体验沙尘暴。

那天逸兴躲在家里,看到两人脑袋上绑个纱巾,风尘仆仆地进门。"这天气你们去干什么了?"

成缺满脸的兴奋:"你知道吗,我们今天专门去吹风!在路上感觉车都要被风吹翻了!"

"吹风?风有什么好吹的?"

成缺激动地问爸爸:"你知道风吹着石子儿打在身上是什么感觉吗?"

"我不知道,也不想知道。"逸兴一点儿也不感兴趣。

"市里风没那么大,我们开车到戈壁滩上去了。我俩生怕被风吹走了,抱在一起背靠着车。那些小石头都能飞起来打到脸上!"成缺汇报体验,"在那儿你才能知道什么叫作'天地玄黄,宇宙洪荒'。"

两人回家后洗漱了半天,嘴巴耳朵头发里都是沙子。

邱池真会带着孩子一起疯。

"你过来吧,这季节江南比较好过。这样吧,我帮你跟杨老师请一天假,你三天往返,不算太匆忙。"

"可是我星期五下午学琴,星期六早上要学跆拳道,下午要去学画画。星期天我姨夫跟我说好了,他陪我玩乐高机器人……"

赵逸兴听得心里一惊,看样子张宇莫把赵成缺未来三年的日程都排满了。

"那你打算什么时候来看你老爸?"

"下次吧,等我有空的时候。"成缺这口吻,一听就知道她在糊弄人。

赵逸兴才不希望让孩子守着自己过日子。孩子将来最好有自己的生活,忙得不可开交,到了节假日的时候需要老父在电话里苦苦哀求才肯匆匆忙忙地回家看他一眼。只是现在,他还没准备好孩子就这样和他远离。

"你少敷衍我!赵成缺!你有点儿义气好不好?"逸兴觉得一股无名火冲向大脑,"你爹都要累死了,让你来看我一趟就这么难吗?那些东西一天不学能怎么样?"

"钱都交了,不去学就浪费钱啊。"成缺底气很弱地找理由支持自己,"你挣钱也不容易吧。"

逸兴看了看手机,觉得这个姑娘很难对付。

他凝神想了一刻:"你来一趟,我们刚好可以去一次爷爷奶奶家。这样的话,我清明假期保证回家。你如果不来的话,你爷爷家

第二十三章 食 欲

清明祭祖我躲不过去。"

成缺听到这话,只好答应下来。她当然知道清明意味着什么。

在机场从空乘手中接过成缺,逸兴觉得眼前的女儿好像又长高了。成缺身穿一件白色毛衣打底,深蓝色牛角扣大衣,配紧腿牛仔裤,精神奕奕,眉目爽朗。父女俩都不再有那股愤愤不平的神情。

赵家爷爷奶奶一早就为成缺准备好了电油汀暖气:"听说你要来,我们就把暖气拿出来了。我们知道你们北方人怕冷,在家就开着,不要怕费电。"爷爷奶奶平常连照明灯都是要随手关的。可是为了孙女,他们才不会在乎电表转得飞快。他们还专门买了新鲜面条回来:"你爱吃面,我们自己在家也可以给你做鳝丝面、大排面。你不高兴吃米饭就不要吃米饭。"

赵逸兴看到父母如此热情,觉得一阵心酸:正是因为他们平常离得太远,所以父母无法享受天伦之乐。他们好不容易见到成缺一次,要抓紧时间表达对孙女的爱。爷爷奶奶平常恪守的勤俭节约的生活习惯在孙女面前不值一提,他们习惯了几十年的饮食方式都可以为了孙女做出改变。

成缺看到这个场面也很感动。尽管她和爷爷奶奶没有和邱家那么亲近,但她也知道这些都是他们专门为她准备的,每一件东西都代表着他们对她的爱。

接下来爷爷奶奶每人都塞给成缺一个厚厚的红包:"过年你没拿的压岁钱我们都替你留着呢。"奶奶刻意压低声音:"拿回去自己想买什么买什么啊,千万别让你爸爸收去了!"说完,奶奶看了逸兴一眼,眼神透露出满足。

奶奶摩挲着成缺的手,端详着孙女:"你越长越像你爸爸了啊,眉毛、眼睛长得一模一样。"

两个人的晚餐

　　孩子到底长得像爸爸还是像妈妈，是祖辈口中经久不衰的讨论热点。成缺觉得压力有点儿大，紧跟在爸爸身后，寸步不离。爷爷奶奶专门买了名贵的热带水果堆在茶几上，连忙招呼成缺吃。
　　成缺吃到肚子胀鼓鼓的，偷偷跟爸爸说："我吃不下了。"
　　逸兴只是笑笑，他也没办法。
　　奶奶还在一个劲招呼成缺吃东西，逸兴只好帮她挡一下："妈，你别把她撑着了。"
　　爷爷和奶奶看着成缺笑。
　　成缺到底和爷爷奶奶不太熟，除了闷着头吃东西之外，也没什么话好说。
　　饭后，成缺在爸爸耳边悄悄说："我还是觉得手擀面比较好吃，但是我怕他们听到不高兴。"
　　"嗯，做得好。"逸兴给她一个赞许的笑容。
　　"我们什么时候能走？"
　　"等到下午吧，不然我不好交代。"逸兴理解她的心情。
　　成缺在这里除了看电视之外，也不知道能做什么。
　　爷爷和奶奶对于孙辈和他们不亲近这件事，心中还是觉得有些遗憾："别人家孙子都和爷爷奶奶亲，你这孩子和爷爷奶奶一点儿都不亲。"
　　"别的爷爷奶奶白天晚上都带着当然亲近。你们这种见面能认识就不错了！"赵逸兴就是没法跟父母好好说话。
　　爷爷边摇头边叹气："我们说过给你们带孩子的，是你们不肯。"
　　"我是怕你们带孩子太累。"
　　"现在你如果忙的话，可以把孩子留在这里，我们帮你带。"
　　成缺抬起头来："我不会离开我爸爸。"
　　逸兴很感激孩子的支持，同时又觉得这就更加把父母推远了一

— 第二十三章 食 欲 —

步。逸兴看了她一眼，低声说："你继续假装听不懂我们说话吧。"成缺紧贴着逸兴坐，头倚靠在他的臂膀上。

家中亲戚也带着两个孙子来串门。

成缺见了表兄弟马上去和他们玩，三个小孩脑袋凑在一部手机前。

"晚上我们请你们吃饭。"亲戚要为他们摆开宴席。

逸兴连忙推脱："我们留不到那么晚，我们傍晚就要走。"

"你们好不容易回来一趟为什么不多住几天？"

"现在不是假期。"逸兴试图礼貌地找冠冕堂皇的借口，"我和她只能利用周末的时间回来一趟。"

亲戚摆出一副遗憾的表情，让爷爷和奶奶的失落情绪更向下陷了一步。三个孩子为了玩哪个游戏起了争执，赵逸兴赶快把成缺拉回身边，亲戚看到这状况也马上带着两个孩子告辞。

"你们如果愿意的话，可以考虑搬来和我一起住。"逸兴试探父母的意思，"我那儿反正有地方，现在正在装修，可以专门把客房做成你们的卧室。"

"太远了，我们不想去。"

"又不是让你们跑着去！两个来小时飞机就到了。"

"人生地不熟的，我们住不惯。"

"住久了就住惯了。而且这样可以天天看见孩子。"

赵家父母还是不情愿。

祖辈将快乐寄托在孙辈身上是很常见的事情。祖辈到底能为孙辈付出多少，逸兴犯嘀咕。赵家爷爷奶奶从来没和孙辈在一起相处超过两天。各自生活习惯相差迥异，他很怀疑赵氏三代人能在一个屋檐下长期和谐共处。

应酬父母让逸兴觉得劳心劳力，况且，他这次很确定，父母期盼天伦之乐的心情中，叶公好龙的成分更多：他们只看到孩子带来

209

 两个人的晚餐

的快乐,却无法承受孩子带来的麻烦。

带着成缺走出赵家门的时候,父女俩同时舒了一口气。

"爸爸,今天在奶奶家吃得撑死我了。我们去吃冰激凌吧。"

"你还吃得下?"逸兴惊讶于成缺的食量。

"唉,吃碗冰激凌我心里高兴一点儿。"

第二十四章
自助餐和自由恋爱

  自由恋爱的婚姻就像吃自助餐：每一块食物都是自己夹到盘子里的，无论口味如何都得吃干净。如果食物味道不好，那只能怪自己眼光有问题。谁让你在芸芸餐食中挑了它呢？如果拿多了吃不下，也只能怪自己贪心，自不量力。吃自助餐，没有人帮你添餐加饭，你需要足够了解自己，清楚自己的肚腹容量。

  自助餐如果吃得不愉快，只能怨自己的选择判断能力不佳。自由恋爱的婚姻若是相处得不和谐，没有媒妁和父母可供责备，暂且归结为"活该"二字。

—— 邱池

  李凯风一大早就打来电话："你孩子过来为什么不告诉我？"

  "你怎么知道？"

  "我昨天去查岗发现你旷工，哈哈，你挖资本主义墙脚被我逮了个正着！"李凯风得意地笑，"你手下那帮人告诉我的。"

  "我平常是不是太没有威严了？那帮人连老板都敢出卖！"

  李凯风语气沉下来："能不能让我见一见你的孩子？"

  "没问题，我们在哪儿见面？"

  "我现在就在大堂。"

  赵逸兴一时间觉得手足无措：这小子怎么总搞突然袭击！

  "给我们半个小时。"

  逸兴赶快把成缺叫起床，两人快速梳洗，又去餐厅胡乱塞了点

 两个人的晚餐

儿早餐填肚子。

李凯风见到成缺时的神情表明,他内心受到了强烈的震动。他将手扶在成缺的肩膀上,半晌没有说话。

"爸爸,这是谁?"成缺侧过脸来问爸爸。

"我是你妈妈的一个老朋友。"李凯风轻轻地告诉她。

赵逸兴万万没想到,睡在他上铺的兄弟,会这样介绍自己和赵氏夫妇的关系。

看来,邱池在他心目中的分量,远不止是十几年前令他心动过的人。他默默地保留这份情愫,不声张,不炫耀,不作践自己,也不逼迫他人。这是只属于他的情感,他静悄悄地珍藏着,到现在才流露出来一点儿痕迹。

"很可惜,你再也见不到我妈妈了。"

"我知道。"李凯风露出笑容,"所以我今天专程来拜访你。"

李凯风伸出手来和成缺握手:"我姓李,李凯风。你可以叫我李叔叔,或者直接叫我的名字都可以。"

成缺觉得眼前这个人有些奇怪,和他握过手后,退后一步,贴在爸爸身边。

"你们今天有什么安排?"李凯风脸上洋溢着满足和温柔,"那天同学会你连个招呼都没跟我打就走了,不够意思。"

"没什么安排,本来打算睡一早上懒觉的,被你搅和了。"赵逸兴愤愤地看着李凯风,"她下午的飞机回家,明天还要上学。"

"你以前打扰我的懒觉也不少,咱俩就扯平吧。"李凯风倒是不觉得愧疚,"那我带你们闲逛半天?我想回学校去看看,你愿意去吗?"

逸兴早就有过这个想法,还没等他响应,赵成缺就先回答了:"你们以前读书的地方吗?我挺想去的。"

212

第二十四章 自助餐与自由恋爱

李凯风拉着成缺的手就出门："看你爸那个磨叽样，你比他爽快多了。"

逸兴快步追上去，一巴掌拍在他的背上："你小子在我闺女面前给我留一点儿面子。"

刚到校园门口就闻到幽暗的花香。人行道两旁的梅花开得灿烂，一团黄，一团白，教学楼前绿草如茵，窗口的广玉兰依然常青。成缺挽着爸爸的手臂，走在梅花树下，觉得十分新鲜和好奇。

"以前没有在这个季节来过，所以从来没见过梅花。"成缺仰着头看这一团一团的花树，闭上眼睛凑上去闻梅花，"梅花的香味和桂花有些像。"

"我怎么不觉得？味道差别很大吧。"赵逸兴不同意。

"这两种花的香味都很含蓄，"李凯风道，"它们都香得有所保留。一开始闻到的时候不觉得香气袭人，但是绵绵密密的，后调悠长。你是不是觉得桂花和梅花的相像之处在这？"

"对，就是这种感觉。"成缺抬头冲着李凯风嫣然一笑，"我们大西北就没有这种气质的花。春天开槐花和沙枣花。紫红的槐花很鲜艳，没有什么香味。沙枣花看上去和桂花有点儿像，花瓣都很小，但是沙枣花的香味比较闷，缺少清冷柔和的气质。"

"我觉得梅花美得恰到好处：干净、内敛，暗香浮动。比起桂花，它的外形更胜一筹，比桂花好看。桂花太羞涩了，只闻得到味道看不到花。"

"粉面朱唇，一半点胭脂。"成缺走在树下，脚步轻盈，踢起花瓣儿，对李凯风笑。

"开时似雪，谢时似雪，花中奇绝。"李凯风索性折了一枝依然是花苞的梅花递给成缺，"你可以带回家找个瓶子插起来，还能

 两个人的晚餐

开挺久的。"

赵逸兴听到这两人用宋词对答,只觉得意外连连。他们第一次见面怎么会有如此这般的默契?李凯风这个如假包换的工程师,怎么摇身一变,成了文艺青年?是邱池把他们俩联系起来的吗?

三人在宿舍楼下停下。当年的一切都没有变,只是更换了门禁系统,需要刷学生卡才能进去。他们推了推门,也就作罢。

"以前我们就住这幢楼上,"逸兴指着门前的花坛对成缺说,"你妈经常站在这里等我。"

"你妈那时候可没少等他,"李凯风对成缺挤挤眼,"他每次出门前都要拾掇半天。"

"你能不能给我保留一点儿光辉形象?"赵逸兴对于这位老朋友不停地在他女儿面前翻老底心里颇有些不满。好在父女情深,成缺并不觉得这有损父亲的形象,反而乐得了解他们以前的故事。

"你以前从来都没跟我说过这些事儿。"成缺笑道,"我只知道你和我妈是读书时期认识的。我还觉得挺有意思的。"逸兴听到这话,也体会到其间的温情,索性带着孩子去看过去他们经常流连的地方。

"看见那些台阶了吗?"逸兴指着图书馆门前的台阶,"我第一次遇见你妈就是在这里。你过去,我给你拍张照片。"

李凯风站在逸兴身后,看着台阶上的赵成缺,喃喃地说道:"你闺女活脱脱就是小两号的邱池。你的命也不算太差了。"

逸兴回头看了他一眼,李凯风抿着嘴笑,一脸的柔情。

待成缺折回,李凯风指着另一栋建筑跟她说:"我,第一次见到你妈妈是在这栋楼里。"

赵逸兴顿时醋意大发,双手抱在胸前,皱着眉毛问他:"你整天惦记着我老婆,我是不是该把你当作情敌?"

214

李凯风不以为意："我倒是希望有你这个水准的情敌，至少输得心服口服。"

逸兴望着他，明白李凯风所指的情敌不是他，而是那个离婚的导火索。之前听他提起离婚的事情不觉得他经历了很多痛苦，但是此时，他的描述有些怨恨之情。于是逸兴问道："怎么，你前任的现任很不堪吗？"

李凯风对此人嗤之以鼻："是个已经开始谢顶的胖子。"

逸兴听到这番评语实在忍不住，扶着路边的梧桐树笑得前仰后合。

"有这么好笑吗？"李凯风见他此状，觉得莫名其妙，"到底笑点在哪里啊？"

逸兴平复了一下呼吸，还抑制不住笑意："我只是突然想起来，如果邱池听到你这话会怎么说。"

"你能猜得出来邱池会怎么说？"李凯风觉得不可置信。

"那是，我们好歹在一起混了这么多年。"逸兴歪着嘴笑得很得意。

"说我嫉妒？"

这时候，赵成缺朗声说道："我妈会说，那个人一定很有钱。"

赵逸兴同女儿相视一笑，两人击掌祝贺。

"你们俩还真有默契。"李凯风笑着摇了摇头，"应该说你们仨都很有默契。"

赵逸兴努力咧了咧嘴，心想：你若在两年前见到我们，肯定不会得出这样的结论。

更加让李凯风意外的是，三角恋、婚外情这些话题在普通家庭会被视作禁忌，多数人会刻意不让孩子接触到这些，但是在赵家，他们会公开和孩子谈论。

李凯风问道："难道你们家讨论这些事情从来不避着孩子？"

"呵呵,邱池觉得没必要。反而她很乐于带着孩子观察世间百态,有机会就跟孩子讲这些人情世故。"说到此处,赵逸兴悠长地叹了一口气,"我总觉得我家孩子老气横秋的,不像同龄小孩那么天真,可能和这种环境有关。"

"可能邱池觉得早晚都需要知道,那不如在成长过程中慢慢教给她。免得将来遇到了不知道该怎么处理。"李凯风这般解读,"另一派会觉得既然成年生活充满了权力纷争和利益纠结,那不如让孩子在童年的时候生活在一个消过毒的环境中。"

"反正她已经不可能有无忧无虑的童年了,所以我也顾不得这么多了。"

李凯风同赵逸兴两人一起送成缺去机场。

成缺手中拿着那枝梅花,和航空公司的乘务员走向安检区。逸兴原本还想叮嘱两句,结果成缺全过程连头都没回,"嗖"的一下闪入安检门。

赵逸兴看到这场景觉得很失落:"孩子一时不自己带,感情就开始生疏。"

"你们的关系已经很亲密了,"李凯风边开车边跟他聊天,"刚才我看你俩的互动,心里羡慕得要死。"

"刚才你有没有生气?我现在想起来觉得有点儿对不起你。我们拿你的伤心事开玩笑。"

"没事儿。况且她说得没错。"李凯风撇着嘴,一脸苦笑,"那人是我们的一个供货商,做五金加工生意。去年光从我们这拿到的订单就接近五百万元,据我所知,那工厂的出口份额比国内市场更大。"

逸兴听到这话之后,感慨之余又有不解:"按说我们做到这个职位，在打工族当中已经是高收入了，算上收入的含金量，比一般小老板都强，怎么还会有人觉得钱不够花呢？"

"你专遇淑人，就别在我这撒盐了。"李凯风笑着说，"之前幸亏买了投资房，否则我工作这么多年，都剩不下钱来。"

逸兴只觉得同情。

两人同窗时候吃尽苦头，换取一张文凭。毕业后天真地以为今后不再需要为考试和生存烦恼，将来一定前程似锦、快乐连连。但现在，一人需要忍受生死茫茫的苦楚，另一人即便赚得高薪，依然和伴侣因为钱生龃龉。

李凯风不愿意多谈离婚的事儿，还是感慨孩子："一看就知道你们在孩子身上下了不少功夫。"

逸兴道："我不能邀功，还是邱池花的时间多。我以前很少管孩子。现在我失去妻子，才意识到孩子对我有多重要，我不能再没有孩子。"

"我儿子跟我一点儿都不亲近，"李凯风又长叹了一口气，"其实就算离婚前他也和我不亲，不止是我了，和他妈的关系也达不到你们这样。小时候一直住外公外婆家，上学了才搬回来和我们一起住。现在我见到孩子都不知道该怎么和他相处，只能一个劲儿给他买东西。"

"你也别太放在心上。"逸兴试图安慰他，"我觉得多数人的生活就是这样过的。我家是因为邱池的职业特殊，不需要坐班，才能花这么多时间陪孩子。双职工家庭，就算是朝九晚五不需要加班的工作，都很难照顾到孩子。"

"现在回想，其实很多所谓的理由都是给自己找的借口。最可笑的借口就是忙。总想着偷懒，把孩子交给老人，自己省心。现在看，老天也很公平，没有付出就没有回报，对吧？"李凯风面色黯然，"我们以前没花那么多精力在孩子身上，不跟我亲近也是自然的。"

逸兴没有料到李凯风见到赵成缺之后，竟然触动了他这么多积攒已久的负面情绪。

身为男人，逸兴在失去妻子之前，并不觉得自己对孩子有多么深厚的感情，也不觉得作为父亲对孩子有多么深切的依恋。他由己推人，觉得其他男人对家庭的需求可能也不过如此：一个自己熟悉的，吃饭睡觉的地方。

家庭的存在对他来讲像空气一样，平常是感觉不到的，就像不会刻意去想自己应该怎么呼吸，他也不会刻意花精力和时间在妻女身上。邱池的故去才让他意识到自己对家庭的依赖，孩子对他的重要。他才意识到自己能生活得这么安心多亏了家中有妻子坐镇，他也才意识到生活中的光明，是孩子带来的。

李凯风对邱池的情感像是包裹了一层糖衣，觉得此人是完美无瑕的："邱池一看就是很热爱生活的人，她书里写的那些家庭生活的场景明明很平淡，但是读起来就觉得特别温暖。和她在一起生活应该很快乐吧？"

"你还惦记我老婆啊？"逸兴瞥了他一眼，"怎么？后悔当初没有先下手？被我捡了便宜？"

"瞧你这小人之心。"李凯风呵呵地笑了出来，"都是自己的选择，有什么好后悔的。我认识她在先，但是犹豫了一刻。你平常干什么都磨叽，但是这事儿上你比我果断，占了先机，这是你的本事。况且我现在回想，换作是我，我不可能单纯为了一个人，从长三角搬到兰州去生活。我可能对谁都不会投入那么多情感，所以你娶到她当之无愧。你收获家庭的快乐也是理所当然的。"

"你把邱池当成女神，所以觉得凡是和她相关的东西都很美好。"逸兴尽管娶邱池为妻，但心中并没有这种女神情结。

"她书里描写的家庭生活让我觉得你们是幸福家庭的典范。怎么？你们也会吵架吗？"

逸兴仔细想想："吵架倒是不怎么常见，但是她会生闷气。不知道怎么惹着她了，她就抱着枕头自己睡书房，随便一个多星期都不理我。那滋味可不好受。"

李凯风听到此处，不由得笑了出来："家庭冷暴力噢，属于你的烦恼。"

谈到这时，他"嘶"地吸了一口气，侧眼看着赵逸兴："你说你们要是再有个两三年会不会也就离婚了啊？"

"你真是狗嘴吐不出象牙来！我是不是交友不慎？"

李凯风把嘴往耳朵根咧了咧，不再说话。

逸兴乍一听觉得此人很不识相，不过他也没有否认这个可能，黯然说道："可惜她连两三年的时间都没给我。现在我只记得她的好。"

 两个人的晚餐

第二十五章

烧烤和诱惑

烧烤这类食物，靠气味取胜。

中文当中"味道"这个词非常巧妙地混合了味觉和嗅觉。英文当中会把嗅觉和味觉区分开来，smell 指闻到的味道，taste 是尝到的味道。吃东西的时候如果没有鼻子帮忙，食物的吸引力至少打个七折。

烧烤店，包括羊肉串的摊位，最好的招揽生意的方法就是让客人闻到烧烤香。我路过烧烤摊的时候经常会被气味诱惑得垂涎欲滴。可是一旦吃到嘴里，又觉得口味不过如此。

正所谓"妻不如妾，妾不如偷，偷着的不如偷不着的"，踮起脚尖够不到的诱惑最让人惦记。

—— 邱池

"你身边的诱惑肯定不少，"李凯风看他没有动气，于是继续探讨中年人的婚姻，"我觉得没几个人能把持得住。"

李凯风一步一步进攻，让赵逸兴的防守压力非常大，他只好努力转移李凯风的注意力。

"你别揪着我不放了。你的诱惑呢？不够诱人？我不信你现在身边没有人。"

"我没有你那么高的气节。现在没有固定伴侣，但是可约的人络绎不绝。"

"哟，难得你能百忙之中抽空来跟我混。"

"别自作多情，我是为了你闺女。"

— 第二十五章　烧烤和诱惑 —

"要不是我认识你这么久，我真的会认为你是个变态。"

李凯风笑了笑，他很想见赵成缺是因为她是邱池的女儿，而不是因为她是赵逸兴的孩子。他曾经设想过很多次，如果他有一个成缺这么可爱的女儿，现在的生活状态会是什么样。

"我能感觉到你在你闺女身上寄托了不少情感。"

"我经常在她身上看见邱池的影子。"逸兴抬眼看了看窗外，"邱池刚死的时候我特别生气，觉得老天爷成心跟我过不去，凭什么这种事儿发生在我身上。凭什么是她？她比谁都有资格活下去。后来我想，其实和她的婚姻也不是每天都那么幸福，也有心烦的时候。可这让我更后悔，只有这么少的时间，为什么没有好好珍惜。现在只能通过孩子来补偿我的愧疚。"

"可你也没干过对不起她的事吧？"李凯风在一家烤肉店门口把车停下，"吱"的一声拉起手刹，"来吧，跟我吃顿饭。我现在回家也没饭吃。"

赵逸兴听他口出此言，感到人对生活的需求居然这么简单，苦笑道："我以前回家就是为了吃饭。甚至觉得都不需要问问她一天过得怎么样。她平常连门都不出，我觉得也没什么好问的。"

即便日子过得这样清淡，那时的赵逸兴和赵成缺，因为有邱池在，都比较快乐。

周末的餐厅一如既往地忙碌，服务员给二人斟上两杯有色无味的茶，丢下一张菜单，便不再搭理他们。

李凯风一边低头在菜单上勾勾画画，一边轻描淡写地说："我觉得正常婚姻就是那样。你还指望怎么样？"他抬起头来看着赵逸兴，"没事儿脑海里就浮现她的脸，然后情不自禁地露出笑容？"

赵逸兴听到这话一口茶差点儿喷出来："你怎么比我还现实？难以想象你这样的人能对我老婆念念不忘这么多年。"

— 第二十五章 烧烤和诱惑 —

"那是因为她不是我老婆！如果她每天躺在我枕边，我肯定不会一直惦记她。"李凯风把菜单丢给逸兴，轮到他点。

"算你诚实。"逸兴看着李凯风，恐怕李凯风只有在面对他的时候才能坦诚地说出这样的话。

李凯风视邱池为女神，但也明白，这种美感全靠距离维持。

"你没让邱池吃苦，所以作为丈夫已经很称职了。"

到底是老朋友，他现在还是在维护逸兴的利益。

"你觉不觉得社会对男人的要求标准比较低？能赚到钱，不出轨，就算是好丈夫了。我这段时间又当爹又当妈才发现，经营好一个家庭几乎需要做CEO的才能，但是女人却很难获得那么多认可。"

"对男人要求低？你当个中年失婚的男人试试看？"李凯风一脸不屑地看了他一眼，"如果没有事业撑着，马上沦落成流浪汉。"

这时候服务员过来收菜单，逸兴指着菜单问道："你们这里的烤鱼做得好吃吗？"

服务员笑答："只要饿了，什么都好吃。"

逸兴被这位小妹的大智慧逗乐。他看着服务员离去，心想如果邱池在此处的话一定很愿意和这位服务员多聊两句。

"你要知道，邱池英年早逝不是你的过失，你没必要这样惩罚自己。"

"我怎么惩罚自己？"

"你甚至都不肯给别人一个爱你的机会。"

"你哪来这么多文艺腔？"

"吴越茗联系过我，"李凯风对他撇撇嘴，"她跟我提到了你那股拒人于千里之外的冷漠态度。"

逸兴觉得此评价很公道，不打算辩解。

"你不敢开胸怀来接受快乐，即便快乐向你靠近，都被你挡住了。"

"那你呢？你倒是敞开胸怀，身边的红颜可有给你带来快乐？"

李凯风也没违心地肯定："我至少还没有放弃。"

赵逸兴低头沉吟了片刻，神色黯然地问他："你说我这种状态，是不是还不如离婚的呢？"

"唉，"李凯风叹了一口气，"离婚，无论过程多和平，心里都会有怨恨。而你现在，只有美好的记忆。"

窗外一声惊雷，下起绵绵密密的春雨来。

"你听，雷声，看来惊蛰就是这几天了。"赵逸兴惊觉，看了看窗外的阑珊灯火，"据说听到春雷后就进入雨季，天气开始慢慢转暖。邱池最喜欢江南的雨天，我以前经常陪着她在雨里散步。"

李凯风看着他心神漂浮的样子，很为这位朋友担心。

赵逸兴眼神空洞，心中默念："小池，你知道我在想你吗？"

他从来没有这么想回家。

第二十六章

青团彩蛋

在万物复苏的春季有一个节日，清明节。这是中国传统节日当中专门用来纪念故去亲人的日子。在西方国家，差不多同一个时候，也有一个和清明类似的节日：复活节。复活节的设定原本是为了纪念耶稣复活。

清明节和复活节都在生机盎然的春天，都和纪念死亡有关。清明节吃艾草青团，喝明前龙井。绿色的食物，映出勃勃的生机。复活节西方人会染彩蛋，同样也用鲜亮的颜色来代表盎然的生命。相比清明节单纯的悼念，复活节天生给生命赋予了轮回的可能，将死亡和重生捆绑在一起，生生不息。在这一点上，西方人比东方人乐观，给死亡后的生活安排一个有希望的结局。

东方哲学家庄子早就点破生命有涯。在无涯无边的时间里，从上苍的视角俯瞰众生，不会觉得三十七岁和八十岁有什么差别。从人间仰望天堂，则可以清晰地感知到人的渺小和无力。生而为人，结局早已注定。

既然生命注定有边界，也就没有反抗的必要。不如提醒自己，在有限的时间里，用心欣赏生活中转瞬即逝的美好。

—— 邱池

赵逸兴好不容易盼到了清明假期，买了新茶和青团带回家。

家中的装修已经完工。

他推开门的那一刻，还以为自己进错了门：墙壁刷成了清新淡雅的浅灰色,配湖蓝色的窗帘和抱枕;沙发、家具、灯饰全都换过;就连地板也重新打磨上漆,颜色变成了自然的原木色,一眼看去简洁大方。别说邱池,他自己都认不出来自己家了。

但他并不觉得后悔做这件事情。只不过装修过程中张宇莫除了跟他商讨了预算和大致思路之外,并没有告诉他多少细节。现在回家才看到全貌,他需要一点儿时间来消化。

成缺看他站在门口踟蹰不前,便拉着他的手带他走进餐厅。新的餐边柜上方装了一条两个灯头的轨道射灯。餐边柜上摆放着邱池过去所有出版过的书。书两侧由一对白色石英矿石做的书立固定。六棱柱的石英矿石好像有生命一样,绽放得像一簇冰花。射灯的光线被石英矿石折射过,在后墙和柜子上留下两道彩虹光。

成缺告诉他:"这对书立是外公用他的岩石标本切割打磨出来的,外公亲手做的。你觉得好看吗?"

成缺把脑袋靠在他的肩窝处,看着柜子上的书和书立,抿着嘴笑。赵逸兴看到这样的布置觉得胸口暖洋洋的。岳父用他独有的方式表达着对邱池的思念,让邱池就在餐桌边陪伴他们。

"灯和柜子是我和宇莫姨妈一起挑的。"

赵成缺和张宇莫专门选择了这样的餐边柜:柜子有一半的空间都是棱形格酒柜,另半边陈列着茶具以及不同品种的茶叶。逸兴把自己带回来的明前龙井和碧螺春放入柜中,这是他为邱池带回来的礼物。

主卧和成缺的卧室也全部重新装修过,床、寝具、衣柜都彻底改头换面,看不出以前的痕迹。就连卫生间内的地砖都换成了白色,配彩虹条图案的浴帘。毛巾架上一叠厚厚的白色毛巾,外加新的白色陶瓷刷牙杯。

而书房,虽然保留了原来的书柜和写字台,但是因为重新刷过墙,又添了一把鹅黄色的单人读书躺椅和一块白色地毯,也显得焕然一新。成缺带回来的那枝梅花插在挂着邱池菩提子手链的花瓶中,摆在写字台上。

他可以看出来张宇莫对这一切花了多少心思。这小姨子虽然平常总是看他不顺眼,可在他需要支持的时候肯为他付出这么多。不过三个多月的时间,除了这串菩提子和书之外,这套房子中已经没有那么多女主人的痕迹了。

晚上赵逸兴独自在书房的读书椅上坐了半天。邱池就算认不出这个地方,也一定还认得他们父女俩。想到这儿,逸兴也便释怀,胸口扣着邱池的书盹着了。昏昏沉沉中他好像听到客厅有动静。逸兴起身去看,只见邱池坐在沙发转角处,怀里抱着成缺在念书:"One fish, two fish, red fish, blue fish …"

逸兴快步走上前去,期盼地望着她:"小池,你回来了!你病好了,不疼了吗?"

邱池笑盈盈地看着他:"放心,我不疼了。"

逸兴紧紧握住她的手:"那你留下来,不要走了!"

邱池伸出手在逸兴的脸颊上摩挲:"傻瓜,我是回来跟你说再见的。"

逸兴仔细一看,不由得怔住:邱池怀中的成缺不过一两岁的样子,黄黄的头发,胖嘟嘟的脸颊,口中"噗噗噗"作声,还说不了完整的言语。

邱池只是笑着看着他:"好好享受生活,不要再挂念我了,好不好?"

她对他说话还是一如既往地商量的口气。

清晨的阳光把他唤醒。逸兴居然在书房踏踏实实地睡了一夜。

他泡了一壶龙井装在保温杯里，接上岳父岳母一起去给邱池扫墓。张永梅和邱天舒捧了一束百合上车，一车的百合香。

前两天的一场大风把阴霾的空气一扫而光，今日天空湛蓝，明媚爽朗。一行北归的大雁掠过光滑如丝绸的天空，没留下任何痕迹。成缺看着迁徙的大雁问道："你说它们飞来飞去的不觉得累吗？嫌北方冬天冷，那为什么不索性住在南方算了？"

"它们心里也有牵挂。"

赵逸兴有些高兴地告诉大家："你们知道吗？昨天晚上我梦到邱池了。"

成缺第一个抱不平："凭什么你先梦到她？我那么想我妈妈托梦给我，她怎么从来没出现在我的梦里？"

赵逸兴扬起眉毛看了一眼后视镜中气鼓鼓的赵成缺："什么叫凭什么？我这是'精诚所至，金石为开'。"

成缺撇过脸去，外婆拍着她的肩膀安慰她："你妈妈现在来去自如，她想我们的话一阵风就回来了。我们以后还有机会。"

"那你能叫我妈妈托梦给我吗？"

"我没那个能耐。"张永梅笑了笑，"我到现在也还没梦到过她呢。你爸爸运气真不赖。"

邱天舒问道："她都跟你说什么了？"

"也没说什么，"逸兴答道，"她就是坐在沙发上对着我笑。"

他刻意隐瞒了邱池来道别的细节。他隐隐觉得这不见得是个好征兆。

尽管这是邱池辞世后他们第一次来扫墓，但是大家心情就像来探望老朋友一样。清明的墓园很热闹，粉红的桃花开满山，和煦的阳光暖洋洋地照着，扫墓的人络绎不绝。这四人留下花，将茶洒在墓碑四周，逗留了一会儿就打道回府。平日把思念装在心里，没必

第二十六章 青团彩蛋

要在这个时候故作姿态。

成缺在行人中见到一张熟悉的面孔,她指给爸爸看:"我住院那天的医生!"

嚯,这孩子怎么记性这么好。

逸兴礼貌性地上前打招呼,走到她身边才发现,她独自一人。

"怎么,你一个人来的?"

王安宁笑了笑,点点头。

赵逸兴觉得有点儿不太寻常,也没有多问:"我们正要走,你需要搭车吗?我们反正回城里,应该顺路。"

王安宁侧着头迟疑了一下,随即接受他的邀请。就像他说的,反正顺路。

逸兴先把岳父岳母送回家,才开口问王安宁:"你这次来拜访谁?"

王安宁淡淡地笑了笑:"一个老朋友。"

逸兴可以察觉到,这一定不是普通朋友,而且肯定不是她家中长辈。他和王安宁不过萍水相逢,若是人家不愿意提起过往的事情,再细细打听就显得"十三点"。

赵成缺望着难得的光滑平静的天空:"我们下午能不能去放风筝?"

"没问题,不放风筝可惜了这么好的天气。"逸兴转头问王安宁,"你下午有安排吗?"

王医生的目光从窗外转回来,才回过神来,原来逸兴在对她说话。"哦,没安排。天气真好啊,前两天黄沙漫天的,老天爷刻意把好天气留给清明节。"

成缺发出邀请:"那你愿不愿意跟我们去放风筝?"

"也许王医生不想跟我们玩。"

逸兴感觉到王安宁今天似乎有心事，大抵和今天她探望的人有关。他自己一般在这种情况下更倾向于独处。推己及人，估计她也不想和他们这两个几乎陌生的人在一起。

王安宁笑着看看窗外，说道："不能辜负这么好的天气。我也想放风筝呢。"

"你在车里等我们还是和我们一起上去？"逸兴把车停在楼下，"我们需要上去拿点儿东西，应该要不了多久。"

王医生选择在车里等。家是太隐私的地方，她对于入侵别人的生活不感兴趣。无论人家还是自己都会觉得不自在。

逸兴一手提了一个保温桶，另一只手拉着成缺，成缺拿着风筝。他们在路上又买了三个肉夹馍当中餐。

公园里乌泱泱的全是人，看来全城的人都出来沐浴春光了。天上的风筝一起飞就缠成一团。赵逸兴看到这场景当即掉头，索性将车开往城外的戈壁。

赵逸兴看到了成缺眼中的疑惑："放心，你老爸一定让你放个畅快。"

车轮卷起沙砾，在身后留下飞扬的尘土。这里的风光和公园中桃红柳绿的景致完全不一样。骆驼刺这种植物无论什么季节看上去都干枯。远处有几棵沙枣树还没发芽，让此处显得格外苍凉。

成缺环顾四周："这是我们过年来放烟花的地方吗？"

"我也说不准，"逸兴笑了，"我看这些地方都差不多，反正我们就是需要一片空地，你说是不是？"

逸兴协助成缺，只花了两分钟就把风筝放上天，然后把线轮交给孩子，让她拿着慢慢让风筝飞高。接下来，逸兴撑开后备厢盖，从中取出三把红格纹帆布折叠椅，然后将装在牛皮纸袋中的肉夹馍摆入餐盘中，分给其他二人。随后，他取出两只细高的玻璃杯，从保温桶里拿出一支冰镇白葡萄酒。他"砰"的一声拔出软木塞，将酒杯倾斜，淡黄色的酒浆顺着玻璃杯内壁缓缓注入，全过程只泛起一点儿气泡。

他递给王安宁一杯酒："度数很浅，而且口味偏甜，多数人都会喜欢，你尝尝看。"

王安宁看着他做这套功夫：这男人好品位，在这个毫无风情的戈壁滩野餐，他也不妥协，配备全套家什，白瓷盘子、不锈钢餐具、玻璃杯，一件塑料用品都没有。

王安宁接过酒和餐盘，问道："你怎么称呼？"

逸兴这才意识到没有正式介绍过自己。他把自己浑身上下的口袋拍了一遍，从中摸出一张有点儿皱的名片，双手呈给王安宁。王安宁看他的举动相当拘谨，只觉得有些好笑。现在除了销售人员，还有谁会表现出这种礼节？

赵逸兴这样介绍自己："我和王硕是同事。"

"我知道，我们那天聚餐碰见之后他跟我说过。"王安宁原本仰头看着天空，转头对他笑了笑。

"那介绍一下你自己吧。"

"我，职业是医生，你也知道了。其余的，没什么好说的，"王安宁努力咧了咧嘴，"相当乏味。"

"那你平常喜欢干什么？"赵逸兴努力找话题，心里已经开始暗暗感到吃力。这荒郊野外的，连个转移注意力的东西都没有。

"看电视算不算？呃，"王安宁大力用手搓搓脸，"我自己都觉得我无聊。"

原来她素颜。化了妆的女人一般不会有这样的举动。唇红齿白的她眉目颜色全是天然。

逸兴从后备厢端出来一盒泛白霜的奶酪："你吃得惯这个吗？

 两个人的晚餐

配这个酒还不错。"

"布里奶酪?"王安宁看到奶酪,漾起笑容,用指尖夹起一块,"哇,你连这个都有?"

到这时候,赵逸兴才第一次见到王安宁如此纯粹的笑容,像天空一样清秀明媚。他第一次见到她的时候,觉得此人冷静、细致、专业、镇定,看不到情绪。第二次见到她的时候在餐厅,她好像刻意要把自己隐藏在一群人中间。今天早上遇到的时候觉得她心事重重。此刻,一块奶酪竟点亮了她的面孔。

"你认得这个?"逸兴觉得有些意外,这人十有八九是行家。

这时候成缺的风筝线已经到头,她把风筝轮在倒车镜上绕了两圈,固定住。她凑过脑袋来,毫不客气地拿了一块奶酪,然后闻了闻爸爸的酒杯:"好香的玫瑰味!我能不能尝一口?"

逸兴把酒杯递给她:"只能抿一口。"

王安宁看着赵成缺一副意犹未尽的样子,觉得这孩子好可爱。原以为这个年纪的小孩应该会钟情于炸鸡、薯条、番茄沙司之类的食物,这个孩子居然懂得欣赏奶酪和葡萄酒。

成缺给自己铲了大半杯冰在一个广口玻璃杯里,然后让逸兴帮她拧开雪碧瓶。她自己从保鲜盒里拿出一牙柠檬挤在杯中,又取出一支不锈钢吸管,坐在爸爸旁边。

"没事儿,这个酒精度很浅,她尝一口没关系。"赵逸兴看到王安宁盯着成缺,稍微解释了一下,"我们白天喝起来也不觉得愧疚。"

"晚上你是不是喝威士忌?白兰地?"

逸兴挑起眉毛看着她,他确定此人是行家:"你对酒有研究?"

"谈不上研究。偶尔喝一点儿,自然有些经验。"

王安宁没有告诉他的是,自己曾经一度每天从下午五点就开始喝。

赵逸兴一听,嚯,她在掩盖什么,她肯定不是偶尔喝一点儿的人。"平常爱喝什么样的酒?"

"只要是喝得醉的酒我都爱。"王医生笑了起来,"今天这个搭配得很好,这个酒和奶酪的味道合得到一起,但是和肉夹馍不合。"

"对,肉夹馍应该配二锅头。"赵逸兴也还给她一个爽朗的笑容,"我得开车,不能大白天喝。"

"今天这个酒最精彩的地方是你一路冰镇,而且用细高酒杯,可以将香气聚拢,所以即使在户外,温度和口感都刚刚好。"

王安宁侧着头想了一刻,问他:"你有没有试过用木香重的赤霞珠干红配肉夹馍?"

"欸?有道理啊。但是我没试过,也许以后可以试试看。"

"我也是突然才有的这个念头。我以前喝过几款南非地区的混酿赤霞珠,突然觉得可以和肉夹馍搭。"

酒逢知己的赵逸兴此刻非常开心。他很久都没有机会和人纯粹地喝酒。之前能和他一起论酒的人是自己的岳父和邱池,眼前的王医生看来也有相同的爱好。

王安宁的白衬衫上滴了几滴肉夹馍的酱汁,她低头看见,不当回事儿,反而索性把手在衣服上擦了擦。

赵逸兴在分别的时候客套地跟她说:"很高兴你今天赏脸跟我们放风筝。"

"我也很高兴今天能喝到这么好的酒。"王安宁笑眯眯。

逸兴想了想,提起一口气,走下车问她:"如果我以后有好酒想和你一起喝的话,除了打120之外,有没有什么别的联系方式?"

晚上回到家中。

成缺窝在沙发上看书,突然抬起头问了爸爸一句:"你觉不觉得王医生有点儿像妈妈?"

逸兴心里一惊,他仔细想想,一点儿都没有这样的感觉。

"你妈至少有我眉毛那么高,王医生只勉强到我肩膀的位置。"

"我不是说长相。我也说不出来哪里像。她们都爱吃?"

"那倒是。看到奶酪就能叫出具体名字,她应该爱吃。你还觉得她们两个有什么相像之处?"

"两个人都爱酒?"

"嗯,她肯定是行家,而且也很谦虚。"

成缺把书合上,叹了口气:"你怎么就梦到我妈妈了呢?"

"怎么,你嫉妒?"逸兴索性跟成缺脑门对脑门,"来,我来把我的脑电波传给你,看看你能不能看到我的梦。"

父女俩一本正经地闭着眼睛,聚精会神地顶着脑门。

过了没几秒,成缺笑着一把推开爸爸:"咱俩太幼稚了!"

这样苦中作乐也未尝不可。况且,万一能成功呢?谁知道。

"最近在学校学什么?"逸兴还是很关心孩子的学业。

"排列组合。真折腾人啊。"成缺挠挠头,显得很不耐烦。

"挺有用的知识,好好学,不懂就回来问。"

"我怎么觉得一点儿都没用?学了那个能干吗?"

"上大学的时候学统计会用到。"

"然后呢?"成缺撇撇嘴,并不觉得这是大事儿。

"然后我考完就全忘了。"逸兴呵呵地笑了起来,随即转为严肃,"不过即使这样也得搞明白。"

"既然你都忘了,那说明没什么用处啊。我费那个劲干吗呢?"

"你得有学会了再忘了的过程,才有资格说它没用,否则你只能说你不会。"

除了亲爹妈,谁会跟孩子说这些。况且张宇莫这个姨妈不知道

两个人的晚餐

把成缺宠成什么样子,逸兴欣慰的同时也有些焦虑。

逸兴临走前送孩子去姨妈家。

张宇莫一开门见到赵逸兴,对其怒目而视:"你怎么这么不够意思?"

她都没迎接这父女俩进门,就转身走回客厅,挽着萧亮的胳膊,气鼓鼓地坐在他身边。

逸兴一头雾水,怎么惹着她了?是因为没有刻意登门感谢她装修的功劳吗?电话里好话说了一箩筐了啊,他的感激之心早已经通过电磁波传达过多少次了。他只好满脸堆笑地坐在张宇莫对面:"我到底怎么不够意思了?"

张宇莫还无法抑制内心的愤怒,瞄准赵逸兴的脑袋砸了一个抱枕过去。

"你们南方人都这样不讲义气吗?"张宇莫又甩了一个抱枕到他脑袋上。

赵逸兴伸手挡住:"你们北方人就这么爱动手吗?"

萧亮不得不阻止一下暴力升级:"有话好好说,一家人不要开地图炮。"

赵成缺看这他俩这一来一去的,一声不吭,紧挨着张宇莫坐下,等着看好戏。

张宇莫还是撇过脸去,不正眼看他。

"你说他过不过分?他分明就没把我当一家人。"张宇莫冲着萧亮说。

萧亮满脸严肃地使劲点头:"嗯,太过分了!"然后龇着牙对赵逸兴笑,意思是,嘿嘿,你惹了大麻烦了,看你今天怎么收场!

"妹妹,你得让我弄明白吧,我到底怎么惹你了?"

赵逸兴内心的冤屈急需要声张。

"你们去给邱池扫墓为什么不叫上我?"

哦,原来是为了这事儿。

逸兴支支吾吾的,这是个大事儿,得想个借口搪塞过去:"那个啊,车坐不下那么多人……所以我就没叫你们。我没忘了你啊,我之前还想了呢。就是车里坐不下了。"

"你知道正常人会怎么解决这个问题吗?"

"我是正常人啊,我怎么不正常了?你怎么老说我不正常?"

"正常人开两辆车就解决问题了。你就是不把我当一家人是吧?我在家左等右等,等你电话,都等到中午了,也没个消息。最后还是我舅舅告诉我,你们都回来了!"

"你当然是我亲人,你千万别这么想。我就是觉得车坐不下了,就没叫你。"

"亏你想得出来这么烂的借口,你糊弄谁啊你!这是第一个清明节,而且也是周年,你都不叫我一起,我恨死你了!"

张宇莫瞪他一眼,然后又转开脸去,看上去是真的生气了。

"你听我说,"赵逸兴知道这个小姨子得罪不起,只怪自己口齿不够伶俐,"我真的把你当亲人,你别上纲上线的。我是有顾虑,所以没叫你。我考虑到你怀孕,万一去了之后心情不好,影响胎教。我跟你赔罪,你就原谅我吧。"

张宇莫面色黯然,完全没有了一开始丢抱枕打人时候的气势:"亏你也算是知识分子,居然信胎教这种伪科学。你知道我多盼望清明节吗?我这些天一直都睡不好觉,我觉得是她想跟我说什么。我怕她回来认不出自己家会怪我。"

原来她是因为这件事情耿耿于怀,难怪此时心中有怨念。

"邱池很喜欢家里的装修,你放心,她告诉我了。"逸兴简单交代了邱池入梦来的事情,"而且我很喜欢家里的样子,尤其喜欢餐边柜你花的心思。我能看出来你花了很多工夫。我知道你承担这项任务有很大的心理压力。现在效果很好,你看我和孩子都觉得新装修的房子很好看,邱池也还认得这个地方。"

张宇莫长舒了一口气。

原来她有这么重的心理负担。

"你就是不讲义气。"张宇莫又念了一句。

全过程,赵成缺一直和萧亮、张宇莫并排坐在逸兴对面。逸兴安抚了张宇莫的情绪之后,焦虑感越燃越烈,他只想赶快结束手里的工作快点儿回来。他怕成缺在这里住久了,真会把这里当成自己的家。

第二十七章
论食材的天赋

  一道菜肴能否成功，在下锅前就能看出端倪：如果原料质优新鲜，取自当季当地，那这道菜肴至少成功了一半。比如在江南吃当地河鲜，只需要葱姜爆锅炖煮就可以好吃。同样的菜式，若是非要在北方吃，因为不可能有新鲜的原料，无论配备多好的厨子，都做不出来同样的味道。

  这就是所谓的天赋。天赋不足的话，投入大量人力也难以做出一流产品。

  有天赋的食材不一定是名贵食材。不同的食材，可以在不同的领域发挥自己的天赋。比如豆腐这类食物，最寻常不过。优秀的厨子擅长发现它的天赋：嫩豆花可以烧豆花鱼，北豆腐适合做家常豆腐，而豆腐皮，若能遇到好刀工的厨子，摇身变成大煮干丝，豆腐也能异彩纷呈。

  人的天赋也差不多。有人天生有书本智慧，有人则在街头混得风生水起。孰高孰低？无法评判。只希望善读书者有机会多多求学，有街头智慧的人找到自己的江湖。

—— 邱池

  出版社同他联系。邱池第一批印刷的书已经售罄，打算加印，问逸兴是否愿意参与宣传。赵逸兴想了想，还是婉言拒绝了："我实在不懂这些东西，怕是只能添乱。"

  出版社又询问可否将邱池从前的作品再版，出一个纪念全集。逸兴毫不犹豫地答应下来，他比谁都想要这样一套作品集。第一批

 两个人的晚餐

版税也到账。按照邱池的意愿,全部存入孩子的教育基金。念书花不完的话将来给孩子当嫁妆。

李凯风看赵逸兴每日带头加班加得不分昼夜,拖得手下的同事们也混混沌沌,眼神木然,不得不出手来干预。

"卖力就够了,你犯不着卖命。"

"我就想早点儿把这破活儿干完。"

"你这样显得我们是血汗工厂。"

"我的血汗能换钱,而且价码开得很合理,我乐意。"

"你的血汗不值钱!我们买的是你的脑子!"

欲速则不达。几条试运行的生产线并不像逸兴设想的那么顺利。调试花的时间比预计的更多,这让他更加心浮气躁。

李凯风强行让双方员工下班。他把逸兴拖到办公室,泡了两杯茶,两人坐下。"你这个样子真让人担心啊。我以为你放个假,回趟家,能心情好一点儿呢。"

工作是发泄抑郁心情的极佳出口。

"我在家心情是挺好的,回来才心情不好。"逸兴喝了一口茶,皱皱眉毛,"你这什么破茶?还好意思拿出来招待人。"心情不好就爱迁怒他人。只有老朋友才能忍受这种无名火。

这时候李凯风接了一个电话,电话那边传来一个极为甜腻的女声。李凯风在电话里哼哼哈哈地对答了半天,站起身来。

"来,跟我去陪客户。"

"你跟客户说话那个口气?糊弄谁啊?我不想去陪酒。"

李凯风强行把他推上车:"你小子就是被邱池惯的,才这么任性。我早就应该拉你出来应酬。"

霓虹灯下名车如云,红尘嚣嚣。赵逸兴混在其中,觉得自己和芸芸众生并无不同。一桌接近十个人,席间男女参半,只有李凯风

240

第二十七章 论食材的天赋

和客户老总携带了女伴。逸兴也懒得去辨认这些人之间的关系,和大家客套一下之后便坐下来喝酒。

李凯风的女伴有一张白皙的面孔,肤色发型乍一看有些像邱池,只不过至少比邱池年轻十岁,而且略施脂粉,眉目间有一股动人的风情。她在这种场合的言谈举止非常让人有亲切感,可以和在座的任何人就话题聊下去,让对方感到自在温暖。这让逸兴不由得感慨,上帝造人的时候还是很公平,赐予每个人不同的天赋,大家才得以生存下去。邱池肯定没有能力陪同他在这种场合与客户或者领导周旋。

几轮酒下肚后,大家的精神都松懈下来,说什么话也不太在乎了。

"你看上去有点儿不开心。"李凯风的女伴坐到他身旁来。

逸兴摸了摸自己的脸颊,难道这一切都写在脸上?

"哦,没什么,就是有点儿累。"

"嗯?想赶快结束饭局回家吗?"

"那倒不至于。"

家里没有人等他,着什么急呢。

"没人灌你酒你还喝得这么来劲。"那位窈窕淑女起身给他盛了一碗蟹黄煮干丝,"别光喝闷酒,今天的菜还挺不错的。"

这时候他注意到她穿一件真丝连衣裙,背后和裙裾有些皱,想必是坐久了留下的痕迹。他以前给邱池买过真丝衣物,可邱池嫌这类服饰需要花太多的精力维护,一直是敬而远之。

逸兴礼貌地接过:"因为我家孩子对螃蟹过敏,我都很多年没吃过这道菜了。"

干丝切得极细,浸饱了蟹黄汤汁,点缀其间的开洋也极其新鲜肥美。豆腐干这种廉价食物有海鲜加持之后,便获得重生,脱胎换骨。

两个人的晚餐

她呵呵地笑了起来:"你和他们不一样。"
"怎么个不一样法?"
"很少听到有人在这种场合提孩子的事儿。一般人在这种场合专注于互相恭维,互相吹捧,有技巧地奉承对方的同时炫耀自己的地位。"
看来此女的脑袋也很灵光。
李凯风过来拍了拍他的肩膀。
赵逸兴马上收起笑容坐直,此时需要避嫌。
李凯风问道:"你们聊什么呢?"
"聊吃的。民以食为天,是不是?"逸兴对他笑了笑。
之后几乎每天晚上的饭局李凯风都坚持逸兴和他一起去。
"我不想去陪酒。"
"你不情愿也得去,哪有那么多心甘情愿的事儿?下班后给你找点儿事儿,省得你一个人瞎想。"

这天,张宇莫在学校门口等赵成缺放学,自然有不明就里的其他学生家长跟她闲聊:"你家两个孩子年龄间隔够大的啊。老二预产期什么时候啊?"
她也懒得纠正,唯唯诺诺地应付着。况且她本来就把赵成缺当作自己的孩子,人家说得也没错,是她自己状况特殊。好不容易见到成缺班级的队伍,她马上迎上前去拉她走。今天这孩子表情很奇怪,刻意板着脸,一本正经,故作镇定。
张宇莫觉得有点儿不对劲,问她:"你今天怎么了?"
成缺摆出一副很严肃的表情:"快走,回家我告诉你。"
一进家门,成缺就背靠着大门"哈哈哈"地笑了出来,足足笑了两分钟。
"赵成缺,一个有职业道德的段子手会先把笑话讲出来再自己笑!"

第二十七章 论食材的天赋

成缺好不容易站直了："你还记得我们班的张玲玲吗？"

张宇莫在她大脑数据库中细细检索了一遍，对这个名字没有什么印象。

"你记得上次考试给我卷子抄的那个吗？"

"哦，"张宇莫的脑袋里"叮"的一声，点亮了那块记忆，"她怎么了？"

"她寒假回来胖了好多！当然，这也不至于那么好笑。"成缺停顿了一下，"更好笑的是，她一夜之间爆了满脸的青春痘！"

"你们这么大点儿年纪就开始长青春痘了？"

"没有啊，全班就她一个，全年级也只有她一个！"说完，赵成缺同学无法抑制激动的心情，哼着小曲儿去厨房了，"我今天要烤一炉布朗尼蛋糕来庆祝。"

看了别人的不开心，她居然能这么开心。

"哎，你在家笑笑就算了，到学校可千万得忍住。"张宇莫也随着孩子，脸上漾起笑意。

"我——知——道——"成缺一边搅拌面糊一边哼着小曲儿，"我也就是在家笑笑。"

成缺把面糊刮入烤盘，将其塞进烤箱之后，拍拍手："你为什么不趁机教育我做人要厚道？要宽容？要有同情心同理心？要和同学相亲相爱？"

"切，因为我也经常内心阴暗啊！何必要求你呢。"张宇莫搂着赵成缺的肩膀说道，"你知道我每次论文被期刊退回来的时候怎么样才能心里舒服点儿吗？就是一看，欸？我的师兄师姐也写不出来！写出来的照样被退回来修改好几轮！按编辑意思改了两年之后还发表不了！我立马心里就舒坦了。"

成缺勉强环抱住张宇莫的腰身，把脸贴在她的肚皮上："我就知道你溺爱我。"

　　萧亮进门看到这两人抱在一起笑成一团,觉得莫名其妙:"你俩什么事儿这么高兴?"张宇莫递给他一块热乎乎的布朗尼蛋糕:"亮哥哥,我发现,我和成缺之间共同的恶趣味,还不少呢。"

　　所有设备装配结束,赵逸兴双臂抱在胸前,看着自己的作品运行,踌躇满志。这几条生产线总占地面积超过一个足球场,是目前为止他设计过的运行速度最快、加工精度最高的机械加工流水线设备。

　　"看来你们的业绩很不错,"逸兴对李凯风说,"可惜能用到这种高速设备的地方不多。否则多卖几套我就赚够钱准备退休了。"

　　"我才不信你舍得退休。让你两个星期不画图你怕是都会手痒。"小凯斜眼看他一眼,"况且你除了做设计还会干啥?到你家门口的沙漠上晒太阳?"

　　"你又羞辱我?"逸兴想了想,也确实想不出来除了画图还能干啥,种花钓鱼?想起来都觉得闷,于是不再声辩。

　　小凯对他说道:"许妍对你赞不绝口。"

　　"许妍是谁?"逸兴觉得这个名字非常陌生。

　　"我女朋友。"

　　哦,原来是那个风情万种的姑娘,和她吃过那么多顿饭,他连人名字都懒得了解。

　　"她说很欣赏你。我得小心点儿,你条件太好。"

　　"我心已死,最安全。"

　　"你将来还是会再婚的吧?毕竟你对婚姻保存了很多美好的印象。"李凯风神色自若地看着他。

　　"我觉得不会了。一辈子有一次美好的婚姻就足够,何必狗尾续貂。"逸兴转头看李凯风,"你需要再接再厉,不要'一朝被蛇咬,十年怕井绳'。"

"嘿,你还反过来教育我?"

"那样的红颜愿意跟你混,一定对你有些感情。"

"也许她是想找饭票,想快速致富,想少奋斗十年,不见得是真心喜欢我。"

李凯风还没有和伴侣建立信任,由此推断,他能投入的情感也非常有限。

"就算那样,比你有钱的人多得是,人家现在选择的是你而不是别人,说明她不是那么拜金。"

以前人们为了爱结婚,现在只要不是为了钱结婚就谢天谢地。

逸兴拍拍他肩膀:"差不多就结婚,五年内生两个孩子拖住她,红颜知己马上拖成黄脸婆,这样她想跑都跑不掉了。"

瞧瞧,这情圣一样的赵逸兴也能说出如此猥琐的话,让李凯风气结。对着别人的问题纸上谈兵,指点江山都很容易,轮到自己却变得手足无措。

"我打算明天把同事都放回家。留我一个人亲自在这儿给你们再多盯两天。之后如果有什么问题的话,我给你们提供远程技术支持吧。"

"如果你有心搬回来的话,我们这儿肯定愿意要你。"李凯风还是伸出橄榄枝。

"我要回家。"

 两个人的晚餐

第二十八章

餐桌闲聊

猴子通过互相抓跳蚤来沟通感情,人类通过坐在饭桌上闲聊来黏合关系。

坐在饭桌上闲聊可以交流信息,安抚焦虑,联络感情,增进友谊。

食客在餐桌上可以把自己的隐私贡献出来,用来娱乐其他食客;同桌的食客也可以就着圈外人的八卦下饭,对别人的生活添油加醋,指手画脚,其乐无穷。

—— 邱池

赵逸兴成功地在梅雨来临之前彻底结束了这个项目,打道回府。同他一起回家的,还有李凯风和吴越苕买给成缺的两大包衣服。

这次见到张宇莫,她已经是妥妥的孕妇身形,脚抬起来放在茶几上,身子陷在沙发里,靠自己腰腹的力量没法从沙发里站起来。这时,赵成缺伸出手,拉了她一把,她才站起了身。这一拉纯靠巧劲,二人配合娴熟,看来是平日养出的默契。

除了一旦坐到沙发里就无法站起来之外,张宇莫不过是皮肤干得发痒、高血糖、低血压、牙龈出血、吃不下饭、脚肿得只能穿拖鞋,每十五分钟就需要上一次厕所,以及每天清晨五点准时因为小腿抽筋疼醒而已。换句话说,她可是妇产科的怀孕标兵,其他孕妇听说她的境遇只有羡慕的份儿。

赵逸兴看到这个场面近乎感激涕零。人家自顾不暇,还帮他照顾了这么长时间孩子,这等大恩可不是送几件新生儿衣服、玩具就

第二十八章 餐桌闲聊

可以回报的。

逸兴问道:"你们给孩子的东西都准备得怎么样了?"

张宇莫平常机灵的魂魄不知道游离到何处去了,半天才做出反应:"东西都买得差不多了,房间还没弄好。"

"你尽管不说,我也知道成缺在这给你添了好多麻烦。我们马上给你孩子腾地方。我负责提供全套婴儿房家具,你别推托。"

成缺想抱张宇莫都无处下手,只好挽着她的胳膊靠在她的肩膀上。张宇莫不停地抚摸成缺的头发,恋恋不舍。赵逸兴见状只能泼点儿冷水:"哎哎哎,你俩差不多就行了。本来距离也就十几分钟,想来玩散步溜达着就过来了。"

一关门,张宇莫便怒气冲冲地对萧亮说:"寄生虫!"

这评价可让萧亮承受不了:"我怎么寄生虫了?"

"不是说你,我说赵逸兴那个家伙!"

萧亮一脸不解:"他又怎么寄生虫了?"

"他剽窃我的劳动成果,我养那么大的孩子就被他领回去了。哼,我最鄙视不劳而获的人!"

孕期荷尔蒙真是个可怕的东西,来无影去无踪,你根本不知道它会往哪个方向引导孕妇的情绪。

萧亮吓得目瞪口呆,哪敢帮赵逸兴说句公道话。老婆说啥他都只好答应着,只求不要迁怒到自己身上。

成缺一进家门就扑在爸爸身上:"我们可算回家了!"

这让逸兴觉得很意外:"我以为你在你姨妈家住得太舒心,不想回来呢。之前我还担心你万一不想跟我回家怎么办。"

成缺满脸惊诧地看着他:"你自从清明离开,就没提过想回来的事情,我还以为你不想回来了呢。你打电话告诉我的时候,我都不相信你真的要回来了。"

两个人的晚餐

父女之间居然留下了这么深的误会：他以为她不想回家，她以为他不想回家。坐在餐桌吃饭的时候，赵逸兴一眼扫到了邱池的书。啊，算起来，邱池已经辞世一年多，这个念头只在他脑袋里闪了一闪就过去了。

成缺吃完饭后，四仰八叉地躺在沙发上，摸着自己的肚皮："还是自己家好啊！"

"怎么？我觉得张宇莫他俩对你很好啊？"

"他们对我非常非常非常非常好，"赵成缺说完这一连串"非常"都需要换口气，抬眼看爸爸，"但是他家毕竟不是自己家。"

"可回来之后，咱俩每天吃啥又成问题了。"父女俩抱着笑成一团。

这个项目前前后后耗费了他半年的时间，也给他半年的时间离开充满回忆的地方，整顿休养。这次回到自己的办公室，恍如隔世。这个地方被打扫得窗明几净，办公用品排列得整整齐齐，待他重返江湖。他从电脑包中取出一张邱池的照片摆在桌子上，开工。

公司专门为这班人马准备了庆功午餐。赵逸兴发现，孙琦和王硕的关系已经公开，两人走路肩并肩，吃饭也紧挨着坐。他印象中瘦小的孙琦站在王硕这个典型西北大汉旁边一点儿都不显矮，至少能到他耳朵的位置。孙琦此刻也不再避嫌，吃过饭后大方地坐到逸兴身边同他聊天。

要知道，从前，她都不敢直视他的眼睛。她不再爱他了。

赵逸兴笑着提醒："你小心王硕吃醋。"

孙琦很不以为然："他要是那么小心眼儿的话，我早就不要他了。"

问世间情为何物，只道是一物降一物。

第二十八章 餐桌闲聊

"你们好事将近了吧?"

孙琦有些羞涩地笑了,"八字还没一撇呢。不过,师傅,"她狡黠地挑了挑眉毛,"有人向我打听过你。"

"嗯?"

"我只告诉她,你前段时间出差不在本地。其余的,留着你自己慢慢跟她说吧。"说罢,孙琦对他挤挤眼睛便离开。

听到此言,赵逸兴心怀感激。

他最害怕别人把他的私生活当作茶余饭后的谈资。他知道,关于他私生活的流言早已传开。多数人听说他的故事,会激起同情之心、怜悯之心、恻隐之心。这不算坏事,可真正能支持他度过黑暗日子的亲朋好友不过寥寥数人。总有人仗着自己稍微了解一点儿他人隐私,就可以毫无保留地把别人的私生活倾倒给不相干的人,以显示自己和当事人关系紧密。眼前这位徒弟没有辜负他。也总有人被好奇心驱使,见到一点儿痕迹就想要锲而不舍地挖掘出整座冰山。这精神头如果用在追求学问上,怕是已经修了三个博士学位。他通过孙琦泰然的样子推断,王安宁也没有这样做。

这日午餐前,赵逸兴拨通了王安宁的电话。

"喂,喝酒吗?"王医生听上去挺兴奋。

逸兴看看手机,无法相信自己的耳朵:难道自己留给王医生的印象就是一个有好酒提供的人?难道看上去严谨细致的王医生工作日大白天都在惦记喝酒?

"对,我姓赵,名喝酒。"

王安宁在电话那头"呵呵呵"地笑出来,自己也觉得这样的开场有些太突兀。

"如果我今天没有酒的话,你中午是否愿意拨时间给我?"

这道测试题，很容易试探出对方的意愿。

王安宁欣然赴约。

"我现在只有中午才能抽空出来，晚上需要陪孩子。"

逸兴觉得不需要再交代更多的细节了，其余的事情，王安宁应该都知道。想必她也没有人陪伴，否则怎么愿意出来应酬他呢。

"你今天气色比前几次好很多。"

有相面本事的人能从脸上读出一个人的过往和将来。

逸兴给她一个舒展的笑容："离开半年，有再世为人的感觉。"

两人坐在医院附近的露天茶座吃简单的午饭。

身旁便是喷泉，把通透的阳光折射出一道彩虹来。

王安宁看着对面的赵逸兴，一件简单白衬衫穿在他身上居然这么好看。

她乐得有一个身上没有消毒水味道的人陪她吃午饭。

逸兴没话找话地说："做医生很忙吧？"

"和你们那种行业不一样。知识更新没那么快，越老越值钱，不担心年轻人来抢饭碗。"

赵逸兴听到她这样描述自己的职业觉得挺有趣。人人都知道如今做医生吃力不讨好。他佩服王安宁还能从中找到亮点。

"哦，我看美剧里这职业挺精彩的。"

"电视剧胡扯呢。"王安宁坦率地问他，"你太太去世多久了？"

逸兴听到这话，心里一沉。王安宁是第一个直率地问出这个问题的人。此人每天目睹生老病死，不觉得这是值得避讳的事情。

"一年多了。"

"第一年最难过，后来情绪就不太容易受这件事情牵引了。"

"是啊，一开始我生气得要命，后来慢慢接受了。"

"你现在还失眠吗？"

第二十八章 餐桌闲聊

逸兴不禁动容。这个人太了解失去亲人的恢复过程，自己完全不需要在她的面前掩饰伤口。同熟悉的朋友相处，邱池是无法逾越的壁垒。朋友越是躲闪，就好像越是在提醒他身上所承担的苦痛。王安宁了解他的过往，但对此事没有心理包袱。与她同席，让他觉得舒畅不少。他希望有个人陪他说说笑笑，这个人不应该小心翼翼地处处顾忌他的情绪，王安宁是邱池身故后他遇到的最佳人选。

赵逸兴常常约她一同吃午饭，王安宁也乐得同他共度这浮生偷来的一小时闲暇时光。赵逸兴带着她去附近不同的小馆子吃东西，让王安宁欣喜不断。他怎么会知道这么多隐藏在小巷的苍蝇馆子？而且他总能从菜单上挑出看上去不起眼但是极为可口的菜肴。

赵逸兴跟她讲自己家乡的风土人情，如何与大西北风格迥异，讲自己读书时候的事情，讲自己在不同地方吃过的食物、拜访过的酒庄。他把自己的生活毫无保留地告诉给她，王安宁有一双好耳朵，细心聆听。

赵逸兴意识到，王安宁很少提自己的生活，偶尔说点儿医院的事儿。

"前天夜班收了两个喝多了打架的，用啤酒瓶子打了对方一脑门儿血，看见血立马就怂了。我给他们缝针的时候还吐了我一身。算了，不说了，倒胃口。"

逸兴莞尔，他也不愿意说工作上的事儿，令人厌烦。

这天，逸兴在医院门口等王医生的时候，遇到了来产检的张宇莫。

张宇莫有点儿惊讶："你跑医院来干吗？"

逸兴还没想清楚该如何回答，王安宁就迎了出来。

张宇莫见此情形，跟他打趣，趴到他耳边说："哟，谈恋爱啊？"

这让他心里一惊，他不太确定自己是否在谈恋爱。

接着她故意大力拍着赵逸兴的肩背，对王医生说："我家赵大哥要人有人，要才有才，现在买少见少了！"说罢，便挥手离去。

王安宁看到这个人也觉得有些好笑："那是谁？"

赵逸兴想了半天，不知道该怎么跟王安宁描述他和张宇莫的关系。"小姨子"这个词背后自然蕴含婚姻关系，现在的状态，张宇莫还算不算他的小姨子？

王安宁也没等他回答，接着问："今天去吃什么？"

逸兴侧着脑袋看她："难道你见我就是为了吃？"

王安宁笑嘻嘻地回答："还为了酒。唉，好可惜，中午不敢喝酒，怕喝了下午上班草菅人命。"

这一幕让他回家思考了很久。他和张宇莫到底算什么关系？他和王安宁又算什么关系？王安宁心中，把他当作什么人？酒肉朋友？

逸兴带着成缺给张宇莫家送去全套婴儿房家具。他和萧亮两人亲自上阵组装。

张宇莫把他拉到一边问话："你运气不赖啊。那样的人愿意和你交往，你可千万不能辜负人家。"

"谈不上交往，酒肉朋友而已。"

张宇莫才不理他这个解释："酒肉朋友？你打算跟人结拜？你不喜欢人家就别耽误人。"

"张老师，你想太多了。"逸兴沉默了一会儿，"你放心，我不会做蓝颜祸水。"

他抬起头来问张宇莫："你们呢？孩子的名字想好了吗？"

"康乐，无论男女都可以用。我只求他健康快乐。"

通过孩子的名字就能看出父母寄托的希望。

次日他同王安宁吃午餐的时候，试图打探对方的意思。

"我们认识这么久，我从来没听你说过你的生活，都是我对着你说。你会不会觉得我烦？"

第二十八章 餐桌闲聊

"哪里，怎么会。"

王安宁没有顺势聊自己。

"你现在是单身吧？"

"怎么？怕哪天突然跑出一个壮汉来把你揍一顿？你不需要有这个顾虑。"

这等于回答了他的问题，同时防守得严严密密。他从来没遇到这么难对付的女性。

于是赵逸兴提一口气："我叫赵逸兴，今年马上就三十八岁，职业是工程师，结过一次婚，有一个十二岁的女儿。"

这番话说完，只见王安宁眯着眼睛似笑非笑地看着他，不吭声。

"干吗这样看我？"

"我在等你告诉我你赚多少钱。"

赵逸兴听到这话，只有苦笑的份。

落英神剑掌遇到了亢龙有悔，甘拜下风。一般人听到别人的故事后总会忍不住讲一下自己的事情。王安宁没有这样做。到现在，他不清楚她具体的年龄，不知道她有没有婚史，更不知道她如何看待二人的关系。这让逸兴感到两人缘分可能不过是吃饭喝酒而已。

可自问他喜欢王安宁吗？相当有好感。他心里很明白，再也找不到当初遇到邱池时候那种心动的感觉。自己心神的一部分已经随着邱池一起死去。

他了解的王安宁让他觉得这个人会是一个好的伴侣。也许人家对伴侣的期望更高，不愿意同他这个载满回忆、浑身伤痕的人有深度往来。

不知道为什么，他向孙琦旁敲侧击打探关于王安宁的消息。

孙琦听明白他的来意，笑得花枝乱颤："哈哈，你也有今天！"

"你怎么也会说风凉话了？"

孙琦正色道："暂且不说她还不算是我的小姑子，我和她来往不多。况且人家的私事我也不好传达给你。你如果那么想知道,应该自己问她才对,是不是?"

孙琦口风一贯这么紧。他也觉得自己不该在此时乱了阵脚。

可孙琦觉得应该给他一点儿鼓励:"她也跟我打听过你的消息,说明她应该对你是有好感的。"

成缺结束期末考试这天,逸兴又在学校门口碰到了谢斯文和他妈妈。

谢丹依旧是温文尔雅的样子。

谢丹主动上前来和他打招呼:"听口音,你也不是本地人吧?"

"哦,我不是本地长大的。好在移民城市,只要住在这里就算本地人,当地人不排外。"

"我带着孩子在这住了接近两个学期了。这是他上学后,我们住得最久的一个城市。我在考虑要不要就此扎根。孩子这么多年跟着我到处奔波,很辛苦,在这上了一段时间学才交到朋友。他舍不得搬走了。"

"哦,这儿对外地人挺友好的,人人都说普通话,户口政策也很宽松。房价不算高,压力也没东部一线城市那么大。"

"你还算喜欢这个地方?"

"对,我挺喜欢的。也就是春季的风沙天对外地人来说有些挑战,其余的都挺好。"

谢丹得到了她想要的信息,不再发问。

两人分别带着自己的孩子离去。

逸兴仔细想想谢丹留给他的印象:独立、坚强、冷峻,相当有主见,有一种高不可攀的气质。尽管邱池的性格也很冷,但邱池在外面总是躲在他身后,好像很需要让他帮忙挡住纷扰的样子。这时候就觉得谢丹和邱池没有那么像了。

第二十九章

鲈鱼海棠

苏东坡这个老饕,其文学成就和对饮食文化的贡献不分轩轾。

苏东坡后半生坎坷,多次被贬。他和亲人无法相聚的时候表现得相当豁达,"人有悲欢离合,月有阴晴圆缺,此事古难全"。亲朋好友无法团聚乃人之常情,大家在中秋的时候共对一个月亮,就相当于见面了。

在面对食物的时候,苏东坡居然有些钻牛角尖,希望"鲈鱼无骨海棠香"。张爱玲也感慨过类似的话:"一恨鲥鱼[①]多刺,二恨海棠无香,三恨红楼梦未完。"

可见生活中没有十全十美的事情。鲈鱼肥美但是多骨,东坡肉口感醇厚但是胆固醇高,炖起来也费时。

有人文静,同其做朋友觉得温暖,但是不够有趣。有人外向,这样的朋友健谈,但偶尔会觉得他吵。除了学会和有残缺的生活和谐相处之外,别无他法。

—— 邱池

暑假期间,邱天舒的活动最多。外公带着赵成缺跋山涉水纵横于天地间。每次看到成缺和岳父风尘仆仆地归来,赵逸兴都觉得自己的女儿长大了一点儿。不出半个月,她的脸庞就晒成金棕色,身

[①] 鲥鱼为溯河产卵的洄游性鱼类,俗称三黎鱼、三来鱼。近年来由于过度捕捞繁殖,以及江河水体污染日益严重等种种原因,我国自然界里的鲥鱼已经很少见了。

 两个人的晚餐

形挺拔,朝气蓬勃。

这样一来,假期中,父女俩相处的时间反而少了一大块。回家看不到孩子,让他很不习惯。即便如此,逸兴也没再主动联系王安宁。他能遇到这个人,能没有心里包袱地对她诉苦,这已经足够。逸兴收到出版社寄来的邱池的纪念集,把它们挨着邱池的照片摆放在办公桌上。

夏天的雷雨说来就来,硕大的雨点噼里啪啦打在窗上,像跳动的炒豆,活泼可爱。室内并不觉得湿闷,反而很清凉。赵逸兴索性把窗户推开一个缝,让凉风吹进办公室,桌上的文件被吹得哗哗作响。他站在窗边,看着马路因为大雨堵得水泄不通,司机烦躁不堪,频频按响喇叭。可见,不是每个人都有心情享受雨景。

这时候他接到萧亮的电话,是张宇莫产子的消息。"折腾了一夜,最后剖腹产,母子平安。"

逸兴索性提前下班,顺路去医院探视张宇莫。

哇,一屋子人。

萧家各路亲戚来了好几个。张宇莫的父母也来了,各自站在房间两侧。他知道张宇莫父母离婚多年,所以她和父母的关系并不亲近。这也是他第一次见到这二人同时同地出现。为了孩子,他们顾不得躲避对方。

看来平日里生龙活虎的张宇莫吃了不少苦头,蔫头蔫脑地靠在病床上,只用眼神跟他打了个招呼,点了点头,脑袋又歪向一边。

婴儿床上方挤了好几个亲戚的脑袋,赵逸兴感慨,孩子获取的关注就是比大人多。

这让他想起邱池生孩子时候的情景。

她精神很好,带了笔和笔记本去医院,从第一天开始就给孩子手写日记。

逸兴还跟她开玩笑："你打算将来拍卖手稿吗？"

"我是怕几十年后人类不用电脑了，电脑打字写的日记孩子看不了，不是很可惜？"

"我看你还是找个山洞给她凿壁画吧，万一几十年后人类不再阅读文字了怎么办。"

邱池把笔当作飞镖一样丢到他身上。

现在这些日记本在家中书柜占了半层隔板。

逸兴四周环顾，不见萧亮的踪影。

"萧亮呢？"

张宇莫抬起头来："我派他去给我买豆腐脑。去了好一会儿了。"

豆腐脑这种天生的早餐食物，到了下午怕是不太容易买到。估计萧亮得跑半个城才能满足她的愿望。

逸兴看了一眼那婴儿，虎头虎脑，黑不溜秋，满脸皮屑，头发黏得一缕一缕贴在脑袋上，看脸就知道是男孩。张宇莫探过身去，把孩子从婴儿床里抱出来。这动作牵动伤口，她只皱了皱眉头，温柔地看着婴儿的小脸，满心欢喜。

逸兴看此景象有感而发："有后代还是觉得很幸福的吧？"

张宇莫点点头，目光不离开孩子。

萧亮回来了。他手中除了外卖餐桶之外，还有一大捧火红的玫瑰花。半边肩膀和后背都被雨打湿，可是食物和花束上一滴水都没有。他不顾四周这么多人，探过身去亲吻妻子的脸颊。

逸兴被这一幕深深打动。

张宇莫把孩子交给别人，接过豆腐脑："唉，上过手术台，跟去鬼门关逛了一圈一样。现在只希望老天爷让我活到娃高中毕业，我就谢天谢地了。"

赵逸兴听到这话就炸了："张宇莫！你脑子被麻药麻傻了吧！大

喜的日子说什么丧气话！你要活到七老八十！看着你孙子结婚生子！"

邱池没机会看见自己孙子结婚生子，张宇莫不能再错过这些事情。

"你对着产妇吼什么吼？"一个护士恰好进来，"在我的病房里敢这么嚣张！"

可怜的赵逸兴就这样被护士赶了出来。他心里憋屈得很，路过急诊门口的时候，原本打算进去跟王安宁打个招呼。可看里面人头攒动，估计人家很忙，他也就没去添乱。雨已经停了，积水上能看到一缕缕的油虹。马路在雨后洗心革面，变得漆黑发亮，落叶和草棍的痕迹都无影无踪。人冲热水澡怕是都不容易洗到如此神清气爽的程度。

就在他即将睡觉的时候，接到了王安宁的电话。

"我才下班，很想见你，你现在方便吗？"

她听上去情绪很低落。

赵逸兴远远地看见王安宁一个人低着头坐在医院门口的石凳上。她的身形在夜晚清冷的灯光下，显得越发瘦弱。王安宁看到他被路灯拉长的影子，便抬起头来，满脸的泪痕。

逸兴在她身边坐下："你怎么了？"

"病人失救，才二十三岁。"

逸兴原以为医务工作者的情绪已经不会被病人的状况影响。现在这个状态的王医生，引发了他的同情心。她依然因为人间悲剧而动容。而且她每天不知道要经历多少次类似的案例，目睹多少生离死别的苦痛。

"病人家属一定很难接受吧？"

王安宁双手捂住脸："是难得一见的好家属。在我告诉他爸爸这个消息的时候，他给我深深鞠了一躬，只说了声'谢谢'。"

赵逸兴听说这般情景，觉得头脑眩晕、四肢麻木。这要有多高的涵养和理智,才能做出这样的举动。

"你尽力了,对吧?"

"其实送来的时候我就知道没救了:失血过多,外加大面积烧伤。但我还是不甘心,把全部抢救程序走了一遍。"

"那就不是你能控制的了。"逸兴把手放在她肩膀上,表达安慰。

"我恨死车祸了,我恨死车祸了……"

王安宁趴在他肩膀上,肩背一耸一耸的,哭得上气不接下气。

赵逸兴把车开到了自己家楼下,他看到王医生惊讶的神情,不得不稍加解释:"忘了?我叫赵喝酒。我遇到同样的事情的话就想喝酒,我楼上有好酒。"

他用一只广口矮杯,放了三个冰块,倒了三分之一杯的威士忌,递给王安宁。琥珀色的酒浆在暖黄的灯光下看上去非常诱人。王安宁坐在地上,背靠冰箱,接过酒杯,一边喝一边默默地流眼泪。赵逸兴一声不吭地和她并排坐着,在她需要的时候帮她添酒。

 两个人的晚餐

第三十章

清粥小菜

民以食为天,不过是期望每顿饭都能吃饱。追求每餐都有珍馐佳肴,未免太心高。更何况无论烹制还是享用饕餮盛宴,都费时费力,每天的饮食标准都定得这么高的话,实在难以达到。就算是有条件天天吃大鱼大肉,怕是肠胃也受不了,要不了多久就把自己吃个"三高"出来。

珍馐佳肴大快朵颐,清粥小菜可供果腹。生活中值得大张旗鼓做出一桌满汉全席的事件并不多,常有清粥小菜陪伴也觉得温暖。忙的时候,下包方便面吃,偷懒的时候,稀饭就咸菜吃。不可能每顿饭都美味可口。聪明人,懂得欣赏清粥小菜,从简单平凡的事物中发掘美好。

—— 邱池

早上,王安宁醒来的时候,左看看,右看看,发现四周环境非常陌生:她躺在一张沙发上,身上盖了条薄被。

这时候传来赵逸兴的声音:"放心,我不是无耻小人,不会乘人之危。"

王安宁看看他,再看看自己,居然一点儿都想不起来自己是怎么来到这个地方的。而且头痛欲裂,浑身浮肿。赵逸兴看上去精神抖擞,镇定地坐在阳台上看杂志喝茶,见她醒来,只是笑笑。

"我昨天有没有吐在这?"

"你猜呢?"他还是笑,"喝断片儿了吧?你酒量不怎么样,还喝了我半瓶皇家礼炮,啧啧,有点心疼。"逸兴抖了抖手中的杂志。

王安宁看到了茶几上的蓝色酒瓶,更觉得懊恼。这么好的酒,

第三十章 清粥小菜

喝完一点儿印象都没有。

她环顾四周:"你女儿不在家?"

"嗯,你运气好,她跟外公旅游去了。"逸兴给她递过来一杯茶,"要不然我不知道该怎么跟她交代呢,影响我的名誉。"

王安宁都想一头撞向墙,第一次来他家居然是这种状态。而且自己对于前一天晚上发生了什么事儿,一点儿印象都没有。

"我能不能借用一下卫生间?"

"请便。"

王安宁看到镜子里的自己:面孔浮肿,头发凌乱,衣服褶皱。唉,这副样子全被他看见,一点儿形象都没有了。

她把脸浸在凉水里至少有半分钟,心想:这一面都露出来了,以后也没什么好怕的。她抓过毛巾擦脸。嚯,这雪白的毛巾肉嘟嘟厚墩墩的,像浓密的森林一样,五星级酒店的标准。纯白色的卫生间,干净整洁。这男人一个人带着孩子生活,还能维持如此生活质量,说明他对生活细节相当挑剔,也许平常不是那么容易相处。她不知道的是,这都是张宇莫的手笔。赵逸兴这些日子勉强活着而已,哪顾得上这些事情。

这时候听到赵逸兴隔空喊了一声:"抽屉里有牙刷!"

一身隔夜酒的酸臭,王安宁知道自己形象扫地,可让她在别人家冲澡也觉得不自在。她狠狠刷了两遍牙,已经尽力。出来的时候,赵逸兴正在摆早餐:"今天周六,你需要上班吗?"

"不用,我这周末不值班。"

"我煮了点儿稀饭。我也只会做这个。"

逸兴推过来一碗稀饭,又端出一碟榨菜来。王安宁看这宽敞的厨房,跟高端家电品牌样板间一样,好几个大型嵌入式家电,又配一柜小家电,设施齐全又精良。他从设施精良的厨房中端出来招待

第三十章 清粥小菜

客人的食物居然就是稀饭和咸菜，和厨房的配置很不相称。

王安宁坐在餐桌对面，觉得我在明、敌在暗，惶恐不安："我昨天喝多了之后有没有说胡话？"

赵逸兴看着她这副样子只想笑："呃，说了不少，但是我不知道算胡话还是真话。"

王安宁把十指插入头发内，一副悔恨不已的样子。

"快吃饭吧，喝那么多，估计你现在胃疼头疼浑身都疼。"赵逸兴哑巴哑巴嘴，"啧啧，暴殄天物哟。"

"你还心疼你的酒呢？我下次赔你一瓶。"

清粥小菜，在这种情形下吃，非常爽口。

逸兴又从冰箱里拿了两个茶叶蛋出来："我女儿临走前给我煮了一锅，她怕我一个人在家饿死了。分你一个。"

坐下来剥鸡蛋，他试图让王安宁放松一点儿："我女儿小时候把茶叶蛋叫长颈鹿鸡蛋，她觉得表面花纹像长颈鹿一样。"

王安宁不由得笑了："童言童语，还挺形象的。"

"你在非洲的时候见过长颈鹿吗？"

"非洲动物园里见过，就算在非洲也不可能长颈鹿满街跑。"

说得也是，赵逸兴对那片遥远的地方一点儿都不了解。

两人在阳台坐下。逸兴给她添茶。

"胃舒服点儿了没？我可从来没一口气喝过那么多威士忌。"

"好一些了，"王安宁还是觉得很尴尬，"我昨天晚上到底都干啥了？"

赵逸兴觉得现在是展开对话的好机会，现在她的防线最薄弱，而且虚虚实实，她不知道该怎么防守。

逸兴凝视她的双眼："你还记得为什么给我打电话吗？"

王安宁深吸一口气，这个她当然知道。

263

两个人的晚餐

逸兴端着茶杯,展开自己的推理:"我把这段时间从你身上获取的拼图一片一片拼起来:你回国超过半年了,况且你之前在非洲做了三年无国界医生,肯定见过更惨烈的事情。这肯定不是你经历的第一例死亡病人。如果你每次遇到病人身故都这样的话,承受不了这种压力,肯定不会从事这个职业。这个病人有一些特殊的地方,是吗?"

王安宁看着他,觉得自己守不住了,不再开口。

"因为你昨晚不停地说你恨车祸,所以我推断,车祸,应该是让你很难受的事情。尤其是年轻人发生车祸,对吗?"

赵逸兴喝一口茶,也没等她回应:"我再大胆地推断一步:你恨的那起车祸,和你清明节探望的那个人有关系?"

王安宁情绪彻底决堤,紧闭双眼,深深喘息,连哭的力气都没有。

逸兴看她这副样子,感同身受:"你既然心里这么难受,完全可以对我诉苦,是不信任我吗?"

王安宁摇摇头,双手捂在脸上:"我怕他怪我,怪我背叛他。我怕他会以为我认识你之后就忘了他。"

她在惩罚自己,她舍不得从前的关系,拒绝迎接新的生活。感知生活中的快乐让她充满负罪感。

"是多久以前的事情?"

"四年了。"

赵逸兴恻然。

他知道自己永远不可能忘了邱池。根据自己的体会,一两年后就不再感到那股灼心之痛。而眼前的王安宁花了这么长时间,还陷在泥潭里。最可怕的是,她掩饰得非常严密,甘愿自己被情绪侵蚀。

医者不能自医。

"你何苦自己憋着?"赵逸兴把她拥入怀里,"我是能理解你

第三十章 清粥小菜

的人。"

王安宁松弛下来，把头贴在他胸膛上，默不作声。

逸兴歪着脑袋皱着鼻子："好臭！以后都不敢给你喝酒了。"

王安宁笑着把他推开。

"你和父母住还是自己住？"

"和父母住。我这些年一直都不在家，回来之后尽量多花时间陪父母。他们也一直担心我，想每天看见我。"

"完了，他们看你一夜没回家，不知道会怎么想。"逸兴笑着送她回家，"你去梳洗一下，我在楼下等你。"

王安宁撇着嘴看着他："你就这么确定我愿意跟你出去？"

"如果你不情愿，我绝对不会强求。"

即便赵逸兴嘴上说得洒脱，他看到王安宁走下楼的时候还是很高兴。

"喝点酒就肿得像个猪头似的……"王安宁上车后还在懊恼形象尽毁。

赵逸兴突然很调皮地对她眨眨眼睛："真面目已经露出来，将来你没什么好怕的了。"

王安宁露出一副没好气的样子："我现在怀疑你故意给我那么烈的酒，一开始就没安好心"。

无论是故意还是无意，此时的王安宁不再苦苦守住防线，给了赵逸兴了解她的机会。

"那个人是你先生吗？"

"男友，已经到了谈婚论嫁的程度。那时我硕士毕业刚做住院医师，他呢，学法语的，考上了外交部的工作，要被派往非洲一个法语国家的领事馆做外交官，两年的协议。我们都商量好了，等他协议期满回来就结婚。"

265

王安宁望着车窗外,悠长地叹了一口气。他没守信约。

"他也是学外语的?"逸兴觉得有点儿巧合。

"还有谁是学外语的?"

"邱池。"

"这么巧。"王安宁牵动嘴角笑了笑,"他去非洲之前我设想了各种可能遇到的危险,比如传染病、水源不干净,等等等等。逼着他去打疫苗,差不多把人类医学史上研发出来的疫苗都打了一遍,打得他发了两天烧。他冬天出发的,临走前我还到处给他买驱蚊水和蚊帐,怕感染疟疾。我以为准备得万无一失了,但是没考虑到最常见的车祸。

"那天他出门前还跟我在 QQ 上聊天呢。我收到他的死讯的时候,他 QQ 头像还是亮的,状态是离开。我怎么都不能相信这是事实。"

逸兴听闻这个状况,觉得胸口被一团破烂棉絮堵住了一样,觉得自己呼吸受阻,吸进的每一口气都令他反胃。邱池给了他们一年的时间说再见,又留下几本书作为纪念品。王安宁遭受的打击比他严重得多。

"第一年我注意力完全集中不了,怕出医疗事故,就没法做临床了,找了个医学院研究员的工作,在实验室里配试剂,洗鱼缸,刷老鼠笼子。每天从实验室回来头发里都是老鼠屎的味道,枕头套都有那股味道,那样我才能安心。"

赵逸兴此刻扮演了心理医生的角色:"即使你知道他的死不是你的过失,你还是找各种理由惩罚自己。"

"对,我想了好多种可能。如果我当初不是故作大方放他走,如果我不是假装通情达理支持他的事业,如果我当时狠心把他留在身边,就让他找个外企小白领的工作,如果我跟他哭,跟他闹,向他逼婚,他也许不会去做那份工作。甚至如果那天我拖着他多聊五分钟，也许那一切都不会发生。就是因为我没阻止他，他才会出车祸。只有在干脏活苦活累活的时候，我觉得这才是我应得的生活。如果稍微感受一点儿乐趣，比如朋友约我去看电影，我一想，他不在身边，我就没法看下去了；朋友聚餐叫我一起，我一看有他爱吃的东西，我就坐不住，必须马上离开饭桌。而且我睡不着觉，一闭上眼睛满脑子都是他。吃安眠药都不管用，只能喝酒。下班就开始喝，喝得每天都肿肿的去上班，就这么过了一年，才稍微好一点儿。而且我怕我再喝下去就肝硬化了，才申请了无国界医生的工作，特别想去非洲看看，他曾经工作的地方是什么样。"

"那样你才能慢慢接受这件事情。"赵逸兴觉得自己开始读邱池的书的时候也是类似的心境。他通过读邱池的书了解她的另一面。通过那个过程，邱池逐渐抽离他们的生活，不再是他平日里印象中的那个妻子。

王安宁看了一眼开车的赵逸兴："你经历了全过程，所以你能明白。"

"但是我的状况比你好一些，因为不是意外死亡，我有心理准备。"

"我知道死亡是没有办法避免的，每个人都会死。况且我又是学医的，每天和生死打交道，我不应该这么看不开。可这事儿落到我自己身上，我就是过不了那个坎儿。我自己分析，就是因为我们没有告别。所以我必须去跟他告别。我在非洲工作三年，转辗了好几个国家。而且我们在充满饥荒、战乱的地方行医，经常连最基本的抗生素都没有，炸弹就在帐篷旁边爆炸，每天只有煮豆子吃。我看到生存条件那么差的人都在竭尽全力活下去，就觉得我的命已经很好了，没有理由不好好生活。合同结束后，我去了他以前工作的国家，吃了他曾经答应要带我去吃的烤鱼，才觉得这趟旅程圆满了，才终于接受了他永远不能回来的事实。"

 两个人的晚餐

逸兴听着她诉说往事，专心把车开得又快又稳，到达郊外山沟间的一间农家乐。

王安宁看着四周郁郁葱葱的森林和连天的碧绿草地，觉得惊喜连连。上次他带她去戈壁野餐，这次他竟然在戈壁沙漠中探出一片世外桃源。

"你怎么知道这个地方的？我算是本地人都不知道当地还有这么清凉的地方。"

"以前我们周末来过，离市里不远，山清水秀的。邱池爱玩，以前都是她下功夫找好玩的地方。"

他不会在王安宁面前刻意避免提起邱池。她是在他生命中最为重要的一个人，不用，也没有必要去躲避。

逸兴从后备厢里拿了几瓶矿泉水，码了几块石头把水瓶卡在溪流河床上："天然冰箱，我连啤酒都不敢给你了。"

"我是到非洲战区之后，因为连吃饭都不能保证，没酒喝，才戒了酒。"王安宁神色戚戚然，"现在回想，第一年真的太可怕了，如果不是我跑到非洲去，总有一天会把自己喝到酒精中毒。"

"赵喝酒以后要改名叫赵吃饭，你昨天晚上那副喝法太吓人。我后来给你倒的都是水，你都尝不出来差别。我那时候就觉得，这个病人死亡案例不同寻常，它应该是有什么特殊之处才让你心里那么难受。"

逸兴生起篝火，准备烧烤。"可惜今天没来得及准备，只能买店家现成的原料来烤。自己腌的肉和菜，我觉得更好吃一点儿。"

几串鸡翅被他烤得"吱吱吱"流油，只需要一点儿调味料，就香气扑鼻，令人垂涎欲滴。

王安宁喜笑颜开地接过鸡翅，只说了"谢谢"，便毫不客气地吃起来。逸兴发现王安宁一个优点，她不说客套话，也不做作。全

268

第三十章 清粥小菜

过程王安宁只是坐在一边看他烧烤,连给他递个调料的动作都懒得装。王安宁没有刻意讨好他,这让他没有什么心理负担。

空山鸟语,流水潺潺,面对噼里啪啦作响的篝火,乃是诉说心事的好环境。

"我回国之后去看望过一次他父母,他们比我印象中苍老了很多。他们很含蓄地告诉我,不希望再见到我。我也能理解,见到我就让他们想起伤心事。他们宁可把这段记忆抹去。"王安宁转脸对他笑了笑,"谁说一纸婚书没用?我和他的关系都没留下痕迹,无名无分的。我算是他什么人,贸贸然去拜访人家父母,触动人家的伤口,我理所当然自取其辱。"

逸兴听到她这个遭遇,除了同情之外,还为自己感到无比庆幸。岳父岳母对他理解又包容,肯定不仅仅因为他和邱池有一纸婚书。赵逸兴一定是前世积德,邱池父母经历同样的苦痛,可从来没做过这么伤害人的事。他们也有理由将怨气怒气发泄在女婿身上,他们也可以表现出颓废软弱,他们至少可以把自己的悲伤倾倒在女婿身上,但是他们都没有在自己面前表现出这些情绪。他们对女婿只表达过理解和支持。

"清明节我想去给他扫墓,都只能自己偷偷去,生怕在那儿碰到他家人,双方都尴尬。"

"我那天看见你一个人就觉得有点儿奇怪。"赵逸兴抿了抿嘴,不忍心再补刀。自己比王安宁幸运太多太多了。他获得的支持大多来自于姻亲,可见邱家人有多爱他。没有他们,他不知道自己会颓废到什么程度。

"我父母也一个劲地劝我忘了他,"王安宁抬眼,看清风掠过松林,"他们一直锲而不舍地安排人跟我相亲。"

"怎么可能忘得了,他们不会理解的。"逸兴微微笑,看着王安宁黯然的眼睛,希望能传递给她一些同理心。他的父母也没有在最困难的时候帮到忙。

"我那天在墓园遇到你,觉得像上天安排的一样。"王安宁对他笑了一下,随即把视线转回到溪流上,"第一次在医院见到你,我能看到你眉宇间阴郁的神色。但是清明那天,我就觉得你恢复得差不多了,看你女儿也变精神不少。我多希望能向你讨教疗伤之道。"

"那后来你为什么不跟我说呢?"逸兴一直觉得奇怪。按说她前段时间有不少机会来倾诉,是什么阻止她这样做?

"本来跟你也没熟到那个程度,你让我怎么开口?"王安宁给他一个白眼,"'喂,你知道吗?我男朋友也死了!我们俩肯定有共同语言!'总不能让我这么说吧?"

赵逸兴不由得笑了:"说得也是。因为你知道我的事情,我才会没有心理障碍。如果你一开始不知道,我肯定不会主动告诉你。"

更重要的是,他和王安宁的生活没有交集,对她诉苦不用太担心这些话会变成流言传开。王安宁的耳朵是个安全的倾诉管道。

"这个事情只有家人和读医学院时期的朋友知道。我虽说在本地长大,但是自从上大学就离家,今年春节前才回来。同事都不知道,我也不想跟别人提这事儿。"

死亡是一件必定会发生但人人都避讳的事情。即便是天天和死神打交道的王医生,面对自己的困境,也不知道如何是好。

"别人一听说我的事情,不是怜悯我,就是劝我看开点儿。"王安宁低着头,"我自己放不下过去,自己折磨自己,纯属咎由自取。离开那么久,换个环境,我慢慢地,就不太常想起他了。直到你开始对我说邱池的事情,又触动了我好多记忆。你居然能这么坦荡地保留记忆,而我却尽力封存和他相关的经历。你可真坚强、乐观、豁达。"

第三十章 清粥小菜

赵逸兴从来没把"坚强、乐观、豁达"这几个词和自己联系起来过。自己能恢复到这个状态,他归功于亲朋好友的理解。自己的岳父岳母、张宇莫夫妇,包括李凯风那个口无遮拦的家伙,都帮他敞开胸怀接受现实。他们不躲闪,不避讳,他们坦率地承认自己的伤心难过,承认自己的软弱,承认自己时时思念邱池,让赵逸兴没有借口躲避。这反而有助于他和孩子疗伤。

"我清明见到你的时候能看出来你在刻意躲避什么。我当时只是以为你和我不熟,所以不愿意说。现在才知道你就一直强忍着这么大的事儿。"

"后来我压不住这些回忆了,我觉得他就在我身边,他看到我和你在一起,会不高兴。"

"你男友是个醋坛子?"

"不知道,从来没测试过。"王安宁笑了出来,"你说他会不会忘了我啊?"

这个问题非常难回答。谁都没有通灵的本事。况且坊间传言的孟婆汤的故事曾让赵逸兴心有戚戚,直到他梦到邱池之后,他感知到邱池没忘记他。

"你有没有梦到过他?"

"一次都没。"

唯梦闲人不梦君。

之前赵逸兴总觉得自己是天下第一伤心愁苦人,今天听到王安宁的故事,觉得自己被上天眷顾。邱池留给他孩子和书做伴,还留下一家努力生活的家人扶持他走出困境。他哪敢再觉得自己运气坏。

赵逸兴摸出手机查看日历,告诉王安宁:"我女儿还要两天才能回来,下次我们可以一起出来玩。人多热闹一点儿。"

王安宁看得出来,他很挂念孩子。她微微一笑,不做评价。

 两个人的晚餐

赵逸兴也觉得有些尴尬,解释道:"我现在成了惊弓之鸟。如果到了吃饭的时候我没看见她,我就会胡思乱想。"

"如果邱池还在,你还会这么焦虑吗?"王安宁冲他挑了挑眉毛。她眼神晶莹清亮,看得赵逸兴内心惶恐。

"那样的话,我孩子跟着她妈我有什么不放心的?"赵逸兴呵呵干笑两声。

王安宁又问:"她现在跟着外公,也没什么值得担心的。你到底在怕什么?"

赵逸兴多希望此时能偶遇同事朋友,搭着他的肩膀邀请他去喝啤酒撸串儿,笑哈哈地帮他解围。可这片山林里游客稀少令他无处躲藏。他抬眼望望树梢,又盯着篝火,半天说不出话来。

王安宁眼看他要把鸡翅烤焦,接过他手中"吱吱"流油的鸡翅,用手指头尖夹着鸡翅两端,"呼呼"吹了几口气,不客气地啃了起来。她耸耸肩膀:"我们都不知道生命有多长,更不知道什么时候会结束。这才是值得焦虑的地方。"

赵逸兴见王安宁吃得"嗯嗯"点头,又烤了几条茄子给她。

王安宁每接过一串烤肉都先眯着眼睛深深嗅食物散发的香气,再细细咀嚼。

自从邱池离去,赵逸兴没见过吃饭吃得如此投入的人。

"我也不知道什么时候会告辞,所以决定尽量不要留下遗憾。"王安宁擦擦嘴站起身来,又转脸冲他一笑,"你的遗憾留在了哪里?"

赵逸兴怔怔地盯着篝火,说不出话来。

第三十一章
散 席

千里搭长棚,无不散之筵席。

小女成缺,我原本打算陪你读书,看电影,逛街,喝下午茶,与你共同欣赏花开花落,同你品味落日晚风,陪你挑选内衣,听你羞涩地诉说暗恋隔壁班男同学的心情,可我不得不提前离席。

我夫逸兴,工作可辛苦?加班多吗?和同事相处得愉快吗?客户经常提出不合理要求吗?孩子的琐碎事务是不是让你有些烦恼?我很乐意听你吐槽工作中的不顺心,更愿意与你共同承担养育孩子过程中鸡毛蒜皮的小事。现在我先行退席,实在是身不由己,相信你也明白。

相逢天地间,聚散都是缘。与君生别离,两忘烟波里。

——邱池

逸兴推开家门,几乎要对着厨房大声喊:"小池,我今天才知道有人比我还倒霉!"随即反应过来,邱池如果能听到,他又怎么需要认识这个人。于是他给自己沏了一杯茶坐在阳台,打开电视,让这清冷的屋子稍微有点儿声响。

这天,成缺和外公归来。

逸兴接过成缺背包的时候被它的重力带得上半身一歪,没想到孩子能背负那么大的重量。成缺看到这个情况十分自豪:"你还没拿外公的呢,重的都在他那边,我只负责简单的行李和食物。"邱天舒把背囊靠在玄关,只跟他用眼睛打了个招呼,便走向餐边柜,一言不发地注视着邱池的书。成缺被晒得皮肤粗糙、头发干枯、嘴唇裂皮，上臂分成两截颜色，好在双眼有光，精神奕奕。赵成缺今年夏天成长得像一棵白杨树一样。

她坐在沙发上用指甲刀小心翼翼地剪去脚底水泡剥离的皮肤，同时汇报自己的旅程："你没去太可惜了，你都不知道我外公有多了不起。他教我看年轮、看青苔辨别方向，通过植被推断海拔高度，随便看一眼石头就知道地貌的形成年代和成因……"

邱天舒只是呵呵地笑："你妈跟我走这条路线的时候比你现在还大几岁，那时候户外装备材料不像现在这么好，背的东西比现在更重。她走一趟也说学了不少东西。"

"路上好几顿哪怕只有压缩饼干吃，也觉得特别好吃。我们就在河里游泳，晚上山里好多虫子叫，青蛙叫，我还看到蛇从帐篷前爬过去！外公看一眼就知道那蛇没有毒。"成缺拉着爸爸的手，满脸的期盼，"下次你和我们一起去吧。"

逸兴抓着孩子的手掌端详，居然掌心都磨出来一层薄薄的茧，觉得有点儿心疼。

"你们这一趟肯定有很多故事，"逸兴把成缺粘在额前的头发拨向一边，"下次我跟你们一起去，我以前从来没参加过这么精彩的活动。"

转眼之间，邱天舒便靠在沙发上眯着眼睛打起盹儿。到底上了年纪，体力不如从前。成缺不停地夸奖自己的外公："以前的路程没这么远，我不知道我外公这么厉害。这次他可大显身手，没水没电没手机信号，在他那都不是问题……"

逸兴觉得自己的女儿好像对周围男性长辈都有一点儿崇拜，唯独不崇拜自己。他先将岳父送回家，同时给他一套邱池的纪念全集。邱老先生接过这套书的时候高兴得合不拢嘴。逸兴接着带成缺去探访张宇莫。

第三十一章 散 席

萧亮和张宇莫这些日子累得神情恍惚,看人好像都有重影。他俩见到赵逸兴和赵成缺,无力做出特别的反应。那小婴儿几天不见,就长出俊朗的面容,吃过奶后打哈欠,咂巴咂巴嘴就睡觉。

成缺激动地把他抱在怀里:"这是我弟弟啊,我有弟弟了,我弟弟这么小……"

这孩子跟张宇莫夫妇还是很亲近。

张妈妈跟赵逸兴偷偷抱怨:"他俩不让我带孩子,我给他们做完饭之后只能织毛衣打发时间。"

赵逸兴笑笑:"你这样想啊,幸好张宇莫是你女儿,所以不让你带孩子也不伤感情。要她是儿媳妇,你心里不是更难受?"

张妈妈几乎笑出眼泪来:"以前觉得你闷头闷脑的,没想到这么犀利。"

这一代年轻父母多数都将养孩子的任务丢给父辈,看来这两人打算在这件事情上亲力亲为。光生不养,不知要错过多少乐趣。

成缺回家路上问爸爸:"我刚生下来也那么小吗?"

"是啊,跟一只猫差不多大小。"

"我那时候也是你们白天晚上都带着吗?"

"是啊,我们也没有保姆,你外婆来帮忙做个饭。"

"我小时候也那么乖吗?"

"你小时候讨厌死了,半夜不睡觉,吃饱了还哇哇哭。"

"幸好我现在半夜不哭了,要不然得把你烦死了。"成缺笑起来。

父女俩今天都没有为邱池缺席这样的重大事件感怀,可见伤口在逐渐愈合。他们都接受事实:邱池不会再参与父女俩将来的生活了。

周末,赵逸兴专门约了王安宁和赵成缺在一家日本餐厅见面。

两个人的晚餐

他觉得日本餐厅氛围幽静,在那个环境下人比较松弛。王安宁并没有刻意打扮,白T恤配了条蓝色的裙子,只抹了一点儿口红。她决定以本色示人。赵逸兴见到她的时候觉得眼前清凉,嚄,邱池也喜欢蓝白配。原来这二人确实有相像的地方。

成缺见到王医生就明白是怎么回事,也不需要爸爸多费口舌解释,紧挨着爸爸坐下,开始看菜单。成缺只点了一份亲子丼,逸兴看着她:"这么简单?你不打算尝尝寿司什么的?"

成缺一本正经地说:"这家店我第一次来,不知道水准如何。不如先看看米饭的水平,再做决定。日本餐厅如果连米饭都过不了关的话,也就没必要尝其他的菜品,其他肯定是不及格的。"

王安宁听她说得头头是道,暗自觉得这个孩子未必容易相处。以前听老人家说"孩子是笨一点儿可爱",现在她觉得有点儿道理。

逸兴要了一壶清酒,和王安宁对酌。

中途趁王安宁去卫生间的时候,成缺神色紧张地问他:"以后我是不是要叫她妈妈?"

赵逸兴淡然告诉她:"完全没这个必要,你妈妈永远是邱池。"

只见成缺抹着胸口,长长地舒了一口气。

"那我以后叫她什么?"

"王医生?王阿姨?我们一会问问她的意见好了。"

"你喜欢王医生,也不会忘了妈妈吧?"

"那是一定的,我怎么可能忘记你妈妈。你也不需要强迫自己喜欢王医生,顺其自然好了。不过到现在为止,我了解的王安宁,是个挺可爱的人。"

成缺紧紧搂住爸爸的腰身,把头挨在他肩膀上:"我知道你爱我。"

赵逸兴自己都不确定是否足够喜欢王安宁,更不能勉强孩子

第三十一章 散席

的感情。况且孩子又不是两三岁,感情还可以从头培养。现在这个年纪,面对这种关系,能做到"相敬如宾",都要求双方有极高的涵养功夫。他不打算强求。

王安宁回来,看到他俩脑袋碰脑袋地说话,很大方地问:"怎么?你们俩在讨论我吗?"

两人一起坐直,异口同声地说:"没有。"

语音一落,二人对视一眼,为什么同时否认事实?

王安宁看他俩的样子,不以为忤,只是笑笑。

她几乎没见过这么亲密的父女关系。她不知道自己卷入这二人之间是否明智。

"你希望成缺怎么称呼你?"

王安宁低头沉吟了一刻:"还是别叫我王医生了,带着职业怪没劲的。直接叫我名字好了。"

看来她也没打算刻意讨好赵成缺和赵逸兴。王安宁没打算通过称呼来拉近关系。这让赵逸兴也松了一口气。三个人都不打算勉强,这是目前为止他观察到的共识。

勉强,乃一切人际关系交恶的开端。

回家路上,赵逸兴和王安宁并排走在赵成缺身后。他碰碰王安宁的肩膀问:"怎么样?今天稍微多了解了一点儿我的孩子。给你什么样的印象?"

王安宁踌躇了半天,不知道该怎么回答。她现在很清楚,赵成缺可不是拿两块巧克力或者一碗冰激凌就能贿赂下来的小孩。她听到大脑中有一个声音问她:"你真的愿意接受这么大的包袱吗?找个未婚的男人,不需要为这些事情烦恼。"

现在抽身还来得及。

"不过你不需要勉强自己喜欢她,"赵逸兴对她眨眨眼睛,"你

 两个人的晚餐

喜欢我就足够了。"

王安宁笑着推了他一把:"你太高估自己了。"

赵逸兴听说过太多带着孩子谈恋爱的人要求对方,"爱我就要爱我的孩子"。不知道他们哪来的底气,对自己的魅力有这么大信心,认为对方一定能情不自禁地爱屋及乌。同时,他也害怕对方一无所知,就自不量力地表达爱屋及乌的决心,通常都高估了自己的胸怀。王安宁至少今天没这样做。

赵成缺虽说一早就认识王安宁,胸中的失落感还是一路下坠,坠得很低很低。回到家中,成缺默默地拿出小提琴开始调音。心浮气躁,她把旋轴拧来拧去,半天都找不到音准。于是又把琴放回琴盒里,拿了本美食杂志躺在沙发上看。杂志上的字像是会跳动一样,她揉揉眼睛,哗哗哗地翻动纸张,找了个巧克力蛋糕的菜谱,下厨烤蛋糕。

赵逸兴看她做这些事情,当然明白其中缘故。他在外面看她的反应,原以为孩子接受得很好。现在看来这件事还是给她造成了很重的心理负担。成缺切一块蛋糕给爸爸,坐在他对面,几乎把脸埋在蛋糕里。吃完之后,脸上都是蛋糕渣。逸兴几次欲言又止,他也不知道该怎么和孩子交流。他最不想见到的结果就是因此和孩子之间心生隔阂。

成缺又倒了两杯牛奶:"巧克力配牛奶最香甜可口。"

确实如此。

喝一口全脂牛奶,赵成缺上唇留下一个白色的胡须印记。

"我先去睡觉了。"

这状况让赵逸兴无所适从。邱池也是这样,遇到事情就不说话,生闷气。赵逸兴推门进去,床头灯还亮着,成缺看见他进来就用被子蒙住脑袋。他坐在床边看了半天,成缺的一双眼睛从被子里探出来。

第三十一章 散 席

"我看你能蒙多久,你也不嫌热。"

成缺大喘一口气,坐了起来。逸兴索性和她并排坐,靠在床头,顺势把她挽入怀中。

成缺把他推开:"热死了,还黏糊糊的。"

逸兴往旁边挪了一点儿:"你知道,我不可能忘了你妈妈,我认识你妈妈的时候还不到二十岁,我和她生活了十多年。你以为那么容易就能忘了她?"

"我知道。"

"那你到底在生什么气?"

"我没生气。"

逸兴叹了口气,想和她沟通真不容易。这才十二岁,他不敢想象到高中会怎么样。

成缺抬头看了他一眼:"你很喜欢王医生吗?"

这个问题让赵逸兴有点儿后悔正式介绍她俩认识,毕竟他也没觉得和王安宁的关系到了非见家人不可的程度。可他又不想向孩子隐瞒自己的生活,鬼鬼祟祟的,关系中的任何一方都不舒服。

"谈不上,我觉得和王安宁相处起来挺愉快。特别是,她性格平和大方,我觉得很轻松。"

赵成缺最近也察觉老爸眉头松开了,不像以前,眉宇间隐约有股怒气。

她又问:"你们打算结婚吗?"

赵逸兴深吸一口气:"赵成缺同学,我觉得你担心的太多了,我都后悔把她介绍给你了。我和王安宁,至少目前为止,都没有往这个方向考虑。"

"以后呢?"

"我现在不知道以后的事啊。你看,我是把你当作和我最亲近的人，才会愿意让你知道她的存在。而且在我之前的印象中，你不讨厌她。我觉得一直隐瞒呢，对你对她都不公平。我也知道这种关系很复杂，对我们三个人来讲都是很大的考验。所以我不知道将来会怎么样。她也许就是过客，也许愿意和我做伴，具体结果如何，我和她都不知道。"

赵成缺轻轻地说道："至少你没骗我。"

逸兴拍拍她的肩膀："你没必要有那么重的心理负担。"

"他们告诉我，这种情况的话，一开始家长会对你很好，零食随便吃，还给很多零花钱。然后慢慢就不管孩子了，作业写不写都无所谓，周末可以去电玩城打一天游戏，或者索性到爷爷奶奶家住，这样大人方便见情人。"

赵逸兴听到这番话只觉得天雷滚滚：她描述出的景象非常真实。他知道，现在的成年人撇下孩子去寻欢是再正常不过的事情。可从自己女儿嘴里听到这么写实的细节让他头痛得要命。这孩子才多大啊？怎么会知道这些东西？

他满脸惊讶地问："你都听谁说的啊？"

"同学。我同学父母离婚的有好几个，他们告诉我的。"

"所以，你不是担心我忘了你妈，你是担心我以后不要你了？"

赵成缺睁大眼睛望着他，没有说话。

苍天啊，赵逸兴觉得天旋地转，这辈子没遇到过这么棘手的事情。

"赵成缺！你也太不信任你老爸了！我不可能把你撇下不管！我会盯着你写作业，不准你看电视打游戏，逼着你练琴。我会偷听你的每一个电话，盘问每一个来找你玩的男同学，翻你书包，偷看你日记。你妈没来得及做的事儿我都会接手！"

成缺给她爸一个很鄙视的眼神："我妈才不屑干那些事儿呢。"

"睡觉吧。"

第三十一章 散 席

逸兴关灯离开。

不告诉她的话什么事儿都没有。好端端的给自己找这么大个麻烦，"老寿星找砒霜吃，活得不耐烦了"。唉，不过，至少他现在知道孩子的顾虑在何处。作为男人，他如果把这事儿告诉王安宁，就显得自己太没担当了。赵逸兴躺在床上，翻来覆去的，又失眠了。

赵成缺也睡不着，她偷偷起来给张宇莫打电话。可惜是萧亮接的："她刚睡下。如果不是什么要紧事儿，明天我让她给你回电话行不行？"

"哦，那没事儿了。"

成缺也觉得自己有点小题大做，大晚上的打扰人睡觉有点儿过意不去，默默挂了电话。

张宇莫一直等到下午孩子睡午觉的时候才有工夫给成缺回电话。她听成缺汇报了顾虑之后笑得乐不可支，索性让他们买晚饭送上门。小婴儿占领空间的本领十分强大，原本很宽敞的屋子各个角落都被他的婴儿用品、玩具杂物标记为领地。

张宇莫见到这两位，激动得几乎倒屣相迎："我整天在家连个聊天的人都没有。"成缺趴在床栏上看弟弟这个小毛毛头，只穿一件小背心，睡得香香，胸口一起一伏，胳膊和腿长得肉嘟嘟，一节一节的像莲藕一样。她轻轻抚摸弟弟的头发，生怕弄醒他。

张宇莫把赵逸兴拉到阳台去谈话："你自己都不确定的关系干吗告诉孩子？"

赵逸兴轻描淡写地说："你能确定自己会做一个好妈妈吗？不是照样生孩子？"

唉，被他击中要害，张宇莫无法反驳。看来赵逸兴的大脑运转能力已经恢复了。面临这类事情，谁有百分之百的把握呢？大家都是摸着石头过河。在电话里听成缺描述，逸兴还是因为生活中有这

 两个人的晚餐

个人而高兴的。

只要他高兴就好。

"姐夫,你觉得有她在身边的时候,你快乐吗?"

"快乐是很稀有的东西。我不认为我能找到。"

张宇莫听闻,原本放松的心又紧了起来:"我以为你心情好些了呢。"

"我只能说,这段时间因为有王安宁,我的心情比较愉快。所以我才会想介绍她给孩子认识。我不想藏着掖着,跟做了什么亏心事似的。"

夕阳下的他神色寂寥,让张宇莫不忍心谴责:"那你看什么时候也介绍她给我们认识吧。"

张宇莫又专门抽出时间单独和成缺交流:"你觉得你爸爸最近心情好些了吗?"

成缺点点头:"我能感觉到他轻松了不少。"

"你愿意给他感受快乐的机会吗?"

成缺当然知道姨妈是什么意思。

她垂下眼睛说道:"我知道。我妈妈再也不会回来了。可是,我害怕再失去我爸爸。"

张宇莫把她搂入怀中,摸着她的头发说:"你应该对他有信心。无论将来你爸爸身边的伴侣是谁,他依然一样爱你的。"

"我明白。我不该霸占着他。我就是舍不得他。我怕他慢慢地变得像以前那么忙,就顾不上我了。"

张宇莫听闻她的担心,觉得孩子自有她的道理。邱池在的时候,赵逸兴投入在孩子身上的精力比现在要少得多。"你要知道,没有人能替代你妈妈。"张宇莫低下身来望着她的眼睛,"就算将来他

282

第三十一章 散 席

和别人结婚,那个人无论对你,还是对他来说,都不会是另一个邱池。他已经失去你妈妈,肯定不愿意放弃你。你愿意信任他吗?"

赵成缺缓缓眨了一下眼睛:"他应该能让我信得过。"

张宇莫觉得赵成缺太懂事太克己。也许是不同寻常的成长经历让她成为这个样子。她知道,虽然成缺嘴上这么说,心里肯定还有诸多焦虑和不安。可是,面对这种处境,谁都没有百分之百的把握。不信任他,无端自寻烦恼。如果他不想自律,张宇莫不至于天真到以为可以用孩子做砝码,来约束成年人的行为。张宇莫也选择信任赵逸兴。因为她了解的姐夫,作为父亲,尽职尽责,从没有辜负过孩子。

萧亮恰好在此时进门,面容疲倦,看到姐夫,觉得燃起了希望,连忙前来取经。

"养孩子到底需要多少钱?"

"很多。现在还不到花钱的时候,孩子越大越费钱。"

"我现在没日没夜地写代码都觉得钱不够,再这样下去,我得去 hack(非法侵入计算机系统)银行了。"

赵逸兴拍了拍他的肩膀:"恭喜你体验到初为人父的乐趣。"

萧亮被他刺激得哑口无言。

饭后,逸兴主动请缨:"我帮你们看两个小时孩子,你们俩出去过二人世界吧。逛公园,吃羊肉串,随便干啥都行,稍微喘口气。"

张宇莫还不情愿:"你能行吗?"

"放心,保准你回来的时候他活得好好的。"

"他最近特别能哭……"

"小孩一般就在亲爹亲妈跟前哭,爹妈不在孩子懒得哭。"

"他也很能吃……"

"我不会饿着他。奶粉尿布留下就行了。"

 两个人的晚餐

"他还肚子胀气……"

赵逸兴觉得这小姨子当妈之后也无法免俗地啰唆:"光听说过坑爹坑妈的孩子,谁听说过坑姨夫的孩子?你娃在我面前肯定乖乖的。"

两人才恋恋不舍地出门,那小毛头便扯着嗓子哭起来,声音堪比小提琴:个头虽小,但是极为嘹亮。这两个小时内,小毛头报销了两片尿布,喝了两百毫升奶,号了半个小时,以及吐了他姨夫一肩膀。张宇莫打了三次电话回来确认她儿子的健康状况。

成缺看着弟弟:"养个孩子居然要干这么多活儿。"

"所以我们现在要好好生活,否则对不起之前付出的人。"

开学后,逸兴问成缺:"这学期你的同桌叫什么名字?"

"李轩。"

"你们相处得好吗?"

"他乒乓球打得很好,下课经常带我一起打乒乓球。"

"谢斯文呢?"

"宅男一个,闷死人。"

赵逸兴听到这样的评语几乎笑出来,上学期似乎还挺喜欢人家,这学期就嫌人闷了。

"不过经常一下课,就有好几个女同学围在谢斯文身边,我估计是为了抄作业。"

逸兴一本正经地对她说:"这学期你得注意功课。有一门低于九十分的话我都饶不了你。"

成缺对她老爸嗤之以鼻:"我妈可从来不在乎考试分数。"

"那是因为你以前一直都在前三名!要是你妈看你的成绩总在七八十分晃悠,也肯定淡定不了,不可能有心情带着你吃喝玩乐!"

第三十一章 散 席

赵成缺撇撇嘴,爸爸的真面目露出来了。唉,罢了,除了亲爹亲妈,谁会对她这么严格。她随即释怀。

王安宁好多天没见到赵逸兴,居然有些想他,便拨了一通电话过去。逸兴跟她在电话里简单提了一下,只说忙着孩子的事情,无暇顾及其他。她第一次在急诊室见到赵逸兴的时候就知道他有孩子。因为她平常接诊的未成年病人多由母亲或者祖父母陪同,这个惊慌焦急的父亲给她留下了很深的印象。问诊的时候,王安宁得知他也失去爱人,大有物伤其类的心情。

王安宁不介意和背负着这么多包袱的人交往,因为她明白,这个男人可以理解她:无论过多久,自己心里都会有一个空间,是留给另外一个人的。换作其他人,没有经历切肤之痛,很难做到如此宽容。她自己也有包袱,她不愿意放下,也放不下。

再次见到赵逸兴的时候,王安宁的嘴角一直挂着微笑。

逸兴觉得有必要解释一下:"孩子对这个事情还是有些不容易接受。我需要多分一些时间给她。"

王安宁只是笑,挽着他的胳膊便问:"秋老虎天气,吃什么比较爽口呢?"

这个女子让赵逸兴觉得和煦温暖。她不跟他耍花枪。

吃饭中途,王安宁抽出一张餐巾纸,在上面写了几个字,折了几叠,递给逸兴。逸兴打开来一看,嗬,"如隔三秋"。这几个字让他这颗老心感动得无以为报,夫复何求?他将这张餐巾纸叠得整整齐齐,收在上衣口袋里。

这天王安宁下班后,收到赵逸兴发来的消息,说成缺想邀请她到家里吃饭。王安宁欣然赴约。赵成缺见到她,微收下巴,客气地笑,邀请她进门坐。王安宁靠在厨房中岛上看赵成缺做饭。成缺把排骨焯水后整齐地码放在砂锅里,上面又码了一层萝卜块,再丢了一个

 两个人的晚餐

汤料包放到砂锅里炖煮,告诉王安宁:"这些菜比较简单。我也做不了复杂的菜。"

王安宁问她:"你从哪学的手艺?"

"网上教学视频多的是。想学做饭,总有资源。只是现在很多人都不自己做饭了。外卖太方便了。"赵成缺皱皱鼻子,"很多人觉得做饭没技术含量,吃饭的时候却一个比一个吃得欢。"

王安宁有点儿尴尬。她平常也不下厨。

赵成缺笑眯眯地对她说:"我觉得家里多一口人,吃饭比较香。所以邀请你来。"灶上文火炖着排骨,赵成缺又带她去餐厅的酒柜,"我爸的,你随便挑。"

赵逸兴坐在沙发上远远地喊了一声:"赵成缺,你倒是大方。慷他人之慨,用我的酒送人情。"赵成缺冲她挤挤眼睛,不搭理她老爸。

王安宁以前觉得这孩子很有主见,今天觉得她也不算难相处。赵逸兴望着坐在餐桌对面的王安宁,恍惚找到了一家三口的氛围。

王安宁下班后常常过来和他们搭伙吃晚饭。赵逸兴偶尔出差的时候,就委托王安宁帮她照看一下赵成缺。这天王安宁恰好排了晚班,不放心把赵成缺一个人留家里,索性带她去医院的休息室睡觉。才踏进急诊室大门,王安宁就被同事喊去工作。她脚步匆匆地套上白大褂,立刻和同事在布帘后紧张地抢救病人。

赵成缺独自站在布帘的另一边,只见布帘抖动,布帘内的医务人员有节奏地数:"1,2,3,4……"

几分钟后,机器发出尖利的叫声。

王安宁脸色灰白地从布帘后走出来。她才意识到,还没来得及安顿赵成缺,就投入了抢救工作。赵成缺目睹了全过程。成缺双唇隐隐发抖,手心汗津津的,见到王安宁后吞了一口唾液,依然说不

第三十一章 散 席

出话来。王安宁挎着她的背，让她坐在等候区的角落空椅子里，又给她倒了一杯热水。

成缺双手紧紧握住杯子，好像怕冷一样，牙关不住打战。她将水杯端到脸颊下，让蒸汽烘一烘脸颊，才觉得口鼻不再干燥。成缺轻轻眨眼睛，问王安宁："他才多大年纪？"

医务人员拉布帘的那一瞬，赵成缺瞥到了病人的面容。清秀俊朗，双颊深陷，没见到一丝白发。

"二十九岁。"

"为什么会这样？"赵成缺往墙角缩，一只手捂住嘴，双眼噙泪。

"心脏衰竭……"王安宁手搭在她肩膀上，想安慰她，却无从下手。

若不是担心她一个人在家有安全隐患，王安宁也不愿意带孩子到医院来。王安宁心想："这样的事每天都在发生。我目睹这样的事情依然会觉得胸口绞痛。赵成缺已经足够不幸，来医院亲历人间悲剧，无疑雪上加霜。"赵成缺将双手手心贴在自己的脸庞上，又翻过手背推了推脸颊，真切地感觉到自己的体温。

以至于成缺后来告诉逸兴："去过医院才知道，我能平平安安长这么大可真不容易。我一定要快乐地生活。"

赵成缺十三岁生日的时候，她也没有什么特别的心愿，只想吃一顿。

"大吃一顿，庆祝我健康地活着。"

"对，这很值得庆祝。"

于是赵逸兴约了邱天舒夫妇、萧亮夫妇，和王安宁一起去一家意大利餐厅给赵成缺庆祝生日。在急诊室门口等王安宁的时候，赵逸兴看到医护人员推着病床从他眼前走过，这场景他熟悉无比。他

 两个人的晚餐

猛地想起,邱池辞世马上就要两周年。他看着眼前攒动的人头,呆站在路中间。

王安宁上前,拉着他的手问:"你怎么了?"

"我们开春结婚吧。"

王安宁凝视着他的双眼反问:"你真的准备好了吗?"

逸兴知道她什么意思。邱池留在他身上的印记可能再过十年都不会淡去。

"我可能永远都准备不好。可这并不妨碍我们结婚。"

王安宁只是笑笑:"never say never,再等等吧。"

借给孩子过生日的机会,赵逸兴把王安宁介绍给邱家的亲戚。他思考了半天,不知道该怎么定义他们之间的关系。于是他对王安宁说:"他们都是我的家人。"王安宁对席间邱家人等逐个微笑点了点头,就算打了招呼。

餐厅里暖黄的灯光跳动,空气中流淌着一股若有若无的香气。服务员走路也脚步轻轻,端上白瓷盘子,又为大家斟上半杯白葡萄酒。王安宁察觉桌上的人说话都低声细语的。吃饭过程中,她清晰听到餐具碰到盘子的声音和酒杯相碰的声音。

她暗暗叫苦。

赵逸兴给孩子过生日为什么不挑个热闹的场所?大家嘻嘻哈哈也就混过去了。王安宁总觉得有眼睛打量她,她悄悄抬眼看邱天舒和张永梅,巧遇张永梅也冲她颔首,王安宁报以微笑。赵成缺压低声音在她耳边说:"他们人都很好。你不用怕。"赵成缺头发梳到脑后,额前一层毛茸茸的细发蹭到王安宁的耳朵,软软的。王安宁略感一丝安心。

吃过饭后,赵逸兴把盘中仅剩的几根意大利面向前一推:"成缺,现在是你的 show time!"

288

第三十一章 散 席

成缺清了清嗓子："面身滑爽，可以吃出来是干面做的，而不是新鲜的手工鸡蛋面。这样的面没有鲜面吸收酱汁。但是，根据面对酱汁的挂着程度可以看得出来，是青铜的压面机压出来的，而不是涂有特富龙的高速压面机。粗糙的青铜让面身粗糙，可以挂住更多的酱汁。红酱味道浓郁，应该是罗马番茄炒的酱。表面的帕玛森奶酪我推断只陈化了十个月左右，味道稍嫌单薄。最大的败笔在于罗勒，肯定是早上切好的，边缘发黑，放到现在就闻不到香味了。这盘意面，如果售价在四十块钱，可以打九十分；如果五十块钱的话，可以打八十分；如果超过五十，就不值这个钱。"

众人为她鼓掌。

餐厅老板恰好路过，听她说得头头是道，非常赞许地告诉她："你说的每一点都对。这盘意面只卖四十五块。小姑娘居然有这么好的味觉。"

成缺稍显遗憾地说道："我刚才试图尝橄榄油的等级，怎么都分辨不出来。我妈妈应该能尝得出来。"

逸兴摸摸她的头发："你的水平已经够好了，我们不追求完美。"

"她将来会不会继承她妈妈的职业？"

"也许她会做程序员。"

"或者做地质学家。"

"教书也不错。"

赵逸兴说："也许她做会计师？或者读天文？研究核物理？做厨师？孩子会有她的生活。我们不能那么自恋。"

几天后的一个晚上，赵逸兴原本都睡下了，突然听见外面有动静。他顺着声音探出来，哦，不是邱池，是王安宁下夜班回来，自己在厨房做宵夜。逸兴看见她把一枚白水煮蛋剥得坑坑洼洼的。

"你除了煮鸡蛋之外，还会做什么？"

两个人的晚餐

　　王安宁内心惊叫一声，不好，天大的黑幕被他发现了。这时候微波炉"叮"了一声。王安宁故作镇定地从微波炉里取出牛奶，放在他面前："我还会用微波炉热牛奶。"

　　赵逸兴看她紧张的神情，强忍住笑："嗯，真相大白了，你个好吃懒做的人。"

　　王安宁笑着扑上去捶他肩膀："你羞辱我……"

　　好疼，这不是梦境，她也不是邱池。

　　张宇莫抱着孩子来串门，一坐下就看到茶几上扣着一本邱池的书。于是她把姐夫拉到一边去谈话："你这么念念不忘，王医生知道吗？"

　　逸兴只是微笑："我从来都没瞒过她。她那么聪明的人，怕是想瞒都瞒不过去。"

　　"难道她就不介意？"

　　"她每天和死神过招儿，这些事儿在她看来都是小事。"

　　张宇莫沉默了一会儿，不禁问道："姐夫，你这样，快乐吗？"

　　逸兴把张宇莫拉到窗边，看着外面川流不息的车辆和行人："你看，天桥下面那个人，已经在那睡了两个星期了，这么冷的天气，他的家人在哪里？担心他吗？来来往往这些人，有人疲于奔命，有人衣不蔽体，食不果腹，有人干了活收不到工钱……再看看我，我的生活，不知道多少人羡慕呢。"

　　张宇莫还是不放过他："可是，你快乐吗？"

　　"我拥有这么多，我很知足。"逸兴对她微笑，"知足者常乐。如果我还痴心妄想要小池回来，就显得太不知感恩了吧？我不能说我不快乐。只是，没有邱池的生活，什么快乐都缺了一大块。"

　　张宇莫恻然。

　　历经此劫难，大家都从废墟的灰烬中跟跟跄跄地站了起来。对

第三十一章 散 席

于认识邱池的人来说，生活永远都不会和从前一样。虽然众人都无法忘记邱池，但也接受了邱池永远缺席的生活。大家都学会了在缺少邱池的生活中寻找快乐。

毕竟，书中这些人没见过完整无缺的快乐。

你呢？你可见过完整无缺的快乐？

（本书献给我那些故去的，以及健在的朋友。）